罗瓶瓶

—著

镜里镜外

北方联合出版传媒（集团）股份有限公司
春风文艺出版社
·沈阳·

图书在版编目（CIP）数据

镜里镜外 / 罗瓶瓶著 . — 沈阳 : 春风文艺出版社，
2020.10（2022.2 重印）
ISBN 978-7-5313-5814-5

Ⅰ. ①镜… Ⅱ. ①罗… Ⅲ. ①长篇小说—中国—当代
Ⅳ. ① I247.5

中国版本图书馆 CIP 数据核字（2020）第 103105 号

北方联合出版传媒（集团）股份有限公司
春风文艺出版社出版发行
http://www.chunfengwenyi.com
沈阳市和平区十一纬路 25 号　邮编：110003
永清县晔盛亚胶印有限公司印刷

责任编辑：徐艺菲　　　　　　　责任校对：曾　璐
装帧设计：▉鼎籍文化创意　　　幅面尺寸：155mm×230mm
字　　数：270 千字　　　　　　印　　张：19
版　　次：2020 年 10 月第 1 版　印　　次：2022 年 2 月第 2 次
书　　号：ISBN 978-7-5313-5814-5　定　　价：58.00 元

目　录

第一章

霾

　　早上向弯出门的时候，听广播说今天是空气重污染黄色预警天气，PM2.5 浓度大于 115 微克每立方米。天空虽然是灰色的，但太阳出奇地明亮。向弯摸摸手里那沓厚厚的资料，心里无比自信，昨晚她通宵加班，熬了这个项目方案，为的就是在今天的项目招投标比选中胜出。可向弯忘记了，雾霾天终究是雾霾天，就算出了太阳，空气也是重度污染，只怕自己高兴得太早。

　　竞标室里，大成县委常委张石冰往那儿一坐，七八个下属坐在他身后。向弯心里嘀咕，连张常委都亲自出马了，可见这个项目在县里受重视的程度。向弯心里不虚，因为今天就是张常委让人通知她来参加竞标的，她当记者的时候，跑这个县的农业口跑了八年，上下关系全熟络，只是这个张常委新上任，青年人有干劲，据说是破格提拔上来的，向弯对他的工作风格还摸不准。来这儿之前向弯私底下向通知她来的人探了探口风，对方答复："你这么了解我们县，又是张常委通知来的，肯定赢的概率很大。"向弯这才跟吃了定心丸似的，放心大胆地去写标书。

　　这会儿，向弯的目光在竞标室扫视一圈，竟发现一张熟悉的面孔，这不是台里的主持人何峰吗？前几年因为出色的现场报道，何峰被台里评为首席主持人，他怎么会在这儿？奇怪的是，何峰的桌前摆放着一个某传媒公司的桌牌，何峰怎么成了某传媒公司的人呢？何峰戴着黑框眼镜，自顾自地低头看手机，似乎有意回避向弯。坐在何峰旁边的是另外一家文化传播公司的代表，那人正目光灼灼地盯着她，眼神中带着杀气。向弯心想：这年头，文化传媒公司遍地都是，哪儿有项目招投标，哪儿就有几十家传媒公司去应标，僧多粥少，传媒这口饭是越来越不好吃。看来，今天明摆着的，是三家PK。

"好吧，竞标正式开始，电视台的先说吧。"张常委发令。

"张常委好，县里的各位领导好，对于这次县里的葡萄节宣传活动，我们频道首先考虑的是如何通过我们的电视报道，进行轰炸式宣传，吸引更多的市民前来县里品尝葡萄，宣传咱们县的农业品牌……"向弯是有备而来的，一个星期的功课不是白做的，县里葡萄业的发展情况她讲得头头是道。帮她播放PPT的，是电视台一位新晋编导小赵，毛头小子一个，听说向弯姐经验丰富，他死活要跟她来见见世面，感受下商战气氛。300万元的项目，对于任何一家媒体来讲，都是一块肥肉。

向弯从县里葡萄业的发展状况，讲到如何策划电视节目，项目阐述如行云流水，一气呵成，声音里透着权威性和自豪感，电视台就是党的宣传喉舌，县里农业发展要上一个新台阶，也是县委的要求，让党的媒体来做宣传是再合适不过的。

"你觉得现在的电视还有人看吗？"一个声音冷冷地丢过来，向弯抬头望着对面那位素不相识的男士，那是另一家文化传播公司的代表，他的目光是挑衅的、犀利的，"电视台的向老师说了很多，不外乎是电视节目怎么拍，我倒想问问在座的各位，如今还有几个人在看电视呢？宣传做得再好，节目有人看吗？都什么时代了，全人类都改用手机了，你们还在那儿装老大，夜郎自大。"

向弯没料到素不相识却被对方故意针对，干了十多年电视，今天头一遭碰到这样口不择言的人，竟一时不知如何招架。

那人又笑道："既然电视台这么牛，向老师敢不敢告诉我们一个数据，贵台真实的收视率是多少？市民的开机率又是多少？恐怕说出来不尽如人意吧。"

怎么着，要把人往死里噎吗？向弯来气了，顿觉血往脑门儿上涌，脱口而出："你妈在家不看电视吗？你妈的妈在家不看电视吗？我们台前天晚上的电视直播晚会还有四十万人同时在收看呢。"

"四十万？看的都是些什么人啊？都是些退休后无所事事的老头儿老太太吧，你们后台有真实数据记录吗？夸大其词。"

"喀喀喀……"张常委的身后传来几声干咳，一位工作人员连忙说："电视台的同志别着急，文化传播公司的同志也别着急，你们只阐述自己的方案就好。"

"那好，我来说说我们的想法。"那位男士接着说，"我们网站是专业的农业网站，每天的流量都是几十万，网络后台有真实数据可查。在我们网站做宣传，传播效果更好，况且我们还联合其他门户网站外加一些新媒体共同传播。传统媒体已濒临灭亡，报纸几乎全死了，我看也只有传统媒体自己还放不下身段，不敢面对现实。"

向弯听不下去，对方的那副嘴脸实在可憎。倒是张常委听得有几分兴趣，还频频点头，向弯几次想反驳，工作人员都摆摆手，示意她不要打断对方。待那人阐述完毕，向弯忍无可忍地站起来："领导，我必须得补充说明！"

张常委示意她坐下："别着急，先听完第三家公司的策划方案。"

何峰开口了。他果然是第三家公司的代表，向弯暗自吃惊，昨天还见他在台里录制节目，今天怎么就变成某传媒公司的代表了呢？好在这年头有个东西叫"朋友圈"，他俩是微信好友，向弯灵机一动，在手机上迅速找到何峰的头像，进他的朋友圈去看，一条条全是晒承接各种商业活动的内容。向弯忽然明白了，这些都不是电视台的活儿，是何峰私自接的活儿，难道何峰在外面开公司？这个想法从脑子里蹦出来的时候，向弯有种包青天查明真相后的大彻大悟：这是他公司接的业务，他一脚踏在体制内，一脚踏在体制外，用体制内的身份给自己背书，用体制外的身份接活儿挣钱，利用了电视台的声誉，今天，竟然还明目张胆代表公司和电视台竞争同一个项目！想到这儿，向弯被自己悟出的真相骇住了，电视人怎么了？何峰是她的前辈，这样有悖职业道德的事他怎么就干得那么冠冕堂皇呢？

其实，这几年，向弯也知道电视台效益大不如从前，广告收入大幅度下滑，电视资源卖不上价，好多记者辛辛苦苦跑一个月也就挣两三千元，十一年前记者就这个工资水平，十一年后却还是这个水平，有的记者迫不得已在外面接私活儿挣外快也是事实，但大多数人行事低调，藏着掖着也就过了，像何峰这么高调的实属凤毛麟角，难道电视台的领导都没发现，都不知道？向弯正想得出神，何峰磁性的嗓音响起，毕竟是当家主播，光气场就能瞬间控制住全场，让人妥妥地被他征服："先给各位看看我们公司的成功案例，这是去年我们给××汽车品牌做的品牌宣传推广方案，这是今年给××银行做的推广方案，这是刚刚给如天市拍摄的城市形象宣传片，每个项目都不低于100万元标的。这些企业和政府部门敢把工作交给我们来做，足以说明我们公司的实力。前面两家参加竞标的单位说得都很好，但我们的方案亮点是整合全部媒体：传统媒体、新媒体、地铁、广播、公交、网络等，我们是一张全覆盖的网络，只要有人出现的地方，我们就能覆盖到，我们就能保证在一夜之间，让全天下的人都知晓大成县的葡萄。"

这海口夸的，把在场的所有人都镇住了，包括向弯。

半小时合议后，张常委当场宣布：何峰代表的传媒公司中标，拿到300万元的项目策划经费。

曲终人散那会儿，向弯堵着那个通知她来的人，问："不是说好的吗？"

那人有点窘，含含糊糊地答："嗯……常委说了算，常委说了算。"向弯心里憋闷，想上前拦住张常委问个明白，为什么连最后辩驳的机会都不给她，可终究还是理性战胜了冲动。何峰匆匆从她身边走过时，她喊了一声："何峰。"他朝她笑了一下，那笑容说不出来的诡异，没有一丝尴尬，反而带着某种胜利者的骄傲。轮到那个阴阳怪气的男人经过的时候，向弯狠狠地瞪他一眼，那人撂下一句风凉话："电视台都要垮了，无知无畏。"

偌大的竞标室就剩下发愣的向弯和她的同事小赵，小赵见她没反应，拉拉她的袖子，小声提醒："向老师，都散了，我们还是走吧。"

用"日落西山"来形容现在的电视台，真是一点也不为过。向弯身边已经没几个老面孔了，从前一起战斗的新闻小伙伴很多都离职散落在天涯了。电视台经营压力增大，多个栏目取消变成项目合作，连最后一块净土新闻节目，都被植入越来越多的广告。新闻热线电话慢慢减少，记者开始追着网络自媒体跑，第二天报道出来的都是剩饭。电视台内部越来越强调经营任务，向弯作为新闻部门的负责人，今年身上也压了1000万元的创收任务，频道对一个中层干部的考核目标就是看她完成多少经营任务，个人有个人的经营任务，部门有部门的经营任务，频道有频道的经营任务，台里也有台里的经营任务。节目里能够呈现的观察和思考越来越少，各部门都承受很大压力。同时，观众开始远离电视，亲近网络，通过移动终端获取消息，细节更多，也更真实。就在上个星期，和向弯共同战斗了十一年的胖子周和王晓凤两口子也双双辞职，回老家开面馆去了，用胖子周的话讲："我们还年轻，电视已经老了，我们等不及这艘大船慢慢转身了。"还有李敬，那个答应和她一起厮混终身的闺密，也在一年前离她而去，奔回北京发展了。

向弯心里急啊，焦虑，她最好的青春韶华都奉献给电视台了，奉献给新闻理想了，她的情感寄托全部在这儿，还有她的"他"，她不甘心，至少"他"还在这儿，至少她心里感觉"他"还在。她相信电视台这艘大船会慢慢转型，他们这帮有能力、有骨气的新闻人还能继续扛大旗指点江山。可是，她今天被一个素不相识的男人给噎了回去，"电视台都要垮了"这句话深深刺痛了她，对她来讲，这是一种羞辱，她不认！悲愤、委屈涌上心头，眼泪控制不住。一旁的小赵不敢吭声，他本来是跟向弯姐来见识大场面的，结果目睹了她的一场失败，他有点尴尬。

偏偏在这个时候，李敬那丫头片子的电话来了，一接通，李敬对着向弯就是一通嚷嚷："我说你，做个决定怎么那么绵！你到底跟不跟我上北京，你知道三里屯那些年轻人现在成天见面都聊什么吗？动不动就 A 轮 B 轮 C 轮 D 轮融资，你还抱着个破饭碗跟那儿死磕，融资懂不懂？懂不懂啊你？！"

李敬这丫头是向弯的软肋，这些年就像她的亲人一样，听到李敬的声音，向弯披在身上的盔甲瞬间被卸掉，声音哽咽起来。

"怎么了？"李敬听出她不对劲。

"我……被人伤自尊了。"

"谁他妈敢欺负你？"

"一个竞争对手，我的项目失败了，他说电视台要垮了。"

"咳，亲爱的，"电话那头笑了，"我说你也该醒醒了，跟你说多少回了，电视台好比大厦，大厦将倾，你以一己血肉之躯，能重新把大厦扶起来吗？别说互联网时代，人工智能都来了，人类社会面临的是意识形态、生活方式的大转变，这是时代的趋势。向弯，他说得没错，你醒醒吧，跟我上北京吧，我们一起创业。亲爱的，听我说，我——需——要——你——"

这边只有抽泣，没有回应。

"难道……事到如今，你还放不下他？"

"在这里一天，我就能感觉他和我同在。"

"哎，傻丫头，来北京吧，我等你，下个星期给我答复，我有好项目给你讲，来吧，相信我。"

挂了电话，向弯深深地吸了一口气，马路边一位大姐推着一辆三轮车正在喊："烤红苕，热乎乎的烤红苕。"

"走，咱俩一人来一个烤红薯。"向弯拉着小赵跟她一起跑过去。

撕了红薯皮，热气腾腾，金红色的瓤儿着急忙慌地露出来，向弯狠狠地咬上一口，说："真他妈的香啊！"

第二章

醒 悟

何峰回到办公室，往沙发上一坐，一个葛优瘫。他从包里摸出一个小药瓶，是一种治疗慢性胃溃疡的药。他吞下一片药，长吁一口气，心里踏实了，十分钟后，他的胃就不会再跟他闹情绪了。

公司的小伙伴都围上来问："何总，听说300万搞定了？"何峰有些得意："我出马，能搞不定吗？"有小伙伴赶忙把茶杯递给他，他呷一口茶，说："兄弟们，准备吃票子吧！"

大家顿时眉开眼笑。

何峰是电视台的老员工，十七年台龄，曾是台里的台柱子，早年的印度洋海啸、墨尔本巨型冰雹灾难，台里都派他去现场报道。回来后，他的英语也操练出来了，一口流利的美式英语。他在业务上精进，请假去中国传媒大学进修，台里还给他保留了一年的工作岗位。可是，就是这么一个人，有那么一天，突然揭竿而起，拉着一帮小伙伴，成立了一家传媒公司，就在电视台对面的写字楼租了间办公室，把台里的活儿往公司里揽，前脚在台里打卡上班，后脚就溜回公司开会，四个股东全是一个部门的同事。几年下来，几个股东的座驾都从别克换成奔驰了，钱是没少挣，只是好像挣着挣着，渐渐忘记了自己的真实身份。

"听说这次有内部人士和咱们竞争？"一个小伙伴问。

"有内部人又咋了，怕她！新闻部副主任，她懂什么，新闻做久了，脑壳都是翘的，那方案跟坨狗屎一样，思维还停留在计划经济时代，一脸白痴相。"何峰骂人有个特点，只用四川话骂，好像普通话讲出来不带劲儿。

小伙伴们一阵哄笑。

手机微信群里有新消息推送声，何峰打开一看，是台里的工作群，领导在群里吼："何峰，好几天没看到你了，今天下午来值新节目的配音班！"

何峰没好气地回一句："我下午有其他安排，换新人小杨或者熊燕吧。"并@对方，他想了想，觉得不妥，又补一句，"明天我来。"

工作群里新主持人也在，这两人立马回应说："领导，我有事。""我也有事。"

"有事你们就不能调一下吗？"何峰以前辈的口吻施压，"因为是新人才多给你们机会锻炼。"

"哦，好吧。"隔着屏幕都能嗅到小杨不情愿的气息。

何峰能有什么事，不过是和客户约好了去谈另一个项目，他才不愿意回台里去挣那一个月几百元的节目配音费呢。当公司利益和台里利益发生冲突时，他永远把公司利益放在第一位，用金钱多少作为判断依据，一个终生需要服药的慢性胃溃疡患者，他最清楚玩命工作会带给他什么。但他又不愿意丢掉体制内的身份——电视台主持人，他知道这身份能帮他吸金。

"何峰，你下午必须来一趟台里，我命令你来！"领导第一次对他说话不客气，"总监亲自找你训话。"

何峰翻了一下白眼。

下午3点，何峰还是准时出现在总监办公室，总监劈头盖脸就是一顿臭骂:"何峰,你简直太嚣张了,翅膀长硬了,敢明目张胆地跟台里叫板?"

"你说什么啊,总监,我听不懂。"何峰装傻。

"你别给我装傻,你上午拿的那个项目,都被人举报到台长那儿去了,上级要查清这个事!何峰,你别以为你的岗位不可替代,这些年你干的那些事,我不是不知道,想你是老员工,给你留足了面子,没给你斗硬,没想到你现在是得寸进尺,越来越嚣张!"

"我干什么了我,我嚣张什么了?我靠劳动吃饭,靠双手挣钱!"何峰似乎理直气壮。

没想到何峰嘴巴这么硬,总监火了:"你他妈吃里爬外!你还有没有一点良知?有没有一点职业道德?台里栽培你这么多年,你难道没有一点感恩之心、羞耻之心?"

"感恩?"何峰冷冷一笑,好像这两个字戳到他的痛点,他的胃又开始疼了,"你对一个每天晚上要靠服药才能缓解疼痛、才能入眠的人讲感恩?十多年了,我在一线拿命玩,差点死在灾难现场,我回来得到了什么?台里有给我提升的空间吗?有给我相应的报酬吗?收入和付出严重不成正比,我这岁数了,凭什么还跟新人一起上岗竞争,台里有保护过我们这些老员工吗?!"

"你……你太不像话了!"

"台里亏欠我,亏欠我们这一批人,永远欠我们!"

"你就是一条吃里爬外的狗!媒体人中的败类!"

"哼,你也不比我光彩多少,电视早就失去光环了,现在靠出卖公信力赚钱,我不出卖什么,我是站着把钱挣了!"

"你给老子滚!你有本事你滚!"

"老子他妈的还不想干了呢!"

砰!何峰摔门而去。

出了门的何峰寻思着这事肯定是向弯告的密,等着瞧,老子一定要找她算账。

向弯这几天在单位有点垂头丧气，工作还是按部就班地进行，但总觉得气不顺，心里堵得慌。那天的挫败感让她把作为电视人仅存的一点骄傲放下了，她慢慢接受她一直不愿意面对的事实，或者说她对这个事实带着故意视而不见的麻痹性——电视的时代过去了。李敬催促她去北京，这些天她也在心里反复思考，她有些心动，就在她举棋不定的时候，台里通知她去参加阳子的追悼会。

阳子的追悼会在一个绿荫环绕的大礼堂举行，工会主席在台上念悼词："我台失去了一名优秀的干部，策划评论部主任阳子，昨天凌晨因肝癌去世，享年 45 岁。"

向弯跟阳子不熟，但她知道他是个能干的人，他的名字年年出现在台选的先进员工名单里，阳子一年前刚查出肝癌时，台里还号召大家给他捐过款。工会主席在台上继续念："阳子前后担任过十多档栏目的制片人，是台里招进来的第一批新闻记者。他以工作为荣。躺在病床上，医生换班时，他还会告诉医生自己是蜀都电视台的新闻记者，做了不少监督类节目，很自豪。"

阳子的妻子和 5 岁的女儿在遗体旁哭泣，女儿小小的肩膀紧紧地靠在妈妈怀里。看着孤儿寡母，众人都在抹泪，向弯却哭不出来，在深切的悲痛前，她反而失去了哭的能力，她只觉得心凉心寒。

有记者采访阳子的妻女，女儿说："世界上最疼爱我的人，走了。"妻子说："阳子爱电视，因为电视，他透支了青春，透支了身体，甚至，透支了生命。"

那天追悼会结束后，向弯想通了，她在给李敬的微信中写道："大势已去。亲爱的，我决定来。"

三天后，她办妥一切辞职手续，登上了去北京的飞机。

飞机破云而出,直逼蓝天,万里高空中,向弯的泪水无声地滑落脸颊,她盯着窗外的云朵,眼前渐渐模糊了,思绪把她带回到十一年前——那个属于她也属于他的热火朝天的年代!

第三章

好一派人间烟火气

十一年前的成都，还没有"霾"这种东西，只是天气有些阴沉。一年之中，大约能见到五十个左右的晴天，天空一天的颜色就是从浅灰到灰再到黑，在北方见惯了阳光的人来成都，会说这座城市灰暗得让人抑郁，不知道这话对不对。总之，赶巧了，今天的确有人想自杀。

不过才下午 4 点 30 分，天色就已经擦黑了，布满乌云的天空重重地压下来，风吹得呼呼作响，一副山雨欲来风满楼的样子。蜀都电视台《百姓连连看》栏目热线电话响个不停，这已经是热线小妹王晓凤接到的第八个市民来电了，电话里说长风街有名男子想跳楼。

王晓凤放下电话，朝坐在对面的肖劲说："肖劲哥，这么多人打电话来说跳楼这事，应该不是假的，你们要不要去？"

肖劲是蜀都电视台新晋的摄像，他正埋头专心玩手机上的一款赛车游戏，手机是诺基亚新款，塞班系统，这年头已属最时尚款。他头也没抬地回了一句："不去！鬼知道是真是假，还是坐等个大线索吧。"

王晓凤没辙，眉头一直皱着，有点干着急地瞅瞅旁边的向弯："向弯姐，你的意思呢？"

向弯是肖劲的搭档，负责采访撰稿。她努努嘴，好像也不感兴趣："怕了怕了，这是今天第四起跳楼线索了，前三起我们去了都是假消息，都白跑了，你又不是不知道，今晚收视率完不成，我俩肯定挨郑总批。"

王晓凤彻底没辙了，她分明感觉这线索是真的，"可要是错过这个新闻，我就失职，也得挨郑总批呢！"说罢，她只好拿着电话记录本去找今晚值班的编辑高老师。

高编辑听王晓凤一说，就判断这线索有戏，他把肖劲、向弯叫过来，大手一挥："去吧去吧，好好跑，宁可跑空，也不可错漏一条大新闻。这趟你俩要是再跑空，今晚的工分，我给你俩补上。"

"不是钱的事，高老师，要是当事人根本不想跳楼，就是个闹剧怎么办？一耗几个小时不下来，咱节目开播了，我们都回不来呢。"向弯也有点着急，"您说，让人怎么拍？"

"忠实记录现场就好，记者出镜，现场报道！快去！"

向弯、肖劲这才提着机器夺门而出，身后传来高编辑的最后一句叮嘱："注意竞争对手啊，别人不撤离现场，你俩也别撤！"

不知道从什么时候开始，成都的大街小巷多了一群奔波在路上的身影，他们扛着摄像机，握着话筒，出现在城市的各个角落。他们 24 小时轮班倒，没有节假日，只要市民一个电话，就立即赶往事发地点，常常是一个新闻事件，八九个媒体同时争抢，竞争异常激烈。这群人有个统一的"头衔"，叫"民生新闻记者"，正是因为他们，这座城市变得没有秘密，惊天动地的大事，鸡毛蒜皮的小事，寻常百姓的悲喜，经过他们的采访播出，瞬间传遍千家万户。

半小时后，向弯和肖劲赶到事发地长风街，刚下车，就看见一个在建楼盘前人声鼎沸。稍微靠近点，才发现这个楼盘的十八层楼顶上站着一名中年男子，神情落寞地眺望远方，身子在高空中摇摇欲坠，他只需往前跨一小步，就会失足跌落，瞬间丧命。

刚到现场，一股记者特有的紧张劲儿涌上肖劲的脑门儿，他迅速按下肩上摄像机上的开机键，机头红灯开始闪烁："开机了，来，快说话！"

这是肖劲在催促向弯。向弯把话筒拿在胸前，一边倒退，一边指着身后的方向，急匆匆地说："现在是下午 5 点钟，这里是长风街，在我身后的那栋大楼上，有名男子要跳楼！"镜头微微颤动，画面在运动中前进，脚下的路面在快速变换，现场记录感十足。

"看来这回不会跑空了，还真有大事发生。"肖劲放下摄像机，和向弯相视一笑，兴冲冲地挤进人海里。

真是人山人海，里三层外三层把大楼围了个水泄不通。二人好不容易挤了进去，发现警方和医护人员已经赶到现场，大楼四周拉上警戒线，禁止任何人进出，三四个扛摄像机的记者被阻拦在警戒线外，不敢贸然闯入。肖劲四下观察，给向弯使了个眼色，她立马机警地瞧见了警戒线内一部未完工的楼梯，貌似通往顶层，两个人弓着身子，趁警方不备，悄悄钻进警戒线，溜进楼梯口，一路爬到了十八层楼顶。

豁然开朗的露台上还站着五六个人，其中竟然还有个扛摄像机的，看来已经被人抢先一步。只听见那名要跳楼的男子对着人群喊："跟你们说了，你们说的没用！别过来，再过来，我就跳下去！"

"你别激动，没有我们警察解决不了的困难。"人群里有人回应。

"你们警察都是骗人的！我最讨厌警察！"男子手在空中乱舞，朝人群咆哮。

这时，一名女子的声音传过来，坚定而有力："没关系，你可以跟我说，我是记者，我可以帮助你。"

一听到这女子的声音，向弯心里咯噔一下，无形中多了一股压力，暗自骂了一句："倒霉，怎么又碰到她了？又比我们快一步。"

这温柔又不失强势的声音，她和肖劲是再熟悉不过了，这是颜思危的声音。颜思危曾经是他们的同事，现在是益州电视台《益州快递》的首席记者。这已经是他们这个月的第三次碰面了，前两回碰面，向弯在新闻事件采访上，回回都败下阵来。从第二天的收视率统计数据看，向弯报道的新闻收视率总是远远低于颜思危，而在当今电视新闻市场上，收视率就是上帝，几乎是评判新闻价值的唯一标准！为此向弯和肖劲已经挨过郑总两回处罚了，只要现场有颜思危在，向弯就得打起百分之百的精神，暗中观察她的一举一动，绝不能马虎大意。

"这次决计不可再输给颜思危了。"向弯心里这么想着，冲上前，举着话筒说："对，你有什么想法，可以跟我们讲，我们是记者，我们也能帮你解决。"

肖劲扛着摄像机录着，会意地朝向弯点点头，一个鼓励的眼神，意思是："丫头，说得漂亮。"一只手轻轻把她往跳楼者方向推。

颜思危闻声转过头来，瞧见身后站着的是向弯，脸上表情淡漠，眼中闪过一丝不易察觉的神情。但很快，她把眼神投向肖劲，朝肖劲微微一笑，然后凑到一个警察耳边，轻轻嘀咕了两句，警察便走到向弯面前，示意她和肖劲往后退，语气有些不客气："你们怎么擅自进来的？不要影响警方的营救行动！"

"那他们怎么进来了？"向弯不服气地指指颜思危。

"他们是当事人打电话叫来的，他们能协助我们营救。"警察又朝向弯摆摆手，"往后退点，配合一下，不要给当事人增加压力。"

向弯心中憋着一股气，站在原地就不挪脚，凭什么啊，都是媒体，颜思危能拍，我们就不能拍？

颜思危不动声色地往前走一小步，对男子说："天下没有什么解决不了的困难，既然你给我们打热线叫我们来，就要相信我，你有什么想不开的，告诉我吧，我真能帮你。"颜思危用无比真诚的眼神望着他。

男子一屁股瘫坐在地上，从口袋里掏出一张照片。照片上是一家三口，一名女子怀里抱着个小婴儿，小婴儿甜甜地笑着。男子看着照片，呜咽着终于开口了："这是我老婆和娃儿，她们不要我了，老婆带着娃儿跑了，我赌输了啊……200多万的债务啊，我打工几十年也还不清啊……"

颜思危试探地说："你要不先走过来，详细给我们讲讲债务是怎么回事，也不是什么大事，我们肯定能帮上忙。"

"给你们讲也没的用，他们逼我，我也不想活了……我现在只想见下我的老婆和娃儿。"男子低头哭泣。

"谁逼你？"向弯远远地插上一句话。

没等男子回答，颜思危又抢着说："这很简单，我们可以帮你找……你是想马上找到你的老婆孩子吗？我们可以通过电视帮你找。"

嗅着现场气氛不对，颜思危似乎要成为推动事件发展的主导了，向弯和肖劲心里都很着急。肖劲看不下去了，用胳膊肘碰碰向弯，向弯迅速领会，赶紧又插一句："对，我们也可以通过电视帮你找，摄像机录着呢，多一个电视台播出，效果更好。"

男子动了心，拿出手机拨打电话，但很快又放下电话，脸上出现失望的表情。

"还是不接。"男子说。

"你把她电话号码给我，我来打。"颜思危伸手去接他的电话。

男子还真给她了，颜思危用自己的手机拨通了电话："嫂子你好，情况紧急，你听我说，我是益州电视台记者颜思危，你老公现在要跳楼，他想见你和孩子，我们在长风街9号，你在哪儿，快赶过来。"颜思危开着免提，大家都能听见，"我再说一遍，你老公真的很危险，他要跳楼，我是记者，请相信我，相信我！"

红灯闪烁，摄像机在记录。

"跳楼？是他想的花招又来骗我吧，他太让我失望了。"电话那头传来的声音出人意料地冰冷，"已经骗我很多次了，我再也不相信他了，他跟我也没什么关系了！"

"他现在情况真的很糟糕，你如果能亲眼看见就知道了，他就站在楼顶，只要往前跨一步就摔下去了，十八层高楼啊，你想想，跳下去就粉身碎骨。夫妻一场，你不会真的希望女儿没有爸爸吧？我让他和你说话，你别挂机。"颜思危把手中的电话递给男子。

男子一下子情绪失控，声音哽咽："孩儿她妈，我想见你们最后一面，我对不起你们啊……"

"你个该死的，你发神经病吧！你在哪儿？真不想活了？"电话里传来女人的一通乱骂。

"我在楼顶，这儿风好大，他们在找你们，逼我，我死了就一了百了了。"

"他们？谁？谁？喂！喂！死鬼，听我说，我们马上到，你别做傻事啊！"女人终于心软了。

"好。"

抢过电话的颜思危再次说了一遍地址，并叮嘱她找不到路随时给她打电话。为了稳定局面，警察和颜思危相互示意，任何人不再靠近男子。

肖劲不敢停止录制，生怕错过突发瞬间。向弯不自觉地握紧拳头，心里有些紧张，手心开始冒汗。

等待，漫长的等待，现场每个人的心都在煎熬，又不敢轻举妄动。时间一分一秒过去，约莫二十分钟后，在所有人毫无防备的情况下，戏剧性的一幕发生了，男子的电话突然响起来，他接听了一会儿，情绪陡然激动起来："你们别再逼我了，你们要是恐吓我老婆娃儿，我现在就死给你们看！"

对方似乎又在说什么，男子开始浑身哆嗦，露出害怕的眼神，几近哀求的声音："我求求你，别杀她们，我女儿还小，你们不是要逼我死吗？我死了就了了，跟她们没关系……好，我死，我去死！你听着……"男子把电话放在脚边地上，他站起来，准备往前走。

情况不妙，众人顿时傻了眼。

"别啊，你老婆孩子马上就要到了，等等，别做傻事啊！"向弯惊呼。

"来也没用了，我真的是走投无路了！"男子对着电话绝望地高喊，"我死给你们看，一人做事一人当，十八年后又是一条好汉！"然后，一只脚跨了出去。

说时迟那时快，警察一个箭步冲上前，伸手想抓住他，可是终究迟了一步，男子大喊一声："再见，雨儿（音）！"纵身跳下去。

轰的一声闷响，楼下响起一阵阵尖叫："啊——""啊——"

所有人急速跑下楼，向弯心跳加速，脑子里反复响着一个声音："完了，完了……"

楼下，摆在大家眼前的是一具血肉模糊的尸体，男子仰面朝上，脑袋摔得稀巴烂，地上布满鲜血。向弯没敢靠近，只是远远地看了一眼尸体。一阵恶心涌上心头，胃里翻江倒海，她跑到一棵大树旁，扶着树身，开始剧烈地呕吐起来。肖劲跟过来拍拍她的背，又安抚地摸摸她的头，递给她一张纸，无限温柔地说："歇会儿，我一个人去拍个远景就好了。"

向弯感觉自己的胆都要吐出来了，眼泪控制不住，正当要死要活狼狈至极的时候，耳边却传来颜思危清脆而笃定的声音："我们的劝说和努力也没能阻止这场悲剧的发生，男子从十八层楼顶纵身跳下，不幸身亡。"颜思危就站在离向弯不到两米的距离，对着镜头现场解说，她用余光睃了一眼正在呕吐的向弯。

颜思危录完后走到肖劲身边，拍拍他的肩膀："我们先撤了，赶10点钟播出。"然后意味深长地说，"你的搭档要提高心理素质啊，这种场面做记者的就该临危不乱，改天有空约你喝茶。"说完，对肖劲莞尔一笑，飘然离去。

晚上 7 点 30 分钟，向弯和肖劲的这条新闻在《百姓连连看》栏目中头条播出，交了稿的向弯还是有些愁眉苦脸，这是她人生第一次眼睁睁看着一条鲜活的生命在她眼前消失，她心里很难过。倒是肖劲一脸轻松："交了稿就该高兴嘛，走，我请你去吃钵钵鸡。"

　　电视台附近好吃的店铺特别多，麻辣鲜香的乐山钵钵鸡是四川一道非常有名的小吃，把煮熟的鸡块一块一块穿在竹签上，浸泡在装有秘制调料的盆钵里，味道的精髓全在调料里，浸了味儿的鸡块从盆钵里一串串捞出即可。红色的辣椒油滴进向弯的嘴里，鸡块满嘴飘香，她狠劲儿咬上一口，说："这鸡肉可真嫩啊！我真是太爱成都这座城市了，充满了市井百态生活气，就跟这钵钵鸡一样只要尝一口，就要被它的麻辣鲜香味所征服，真是没白来！"

　　"我说观世音菩萨，你这刚才还一副关心人间疾苦的大慈大悲样，这会儿就落入凡尘了？"肖劲斜着眼打趣她。

　　"去去去！姐本来就是既可阳春白雪，又可下里巴人，这不就是记者本色吗？"向弯朝他做个鬼脸，"每天跑完新闻交了稿，我心里就特别高兴，吃东西也格外香，觉得这一天都过得很充实，要是哪天没发稿子我就失魂落魄，觉得人生没有意义，肖劲，你说我这是不是有病啊？"

　　肖劲龇牙咧嘴地笑出声："你是有病，而且病得不轻。"

　　"你别开玩笑嘛，我可是在坦诚地跟你交流。"

　　"好好好，你不是有病，你是太热爱你的职业，对不对？"

　　"这个职业能让我每天看到不同的人，接触不同的事件，我就好像活了不同版本的人生，这些都是吸引我的地方。"

　　"除了这些，还有别的吸引你吗？"肖劲故意眨巴眨巴眼，挑了挑眉，充满期待地望着她。

　　"还能有别的什么啊？"向弯装傻。

　　"比如，我啊！"肖劲一脸坏笑。

"去你的！"

向弯故意把脸扭到一边，忍不住偷偷地笑。

　　成都是座美食之都，夜晚尤其热闹。家家餐馆张灯结彩，座无虚席。火锅店门口排着长龙，好吃嘴们等待着里面的食客换台。堂子里推杯换盏，觥筹交错，热气腾腾的饭菜中映衬着人们满足的笑脸。墙上的电视机正在直播成都街头巷尾的新闻，声音回响在店内，人们一边吃饭一边看电视，对着电视品头论足，看新闻聊新闻是这座城市人们的习惯，就如同呼吸一样自然。

第
四
章

收视率是个什么鬼

　　第二天，向弯起了个大早。天空晴朗通透，白云朵朵，成都难得碰上这样的好天气。经过一整夜的睡眠，向弯早把昨天呕吐的事抛到九霄云外。她就这点好，不开心的事情忘得快，现在她觉得神清气爽、满血复活。她特意从衣柜里挑出一条浅粉色针织裙，穿上身照照镜子，冲自己笑了笑，忍不住说了一句："Beautiful（漂亮）！"

　　向弯长得不算漂亮，个子小巧，皮肤黝黑，人瘦得很，四肢略显颀长，也许是以前练过芭蕾舞的缘故，整个人气质还算不错。很久没穿裙子了，今天特意穿上，她还有个小心思，想知道肖劲看她穿裙子会是什么反应，会不会惊讶地多看她几眼。想到这里，她又瞅了瞅镜子里的自己。

　　向弯一路哼着小曲走进办公室，刚进门就看见热线员王晓凤在往张贴栏上贴文件，走近一瞧，是昨天的收视率统计表。收视率如何是电视台上上下下最关心的事情，节目有没有人看和记者的收入直接挂钩，甚至和节目的存亡挂钩。电视台以前主要靠政府财政拨款，现在靠广告，因此，收视率成了判断市场价值的唯一标准，收视率高的栏目，说明收看的人多，广告商投入就多；收视率低的栏目，收看的人少，广告商投入就少。

　　"昨天的收视率高吗？"向弯问王晓凤。

王晓凤撇撇嘴："没有比昨天更糟糕的了。"

向弯的心顿时凉了半截。

可不是嘛，收视率统计表上显示，昨晚《百姓连连看》栏目的收视率是 1.1，而益州电视台《益州快递》的收视率是 5.8，差了将近 5 个点，意味着收看《益州快递》的观众人数差不多是《百姓连连看》的 6 倍。向弯又仔细瞧了瞧，节目一开始，《百姓连连看》栏目收视率曲线如抛物线一样从高空掉下来，说明大家都转台了，而她的新闻就放在头条，这个收视率确实算比较糟糕的。

向弯倒吸一口气，变得沮丧起来。

"郑总通知全体记者 10 点钟开会，要说节目的事。"王晓凤说，"八成得说今天收视率的事，向弯姐，你恐怕得提前有个思想准备。"

王晓凤中专毕业后来电视台工作快一年了，小姑娘刚满 20 岁，怎么进台的没人知道。按理说她这个学历，电视台是不可能录取的，文凭太低，记者的招聘条件是"大学本科以上"。传言说，王晓凤是哪个台领导的关系塞进来的，干不了专业的活儿，就当个热线员吧。好在这姑娘机灵，最会察言观色，人情世故尽收眼底，她让向弯要有思想准备，准是八九不离十。

"好吧。"向弯漫应着，转头四下里寻找肖劲的身影，肖劲呢？

离 10 点还差 5 分钟，全体记者编辑都到齐了，40 多人挤在一间不算宽敞的办公室里，黑压压的一片。准备出去采访的也不出去了，王晓凤传达郑总意见，这会议很重要，除非今天发生突发新闻，否则谁也不准出去采访。肖劲呢？肖劲怎么还没到场呢？向弯四下里张望，心里有点慌。

10 点整，郑总走进办公室，记者们叽叽喳喳的议论声立即停止。郑总名叫郑志强，应了名字里的那两个字"志强"，光看他的履历就知道他很强：八年戎马生涯，据说还参加过自卫还击战；转业后进入蜀都电视台工作，由一名普通编辑被台长破格提拔为频道总监，在蜀都电视台三十年历史上绝对属于破天荒第一人。他很年轻，才38岁，不知道是不是用脑过度的缘故，头顶有些秃，他索性剃了个光头。都知道郑总行事风格严厉，又是个火暴脾气，这会儿，记者们看见他走进来，自然鸦雀无声。

"昨天节目收视率很糟糕，是栏目开播以来最差的一天，什么原因？"郑总一落座就丢出一句话来，掷地有声。

记者们面面相觑，没人敢接话，大家都听出来了，郑总的这话哪里是在询问，分明就是在问责。向弯心里七上八下，眼神在人群中扫过，肖劲呢？该死的，这小子怎么这会儿都还没到呢？死哪儿去了？

"高编辑，昨天你值班，最清楚稿件情况，你先分析一下怎么回事。"郑总点名让高编辑回答。

高编辑拿出一个本，翻开照着念，显然是事先准备好了："昨天一共播出12条新闻，分别是……从内容来看，突发新闻只有一条，放在头条。从收视率曲线看，节目一开始就是个波谷，观众从那个时候就流失了，后来曲线再也没有升起来过。"

头条？头条不就是自己和肖劲采访的那条新闻吗？向弯暗自寻思，心里更加忐忑了。正在这时，肖劲慌慌张张地跑进办公室，一脸窘相："郑总，对不起，我睡过头了。"

众目睽睽之下，肖劲灰溜溜地钻进人群。

郑总的脸色难看极了，大家都以为即将发生暴风雨，谁知郑总只是声色严厉地对肖劲说："迟到是原则性的错误，肖劲违反纪律，下来深刻反省写个检讨交给我，批评的话不在这里占用过多时间。今天要讨论的重点是……"他意味深长地把目光投向向弯，"今天我们要开会讨论的是昨天的节目为什么收视率这么差，昨天头条是什么稿件？"

向弯和肖劲对视一眼，默契让两个人迅速捕捉到彼此的紧张和不安。王晓凤把昨晚的播出带回放给大家看，第一条就是跳楼的新闻。

向弯对着镜头喊："对，我们也可以通过电视帮你找，摄像机录着呢，多一个电视台播出，效果更好。"

郑总说："大家评论一下这条新闻的优缺点。"

大家叽叽喳喳地议论开了：

"优点是真实记录。"

"记者出镜也不错。"

"缺点可能是，当事人最终还是跳楼了。"

郑总又问向弯和肖劲："向弯，肖劲，你们俩自己说说，自己做的这条新闻有什么问题？"

两个人面面相觑，向弯想了想，说："这条新闻，我也自我总结过，我觉得现场记录不完整，有点遗憾。"

"我和向弯想的一样，老实讲，我真不知道差在什么地方，也不知道收视率为什么这么低。"肖劲接着说。

郑总的嗓门儿提高了："肖劲，你不知道差在什么地方？做了半年的记者了，连这点问题都看不出来？"

向弯赶紧解释："能拍的我们都拍了，能采访的我们都采访了，郑总。"

向弯不解释不打紧，一解释反而点燃了郑总的怒火："什么叫能拍的都拍了，能采访的都采访了！说这种话就是在推卸责任！你们现在连什么是'好'的标准都没建立，就开始推卸责任！王晓凤，把什么是好新闻播放给他们看看。"

王晓凤把另一盘带子放进播放机，画面出现益州电视台《益州快递》的新闻画面，一个女记者手持话筒，沉稳地解说现场情况，一看这张脸，大家就明白了，这人大家都认识。

向弯和肖劲没想到会播放颜思危采访的新闻，两个人都有点蒙。在新闻里，颜思危第一个到达事发现场，配合警方进行营救，她迅速掌握主动权，让跳楼的男子信任她，她成了事件的参与者。新闻最后，她还做了一些新闻链接，分析了社会上类似悲剧发生的原因，并提醒人们珍爱生命。

颜思危的这条新闻，让大家看得目瞪口呆。

"记录得好完整。"

"她语言组织能力好强。"

"好有现场感啊。"

向弯不得不承认报道得好，她心服口服。

"同样是新入行的记者，又是同样的题材，别人为什么能做出这么好看的节目，我们为什么不能？这样的新闻当然收视率高，因为它鲜活，原生态，再看我们自己的新闻，根本就不算现场报道！"郑总总结。

肖劲自觉脸红，这才为自己刚才说的"我真不知道差在什么地方"的话后悔。可向弯觉得虽然颜思危确实比他们拍得好，但也不能全怪她和肖劲，她小声嘟囔一句："我们赶到现场时，只能拍到那些东西，我们尽力了。"

"尽力了？你们这叫尽力？据我所知，你们刚开始还不愿意去，正是因为你们对新闻的敏感性不强、判断失误、懈怠才导致比别人晚到现场。你们俩才刚入行，还轮不到你们挑活儿！"

郑总的话不容辩解，他说得没错，事实的确是这样，尽管他们之前已经跑空过三条跳楼的新闻，但这些都不重要，没及时出发就是事实。向弯低下头用余光瞟了瞟王晓凤和高编辑，心里想，准是他俩告的状。

郑总又接着说："从报道技巧上讲，如果我们不能第一时间赶到现场，记者能不能想别的办法，比如多做些外围采访弥补信息的不足；比如从警方打听消息，从周围的群众打听消息，记录家属的回应。要让新闻有深度，就要找出相同跳楼事件的原因，以避免类似悲剧的发生；要让新闻有延续性，就要第二天再做追踪报道……你们要记住，新闻不能只有一个角度，要尽可能多角度思考，角度不同才是新闻竞争中最大的不同。"

郑总的这一大堆训话，彻底让向弯和肖劲哑口无言了。向弯低着头，摩挲着裙边，不敢吭声。

"从明天起，女记者一律不准穿裙子来台里，把你们娇滴滴的模样收起来！我们这个职业有句玩笑话大家都听过，'新闻行业把女的当男的使，男的当牲口使'，这是玩笑，也是事实，职业特殊性要求你们把自己沉淀下来。"说完，郑总看了向弯一眼，大家都明白裙子这事说的是向弯。

向弯的脸唰的一下子红到脖子根，浅粉色针织裙的裙边都快被她摩挲破了。

"向弯、肖劲你们俩要为这次低收视率负责，为自己懒散的工作态度负责，这个月你们两个人每人罚款2000元，从工资里直接扣除，每人写一份书面检查，以示警告，明天交给我！"

郑总最后的这个宣布，让向弯的眼泪在眼眶里打转，她强忍着把泪水憋回去。她伤心极了，她承认刚开始出发不及时是他们的不对，但在现场，她真的尽力了，是警方不让她靠近，是当事人自己给颜思危打热线，这些客观事实她都改变不了啊，为了收视率低就这样处罚他俩，是不是太重了点，叫她以后在同事面前怎么抬头？

会议终于散了，在洗手间里，向弯把冷水一遍遍往自己脸上泼。这是她这个月第三次挨郑总批评了，第一次被批评曲解新闻事实，第二次被批评妄下结论，这一次又是懒散态度，唉，新闻，新闻，究竟要怎么做才好呢？向弯知道，颜思危从一开始就走在她前面，在她俩的PK中，她始终是个失败者。

从洗手间出来，郑总让向弯去他的办公室，看到向弯脸上挂着还没干的泪痕，郑总叹口气："这点批评就受不了了，心理承受能力这么差怎么当个好记者？"他态度平和下来，语重心长地说，"批评你是觉得你可以栽培，你身上有股牛劲，是个好苗子，要当名优秀的记者，你得做好长跑的准备。"

向弯既羞愧又委屈，小声应着："知道了，郑总。"

这时，站在过道里的肖劲手机短信铃声响了："听说，我成你们那儿的学习典范啦？肖帅，什么时候请我吃饭（偷笑表情符）？"

发件人显示的是颜思危，肖劲想着怎么回应，犹豫再三，最终回了个笑脸符号。

路过张贴栏，向弯看着收视率分析表，她想起了当时的央视主持人小崔说过的一句话："收视率是万恶之源。"她举双手外加双脚赞同这句话，于是暗自发誓："我，向弯，一定要报道出好新闻给你们看看！"

第五章

五个月前

"下一个，135号！"向弯刚走出面试的房间，就听见里面的老师喊号，今天是新记者招聘会，向弯的面试题目不算难，让她给现在的新闻节目提意见，她的回答还算OK，比如主持人讲话过于端着，新闻报道不够鲜活等。这会儿，她刚考完出来，只见一个姑娘迎面而来，和她擦身而过。

"好漂亮！"向弯心想，匆匆惊鸿一瞥，使她的眼神不自觉地跟上去，看到的是那姑娘的披肩长发和倩影，直到那倩影闪进屋内，她才痴痴地离开。

进来的不是别人，正是颜思危。

"各位老师好，我叫颜思危，我父母给我起这个名字是让我常常居安思危。"颜思危浅浅一笑，声音清脆，考官们顿觉眼前一亮，如沐春风。

颜思危实在太漂亮了，浓眉大眼高鼻梁，身材高挑，一身白色小西服，脖子上系的那条红黄色丝巾把整个人衬托得青春靓丽。她往那儿一站，就是一道风景。

"来，念一段稿子我们听听。"一个面试官说。

颜思危拿着一份媒体刊登的新闻稿，提一口气，念道："昨天，来自四川省文物考古研究院的四名女考古员和两名来自国外的考古专家一行，成功翻越了十里峰无人区的一座雪山。7天前，她们从阿坝州出发，蹚过泥泞路，踩过碎石坡，在接连翻越12座高山后，终于将巍然屹立的十里峰征服，来看前方记者发回的报道。"

抑扬顿挫，字正腔圆，考官们频频点点头，又一道题目抛给她："假设你正在火灾现场，需要你做现场报道。"

"好的，老师。"颜思危不疾不徐，稳稳地说，"这里是××街皮具加工厂门前，就在10分钟前，这里燃起了熊熊大火，119已经赶到现场救援，据说工厂里还困着一名小工……"

虽然是模拟，但颜思危的现场解说有逻辑、有内容，且层次分明，郑志强明白，颜思危的表现算是今天上午所有应试人员中最好的一个。他反复翻看她的资料，问："你是播音主持专业，我们是招记者，不是主持人，你知道吗？"

颜思危莞尔一笑，说："老师，我认为记者型的主持人才是最好的主持人，我的梦想是当主持人，我想先从记者做起。"

好直白的回答，话语间还带着一点优越感和小自负。

"你的老家在河南郑州，为什么毕业后不回家乡？"一位考官问。

"我想在成都发展，这里城市大，机会多，平台更好。"

"如果你被录取了，以后遇到更好的平台，你会离开吗？"

"会。"颜思危没有犹豫，"人往高处走，我只跟随我的梦想飞。"

坦率，直接，现实，出类拔萃——这是考官对颜思危的集体印象，颜思危毫无悬念地成为当天考试的第一名。

出门前，颜思危试探性向其中一名考官打听："老师，我会被录取吗？"

"嘘。"老师做了个小声的手势，朝她微笑。

颜思危懂了，她高兴地跑出考场大门，拿出电话拨打："亲爱的，起来没？我今天考试很顺利，喂，喂，你听到没？今天我们去吃好吃的，庆祝我考试结束。"

电话那头的声音懒懒的，颜思危瞬间有点不高兴："你这个样子怎么和我一起进步嘛！我在往前跑，你在拽后腿，我是有目标的人，快起来！"

对方老半天回了一句："危危，让我再睡会儿，我头疼。"

颜思危气得挂掉电话，埋怨道："每天晚上不玩游戏你会死啊。"

颜思危打电话的人是她男朋友程洪伟，头一天晚上玩 CS 到凌晨，这会儿赖在床上爬不起来。程洪伟是她的大学同学，还在读研究生。颜思危毕业了着急找工作，可程洪伟不急，他是成都本地人，父母在机关工作。说实话，颜思危也不见得死心塌地地爱他，只是大学生活无聊，恋爱打发时间，追她的男生一大把，她最终选择了他，本地人嘛，家境还行，她得找他落落脚，总比自己孤零零的一个人在异乡打拼好。她不想像他那样继续读书，她想赶快毕业赶快挣钱，她老家有句话：书读多了，女人就老了。

挂了电话，颜思危往公交车站一路小跑，她想早点回去把他叫起来，陪她出去好好吃上一顿，她今天感觉特别好，直觉告诉自己能通过考试，此刻她的心快乐得快要飞起来了。

向弯面试完，回到口腔诊所的这个下午，整个人都有点魂不守舍。她引导客人坐在电脑旁，看小片和内窥镜上的拍摄影像时，给客人张冠李戴，放错了片子，还好发现及时，没酿成医疗事故。向弯做牙医助理这个职位已经快两年，再过一个月，她就可以转成见习医生，然后顺理成章就能当上牙医了。在泸州医学院学口腔医学的五年里，向弯还算认真努力吧。当初选这个专业也不是她自己的意愿，是为了不让爸妈伤心，像很多家长的惯有思维一样，向弯的爸爸年轻时没能读成医科大学，便把理想寄托在女儿身上，向弯乖巧懂事，遂了父母的心愿。但要问向弯自己的梦想，她会毫不犹豫地说："做主持人。"这个梦想和她的专业南辕北辙，到底怎么来的，向弯自己也说不清楚，只是在记忆里，这个想法好像一条看不见的线，一直牵引着她。

她还记得1981年，邻居狗二娃家里多了一个方盒子，神奇地闪亮着，狗二娃指着方盒子用稚嫩的声音对她说："爸爸给我说这叫电视机。"她好羡慕。

1983年，她的爸爸终于也买回来一台电视机，方盒子更神奇了，她从里面知道了《铁臂阿童木》，从此，她的世界亮了。

1986年，电视节目越来越多，向弯越来越上瘾，可是爸爸有规定，每天只能看那么点时间。为了偷看电视，她还挨过两记耳光。

1991年，《正大综艺》里站着一个红衣女子，叫杨澜，她对向弯有种特殊的吸引力，她着迷地喜欢她，希望有一天能和她一样走遍全世界。

1994年，高中时期，在一次校园文艺会演上，老师让她当了回主持人，她的表现得到一致好评，她被启蒙了，心里有颗种子发芽了。

高中毕业后她考北京广播学院，现在叫中国传媒大学，文化课成绩差，没被录取，被第二志愿填的泸州医学院录取了。和梦想失之交臂，加上来自父母的压力，那就弃文从医吧，心里的那颗种子还没发芽就被现实扼杀了，内心即便失落伤心也只能朝现实低头。

命运会不会改写呢？向弯魂不守舍，上午的面试让她觉得好像上帝又为她打开了另一扇窗户。她每天的工作是在诊所里帮医生递递器械，迎来送往，干的都是重复劳动，她真的已经厌烦了。这会儿，她像往常一样准备器材，口里默默数着："一套K锉、双氧水、两个注射器、一块酒精纱布、次氯酸钠、生理盐水、机扩针、暂封膏、烫牙胶尖器。"刚才来了一位预约做根管治疗的客户，她正在帮医生做术前准备。数了一遍不放心，她又数了一遍，恍恍惚惚的，觉得应该没有落下一件器械。

"跟我来吧。"向弯把一个少妇模样的女子领进诊室，微笑着帮她把包放好，把铺巾给她戴上，"今天是根管治疗的第一次，治疗的时候尽量放轻松，您的医生是很有经验的。"

消除患者的紧张心理也是牙医助理的工作职责。

"根管治疗疼不疼啊？需要打麻药吗？我怕痛得很噢！"少妇有点烦躁。

"如果神经是死的，那就不疼，如果神经是活的，可以局部麻醉拿走神经，整个过程就不疼了，不要太担心噢。"向弯温和地说，这些话都是背过好多遍的。

"我咋晓得我的神经是死的还是活的？我听做过的人说很痛很痛的嘛。"

向弯知道，这是患者多数时候的反应，心里有些害怕是正常的。她继续微笑着示意她在椅子上坐好，还握了握她的手："打了麻药就不疼了，医生会一步一步给你说的，放轻松。"

医生判断患者需要局部麻醉，向弯把麻醉针递过来，医生给她打了麻药，少妇没那么紧张了，整个过程也挺配合医生，就在第一次治疗快结束时，少妇突然感觉有一下蛮疼，惊声呼叫起来："啊啊啊——不是说无痛吗？整个头像炸了一样，好痛啊！"

其实，因为牙神经牵扯到整个脑袋的神经，麻药到达牙神经不一定有效，特别是牙龈有炎症时会影响麻药的效果，向弯事先并不十分清楚这一点。医生在旁一直安慰少妇，少妇痛得嗷嗷叫，最后的治疗是在少妇痛苦的尖叫声中结束的。

"我要投诉你！你没告诉我实情！"少妇一边捂着嘴，一边指着向弯的鼻子骂，嘴里含混不清，"痛死我了，领导呢？你们领导呢？啥子歪诊所哟，痛死我了，我要见你们领导！"

一阵骚乱引来了行政部主管，为了不影响诊所正常营业，行政部主管把少妇请进了办公室，关着门一对一座谈。

向弯待在诊疗室里收拾残局，扔掉用过的杯子、带血的纱布……她慌慌张张整理一次性器械，心里想着诊所会怎么处理她，脑子里突然闪过一个荒诞的念头："最好把我开除了吧，开了吧开了吧……"恍惚之间，她嘴里"哎哟"一声，指尖上冒出一个红点，鲜血顺着红点往外渗，她发现自己被麻醉针头扎了一下，针头是病人用过的，自己处理时不小心被扎到了。她心里一紧，快速把流血挤掉，拿棉花团使劲儿压住出血点，等待血不流了，她看着被扎的那个小点发蒙，心里害怕。稍有医学常识的人都知道，这次她极有可能糟了！

被病人污染过的针头扎过，这属于高危情况！如果病人确定是艾滋病患者或者有其他传染性疾病，向弯就有一定的被传染风险，这是极有可能的。

向弯一下子被彻底打蒙了。

办公室那边还在嚷嚷，谈判还没结束，对于和那个少妇的谈判结果，向弯瞬间不再关心了，她机械地被同事拉进房间，那个少妇要她当面道歉，还要诊所免除她这次全部的治疗费用。牙疼不是病，疼起来真要命！钻心的疼痛让少妇失态，歇斯底里非要向弯道歉。向弯被人架在那儿，嘴里却平静地吐出一句："你得过什么传染病吗？"

"嗯？你说啥子？"少妇以为自己听错了。

"你得过什么传染病吗？"向弯又平静地问了一遍。

"你这是什么态度，瓜婆娘，你这是在诅咒我？你才有传染病，我看你有艾滋病，你们全家都有艾滋病！姐现在不要你道歉了，姐现在要你赔偿！要你们诊所赔偿，你们敢侮辱我！"

"我刚被你打过麻药的针头扎了。"向弯补充说。

"啥子呢？呵呵，扎得好，给你说，姐就是有传染病，姐啥子病都有，你跑不脱了，哪个喊你侮辱我！"

一片混乱中，向弯被人拉出门。领导让她下午就开始休息，同事告诉她，她需要做免疫八项检查，现在时间太短查不出来，最好等一个月后再检查，三个月后还要复查，才能最终确定有没有被传染。

"好了，我可以安心休息等待结果了。"向弯长吁一口气，心里这样想着，拎着包回家了。

一个月后，两个身影，在同一个明媚的早晨，同时站在电视台的大门口，张望着墙上贴的招聘公示。一个身影高挑靓丽，一个身影小巧玲珑，她们同时笑了，因为她们的名字都出现在被录取的准记者名单里：颜思危、向弯。

向弯认出了她前面那个靓丽的身影，就是面试时惊鸿一瞥的那个姑娘。她很想知道她的名字，却不好意思上前询问，万一，万一，她没被录取呢？岂不让人尴尬。向弯不觉笑起来，这一个月以来，向弯都没去上班，诊所不让她去，让她查清楚结果拿着化验报告再去，她这一个月的奖金绩效全被扣了，说是处罚给少妇的治疗费，据说少妇一共需要根管治疗三次，第二次诊所答应也给她免单，这件事才告消停。她也听出了言下之意，民营企业经营不容易，怕客户还要上门闹事，这段时间她最好在家避避风头，至于避多久，等诊所再通知。罢了罢了，这些对于此时的向弯来说都不重要了，她心里乐着呢，她有种自己后路被斩断的决绝感，又有种前程似锦的期待感，什么叫置之死地而后生？这不就是吗？不把自己的后路堵死，生命是不会开出另一朵鲜花来的。至于检查结果，等先圆了自己的梦再说，她相信，天助自助者也，上天是不会辜负一个努力的人的。要不给家里打个电话吧，把新的工作动向给远在攀枝花的父母说一声，谁知电话那头传来的是爸爸失望的责骂声："学了五年的医学专业，你就这样丢了啊！多少人想当医生，你马上就要熬出头了，你是存心想要气死我是不是！"

妈妈也在那头担心："当初让你学医，你也没说不喜欢啊，下一步就职的医院我们都给你找好了，就等你见习期结束，我们托了多少关系，你是知道的，你傻啊，将来去大医院当医生就是一辈子的铁饭碗啊，你现在体会不到，等将来后悔就晚了。"

向弯没想到父母的反应这么大，她鼻子一酸，急了："爸爸妈妈，你们是帮我做了好多，可是你们问过我喜欢吗？问过我的梦想吗？"

　　爸爸又说："这几年中国的牙科事业好起来了，人们的口腔保健意识和口腔治疗方法都跟以前大不一样了，牙科医生的社会地位和经济收入会大幅度提升的。弯弯，你现在就差临门一脚了啊。"

　　"爸爸，你这是在逼我啊。"向弯哽咽道。

　　妈妈也鼻子一酸，在那边快哭出来了："难道爸爸妈妈替你着想还错了吗？难道你想老了跟你爸妈一样下岗吗？"

　　电话两边都传出了啜泣声。

　　"真不知道我们哪里错了，你这么不理解我们的苦心。"

　　这通电话，犹如一座大山压得向弯喘不过气来，她不想让父母伤心，从小到大，她都是乖乖女，听父母的话，一步一步按照父母的安排来。但现在她要抓住机会，命运对她敞开大门，她要义无反顾地走下去，她相信爸爸妈妈迟早是会原谅她的，等她将来做出了成绩，爸爸妈妈就会支持她了。

第六章

初来乍到

　　黑压压的会议室里座无虚席，今天是到电视台报到的第一天，向弯大概数了一下到场人数，有 60 多人，招聘启事上不是说只招 30 名记者和编辑吗？超出预招人数一倍以上。离总监训话还差 5 分钟，向弯突然有一点紧张，人一紧张就容易内急，想憋又憋不住，额头渗出一层虚汗，忍无可忍时，向弯一溜小跑冲出会议室，直奔卫生间。

　　越是情急，越是慌乱，向弯看也没看门牌上的男女头像，就像一只无头苍蝇一样，闯进一扇门，和迎面而来的一座大山撞了个满怀。向弯抬头一瞧，瞬间窘得满脸通红，撞的是帅哥一枚啊！被撞那人身材高大，肩膀厚实，正一脸错愕地看着她。向弯忙不迭地说："对不起，对不起，我很着急。"两只脚轮换颠来颠去，快站不稳了。

　　帅哥立马明白了，面色温和地轻轻拉着她的胳膊走出门，指指门上的标识牌说："还好我出来得及时，姑娘的卫生间在隔壁。"

　　向弯窘得恨不得立马找个地缝钻进去，匆匆说了句"就此谢过"，便闪进女卫生间。

　　会议室里已经开讲了，向弯蹑手蹑脚溜进会议室，正寻思悄悄走到最后一排找个位子坐下来时，只听见台上传来一个威严的声音："那个想要溜到最后一排坐下的同学，到第一排来就座。第一天就迟到，不允许有第二次。"

60多双眼睛齐刷刷地扫向她，向弯脑子里轰的一声响，脸红到脖子根，定在原地，不敢再往前迈出一步。

"对，说的就是你。"台上的声音不给人留有商量的余地。

向弯不敢抬头，只得灰溜溜地到前排就座，心里骂了句英语。向弯有个特点，尴尬的时候冒英语，在这么多人面前丢脸，真是太倒霉了。待坐定，向弯这才看清台上领导的脸，这不就是那天面试她的那个严肃的考官吗？

"首先自我介绍一下，我是这个频道的总监，郑志强，你们中的每一个人都应该认识我，面试的时候我们见过。"总监说，"今天在座的，都是通过两轮笔试、一轮面试过关斩将留下来的，一共65人。在我们这里报名的总共500多人，你们是这500多人中的佼佼者，同学们，先给你们自己鼓鼓掌吧！"

雷鸣般的掌声响起，台下是65张新鲜的、充满朝气的面孔。

郑志强接着说："各位，现在的电视传媒已经来到'战国时代'，旧的电视形态正在向新的转型。民生新闻异军突起，这是一种新的新闻形态。不知道有没有人看过《我们零距离》这档节目，它在全国的新闻节目中，斩获多个新闻类节目一等奖。'零距离现象'为全中国的电视新闻大改革拉开序幕。而我们，就是要向《我们零距离》学习。"

郑志强在台上说得来劲，65双眼睛在台下闪耀着渴慕的光。

"在座的你们有幸搭上了这趟改革的列车，你们即将加入我台正在筹备的《百姓连连看》栏目，这档栏目有独特的创办思路。新闻节目主持人作为传声筒的时代已经过去了，我们要打造真正鲜活的、非主流的民生新闻主持人，到时候，一定会吓你们一跳！"郑志强嘴角微微上扬，故作神秘，"这个主持人一定是非科班出身，他要现场直播，要敢说真话，甚至敢说错话。"

台下一片哗然，有人觉得热血沸腾。

"还有广告上的独创性，我承诺'达不到收视率退还广告款'，这恐怕没人敢提出。去年栏目时间段广告是每年 300 万，以后，我预估会超出 3 倍以上，到那时，你们将会成为蓉城收入最高的媒体从业人员，高到你们想也不敢想，数钞票数到你们手软！"

台下一阵骚动，好一句"数钞票数到你们手软"！这话太有煽动性了，对于这些新人来讲，前景和钱景都太诱人了！

固定的讲台似乎限制了郑志强的自由发挥，他拿着话筒走下台，更加激动地宣布了他的宏大愿景："我希望，我们一起办一个 24 小时播出的新闻频道！我希望我们一起办一个属于自己的电视台！你们赶上新闻改革的好时候了，我们可以大胆干一番事业了！"

好铿锵有力的声音啊，向弯手臂上的汗毛嗖嗖立起来，心中燃起一团熊熊烈火，正兀自在那儿烧着，突然右胳膊被谁轻轻碰了碰，她扭头一看，是邻座一个长相秀气的姑娘，那姑娘挤眉弄眼地小声问她："你说，这煽动的效果，我们是不是应该配合一下，齐声高呼呢？"

向弯想笑不敢笑，表情尴尬。人群中果真有人站起来带头鼓掌，雷鸣般的掌声陆续响起，震耳欲聋。

"当然，这样大好的改革过程，并不是你们每个人都能参与的……"突然，郑志强话锋一转，会场立刻鸦雀无声，"现场发生的新闻要原汁原味原生态，一个好记者和一个拙劣的记者是有差别的……"

什么意思？大家脸上的表情更加疑惑了。

"你们中的大部分人连一点媒体经验都没有，也不是学传播的，我是故意招你们这样的'白纸'，白纸好作画，容易打破固有思维。但是，我给你们作画的时间只有三个月，三个月后，若是完不成一幅合格的画作，你们就会被淘汰。也就是说，65 个人，最终只会剩下 30 人，我会给你们三个月的培训时间，还有一次终极考试，通过考试才能留下。奉劝那些为了进电视台而辞职的人，一定要想清楚，有舍有得，我不会给你们任何人留下来的承诺，也不会给你们任何人走后门开绿灯，靠你们自己去公平竞争！"

郑志强总结完毕，大家心中刚才燃烧起来的那团火焰瞬间被浇灭。向弯心里琢磨，一半以上的人最后要离开啊，这真是比高考还残酷，心情也变得沉重起来。

"当然，你们中要是有人打退堂鼓，随时可以选择离开，用不着等三个月。"郑志强停顿一下，转而轻松地说道，"今天是你们彼此见面的第一天，互相认识一下吧。"

话筒像接力棒一样从第一排的同学开始往下传，一个传一个，传到向弯旁边，就是那个刚才用胳膊肘碰了碰向弯的姑娘，那姑娘噌的一下从座位上弹跳起来，一口京片子，话密，嘴直。

"大家好，我叫李敬，北京人。我是真不懂新闻啊，高考分数差点，就凑合报了个兽医，专业没选好，大学毕业没找着合适的工作，人家都是北漂，我是蓉漂，刚好到成都来玩，就看到电视台招聘记者的广告，顺便报了名，没想到一路过关斩将走到这儿，就跟大家碰着了。"李敬不好意思地吐了吐舌头，"干记者，能去别人去不了的地方，刺激！各位哥儿们姐儿们，请多关照啊——"

李敬说完，话筒传给了向弯，向弯腼腆地站起来："我叫向弯，就是一菜鸟，大家共同进步。"说完，害羞得立马一屁股坐下。

接着，一个胖乎乎的男生站了起来，傻里傻气的憨厚样儿："周中，你们可以叫我胖子周，从小到大别人都这么叫我，你们看，我确实也胖，160斤，以后大家搭伙吃饭时别躲着我啊。"他耸了耸鼻梁上的眼镜，一尴尬，用力过猛，眼镜滑地上了。

会议室里笑声一片。

"在下安在旭。"一个皮肤白皙、身材颀长的男生站起来，"用流行的话讲，我是个海归，国外学的传媒，因为不想当'海待'，就来这儿碰碰运气。"男生自嘲地笑了笑又说，"女生们别误会，不是韩国那个明星安在旭啊，希望我们大家都能站到最后，也能'战'到最后。""战"这个字，他加了重音强调。

　　接着，一个甜美的声音把大家的注意力吸引过去了："我叫颜思危，父母给我起这个名字就是让我居安也要思危，各位请多关照。"

　　顺着声音望过去，一个笑吟吟的姑娘站起来，一袭红色长袖衬衣裙，高挑的身材亭亭玉立，一刹那把所有人都镇住了。向弯一看，这不就是惊鸿一瞥的姑娘吗？她像一朵明艳艳的虞美人站在绿叶丛中，只听她说："我的理想不是当记者，我想做记者型的主持人。"

　　颜思危，真好听的名字，真好看的美人儿，向弯看傻了，女孩子都想多看她两眼，更何况男生呢？

　　"我是肖劲。"向弯还在沉思时，一个身材魁梧的高个子男生站起来，"我来自东北哈尔滨，男儿志在四方，我想在成都安顿下来。"

　　说话的这人不就是刚才自己误闯男厕所，撞人家满怀的那个男生吗？向弯暗自吃惊，想起刚才的窘样，自觉尴尬，却又忍不住偷偷用余光瞟他。这个高个男生生得一双剑眉，五官轮廓分明，皮肤黝黑，一笑露出一口白牙，身穿 T 恤衫、牛仔裤，白球鞋一尘不染，活脱脱一个阳光大男孩。男生礼貌地给大家鞠躬，嘴里说着："大家好，大家好，认识各位很荣幸。"转向向弯这个方向的时候，向弯敏感地发现他的眼神投向了她，她赶忙下意识地把迎上去的目光收回来。那男生最后说："希望和大家共同走过一段愉快的路程。"向弯心里像被什么触动了，小鹿乱撞，把脸别到一边。

　　等大家挨个儿介绍完毕，进来一位老师，胸口挂着照相机，张罗着大家往外走，说是频道搞文化建设需要新人的集体大合照。大家三三两两结伴而行，李敬跑到向弯面前，对向弯伸出右手，一脸的友好真诚："李敬，刚才介绍过了，认识你很高兴。"

向弯跟她握手。

李敬诡谲地凑近向弯耳朵低低地说了句："原来蜀都电视台有这么一位大胆进取、锐意改革的左派激进分子啊，我说的是郑总监。"又朝向弯眨眨眼，"你说，他'激进'成这样，是我们这些新员工的'幸'还是'不幸'呢？"

向弯敲了一下李敬的脑门儿，扑哧一声笑了，这北京妞儿嘴可真犀利，她分明感觉自己瞬间喜欢上了这个口无遮拦的丫头。

台门口有个阶梯台阶，65个人错落有致地排成几行，照相的老师咔嚓咔嚓照完几张之后，貌似还不满意，左看看右看看，指着人群中的颜思危说："你，出来一下。"又指着人群中的肖劲说，"小伙子，你也出来一下。"

颜思危和肖劲诧异地走到一起，两眼迷茫。照相老师说："你俩外形不错，内部刊物需要一张封面照，我需要你俩手拉手或者背靠背，面对镜头咧嘴笑，笑得越灿烂越好，其他同学排在后边原地不动。"这两个人都属于在人群中脱颖而出的那种类型，颜思危有点不好意思，脸上散发出迷人的光彩。肖劲主动对颜思危说："我们先手拉手吧，把双手举起来，像这样……"他拉着颜思危的手举过头顶，做了个拥抱天空的姿势，"老师，您看这样行吗？"

"嗯，不错，就这样，来，笑，对，笑得再灿烂点。"

两人咧嘴笑，肖劲一排整齐洁白的牙齿露出来，特别好看。照相老师按下快门。

"他俩看着好般配啊。"后排站着的李敬自言自语，"你说是不是？像韩剧里的人物。"她扭头看着向弯。向弯痴痴地望着，嘴里不自觉地应和着："是啊。"

被肖劲拉过手的时候，颜思危好像触电一般，肖劲高出她一个头儿，跟他并排站着，她像个小女生，那张脸除了帅气还给她强烈的依赖感，这是她以前从来没有过的感受。被人保护的感觉她已经缺失十多年了，七岁时那个倾盆大雨的夜晚，她的爸爸烂醉街头后就消失了，多年来是生是死也不知道，她妈妈说他不配当父亲，就当他死了吧。颜思危一下恍惚了，拉手短暂的几秒钟好像又把她拉回到那个柔弱小姑娘的世界。拍完照，肖劲微笑着对颜思危说谢谢，眸子里平静得没有一丝波澜。

拍完照就散了，大家三三两两往外走。颜思危刚走出门，就看见大门外十步之遥站着男朋友程洪伟，他正捧着一束玫瑰花朝门内张望，看见颜思危了，便笑脸迎上去，把花递给她说："危危，我专门……"

看见程洪伟，颜思危吃了一惊，想假装不认识他，朝他摆摆手，嘴里小声呵斥："你快走啊，快走啊！"新同事陆续从她身边经过，看到这一幕，大抵都明白是怎么回事，颜思危表情更窘了。程洪伟不明就里，他低头看了看自己身上的衣服裤子鞋子，没问题啊，哪儿哪儿都不脏啊，于是又说："第一天下班，我是专程来接你的，危危。"说完愣是把这一束花递到颜思危手中，颜思危只好捧着，一脸的不高兴正想发作，突然听见前面有人喊："肖劲，快过来，这儿，我在这儿！""肖劲"这个名字让颜思危一下子敏感起来，她循着声音望过去，喊叫的是一名中年男子，正站在马路牙子边，背靠着一辆宝马4S轿车，伸出手使劲挥舞。她身后匆匆跑过一人，正是肖劲，一边跑一边答应："哥，你怎么来了？"然后，迅速打开前车门，坐到主驾驶位置上开车而去。

"看啥子呢？"程洪伟问愣着的颜思危。

颜思危埋怨道："谁让你来了？还拿着一束花，想让全世界都知道你是我男朋友吗？"

"危危，你今天第一天上班，我特意来接你下班，想给你个惊喜，我以为你会高兴。再说你本来就是我女朋友嘛，正大光明的，我有私心，你这么漂亮，他们晓得你有男朋友，就不会来找你了。"程洪伟笑嘻嘻地说。

"笑什么笑，以后别来接我了，太招摇了，同事看见不好。"

"有啥子不好？"

"我说不好就不好！"颜思危把花重重地扔到他手里，"以后不准来接我！"丢下一句话扭头就往前面走。

"危危，好嘛好嘛，不接就不接嘛，你好生说嘛，等下我！"程洪伟小跑追上去。

此时，旁边站着的两个人把这一幕尽收眼底，李敬的胳膊搭在向弯肩膀上，话中有话："看见了没？一个是富二代，一个是名花有主。"

"你在说谁啊？"向弯问。

"肖劲，我猜他准是富二代，你没看见他把宝马车开走了吗？还有那个颜思危，人家男人都捧着鲜花追来了，而且还是个成都男人。"

"你怎么知道？"

"你听不出来一口成都腔啊？成都男人是有名的'耙耳朵'，我看啊，颜思危名花有主，从此有多少男生要偷偷掉眼泪了。"

"观察这么仔细？"向弯在旁边笑。

"这还用观察，傻子都能看出来！"

"你的意思是我是傻子啰？"

"这话可不是我说的。"

"你别跑，看我怎么撕烂你的嘴！"

向弯追得李敬一路咯咯咯地笑。

第七章

长兄如父

一辆宝马车呼啸而过，甩了个漂亮的摆尾，停靠在一栋两层洋楼前的私家车位上。肖劲从车上跳下来，把钥匙丢给大哥，"嘀嘀"两声，大哥遥控锁车，笑着说："我看你这技术越练越好，这车干脆给你开吧，你这工作也快定了，也需要个代步的工具。"

"哥，"肖劲嘿嘿一笑，"我不要，记者有采访车的。"

"不采访的时候，你也需要用车啊。"大哥搂着肖劲的肩膀。

"哥，我还有三个月的考核期，这车我开着有点……呵呵，招摇，等我最终留下来，我们再议行吗？"

"好吧好吧，都依着你，你需要，哥随时可以给你。"

肖劲两兄弟穿过私家花园，走进屋内。这是一栋两层复式洋楼，屋内尽显巴洛克奢华风格，意大利皮革沙发，古色古香的木质家具呈现精湛的雕刻艺术，客厅中间长达两米的吊顶水晶灯照得整个家金碧辉煌，这屋子虽奢华，但怎么看怎么有些土豪。与这房子装修风格格格不入的，是摆放在客厅壁柜上的两张大相框黑白照片，照片上是一对面带微笑的中年男女。

肖劲的大哥一进屋就拉着弟弟走到照片前，扑通一声跪在地上说："妈，爸，您二老走的时候，叮嘱我一定要好好照顾弟弟，弟弟比我有出息，大学顺利毕业，今天工作也算有着落了，您二老就放心吧。"说着说着，大哥的眼眶湿润了。

肖劲扑通一声也跪下来："妈妈爸爸，这么多年全靠哥哥供我读书，愿爸爸妈妈在天之灵保佑哥哥身体健康。"

"哥哥今天有些激动，真是太高兴了。"大哥抹了一把眼泪。

大哥的这把泪抹得实在是意味深长。大哥叫肖勇，比肖劲大8岁，读初中的时候，父母车祸意外双亡，临终时叮嘱他照顾好弟弟，那时候，肖劲只有6岁。家里没了顶梁柱，肖勇被迫辍学外出打工，把弟弟留给爷爷奶奶扶养。起初肖勇在建筑工地搬砖受尽欺辱，为了赚钱，他铤而走险偷钢筋被拘留，那次之后他发誓要靠勤劳致富。凭着勤劳吃苦干遍工地所有工种的劲儿，慢慢混成了一个小包工头，后来混成了总包，包揽了多条高速公路的修建工程项目，总资产过千万。一直以来，弟弟肖劲的所有开支都由他承担，包括肖劲后来读大学的费用。肖劲从中国传媒大学毕业后，肖勇执意让他到成都来发展，弟弟是他心头最大的牵挂，没了父母，长兄如父，他要把弟弟照顾好。

正当肖勇感伤的时候，肖勇妻子从二楼扶梯走下来，见肖勇落泪，说道："今天肖劲的工作定了，你们兄弟俩应该高兴才是。"

这句提醒让肖勇收住眼泪："你嫂子说得对，今天是该高兴。"又转头对肖劲说："你嫂子专门做了你最爱吃的豆角焖肉，庆祝你第一天上班。"

嫂子笑着说："晚餐都弄好了，去吃饭吧，你们兄弟俩边吃边聊。"

饭厅里一位雇来的阿姨正忙前忙后，饭桌上菜品繁多，三杯酒下肚，肖勇问肖劲："你刚才说电视台还有最后一关没过，快说说，什么意思？难不成这工作还没敲定？"

"是啊哥，这事还没最后成功呢，这次报考记者的一共有500多人，通过几轮考试后，现在只剩下 65 个人，但这 65 个人中，最后只能留下 30 个人。三个月的培训期，期限一到，又得淘汰一半。"

哥哥嫂嫂见肖劲面色有点凝重，一时没有作答。

"不过——"肖劲的脸又瞬间变得明朗活泼起来，"你弟弟很厉害啦，最后一定打遍天下无敌手，肯定 no problem（没问题）！哥！他们大多数没什么经验，但我是学这个的，上手比他们快，我的目标就是先从专职摄像做起，放心吧，肯定能留下的。"

肖勇有点欲言又止："肖劲啊，其实吧，哥想给你说句实在话，你别生气……"

"什么？你直说。"

"主要你太在意这工作，哥之前也没说出口怕伤了你。其实，哥觉得吧，要是三个月后，你没被录取也别太难过，以哥这些年的经验，我觉得记者这职业，也不是什么很有发展前途的工作，也没什么稀罕……"

肖劲不吱声。

肖勇继续说："记者挣不了几个钱的，那点跑腿费还不够哥给你嫂子买件衣服，没啥意义，你就到哥的公司来帮我做生意，挣得比记者多多了，记者工作丢了也不可惜……"

肖劲不爱听了："哥，我是学这个的，我现在的梦想也是做这个。"

"我也是为你好……"肖勇语重心长。

"我知道哥为我好，可是做记者我喜欢。哥，你已经为我做得够多了。"

肖勇见肖劲态度坚决，只好说："行，你想做什么都行，谁让我只有你这么一个弟弟呢，想通了随时可以跟我学做生意。"

"来来来，干杯。"大嫂举起酒杯，"我祝贺你们两兄弟苦尽甘来。"

三人一饮而尽。

饭后，肖劲回到自己的房间。大哥的家他随便住，他选了一间当西晒的房间。在成都，当西晒的房间一旦遇到老天出太阳就会比较热，肖劲在东北冷惯了，到这儿就想热热。肖劲毕业后来成都半年了，肖勇想让弟弟一直住他家，好弥补这些年没能相聚的遗憾。但肖劲不这么想，他不想靠大哥养着，他寻思着将来有一天也能靠自己闯出一片天地来。

一台笔记本电脑摆放在肖劲的桌上，这是大三时他用大哥寄给他的生活费买的，这也是他最珍爱的一件东西。他大学学的影视专业，很多作业都是在这台电脑上完成的。他打开电脑，随意点开自己以前做的片子，片中他的室友手捧玫瑰花，走到女生面前说着一段求爱表白……看着哥儿们的窘态，他忍不住笑出了声，不知不觉视线变得模糊起来……

也是一张神态窘迫、涨得通红的脸出现在他眼前，对，是那个姑娘，那个冒冒失失闯进男厕所，像一头慌张的小鹿一样撞进他怀里的姑娘。对，她叫向弯，自称"菜鸟"，果然是只菜鸟，还是只傻里傻气的菜鸟！肖劲心里这么想着，忍不住笑出了声。

"自顾自地笑什么呢？"大哥端着水果走进来。

"嗯……在看我以前大学室友的片子。"肖劲有点慌张，手下意识地点了点鼠标，可那个叫向弯的姑娘的窘样依然在眼前若隐若现，挥之不去。

没有人知道爱情是怎么发生的，或许就是青春加荷尔蒙。

第八章

战国时代

三个月的培训很紧张，理论学习、机器操作、节目观摩……65个新人的脑子每天都被充塞得满满当当，精力充沛，他们疯狂地吸收信息，谁也不愿意最后被淘汰。在第一次见面会上郑志强已经说得很清楚了，不想干的或者不适应的可以自愿退出，但没有一个人打退堂鼓，人人都是一副置之死地而后生的状态。学习让新人们开了眼，以前像管道爆裂、女友失踪、邻居的猫爬上树……这些鸡毛蒜皮的小事，哪会有什么新闻性？现在可好，都成了记者报道的内容。这就是郑志强当初说的"还原老百姓日常生活"的民生新闻吗？这场电视变革，真是改头换面，翻天覆地！大家还发现一条不成文的规矩，电视台的人见面都叫对方一声"老师"，不管上级、下级，前辈、晚辈，认识的、不认识的通通以"老师"相称。大家纳闷儿，学校里称呼别人为"老师"，那真是老师身份，可这里称呼"老师"到底是什么意思呢？新人跟着入乡随俗，彼此之间也"张老师""王老师""李老师"……就这么叫开了，反正这么多人，也记不住彼此的名字，唤声"老师"反倒省去了叫错名字的尴尬。

有一天，向弯正在学习编辑技能，半天也搞不明白面前的机器，正急得一头汗，肖劲默默地走到她身后，好心地问一句："我可以帮你吗，向老师?"眸子里满是关切。向弯不知怎么的，直接拒绝了肖劲，也许是为了自己的那点小自尊，不好意思求助，弄得肖劲有点失落。可颜思危就不同了，不停地呼唤肖劲："肖老师，教教我这个好吗?""教教我那个好吗?""肖老师太棒了，连这么难的剪辑都会。"一脸天真样。每当这个时候，向弯的心里都不是滋味，尤其看见肖劲手把手辅导颜思危时两人的背影和谐地靠在一起的时候，她都会莫名地生气，手上剪辑的动作也乱了套。

其实，就在新人培训的时候，殊不知天下的电视格局正在悄悄发生变化。就在郑志强轰轰烈烈招兵买马的同时，蜀都电视台内部另外两个频道也加快了抢占市场份额的脚步，各自打出煽动性的招聘广告："高薪砸你，有胆你就来!""敢闯，就来你的舞台!"俨然展开一场人才抢夺战。蜀都电视台的外部也燃起了战火，省级卫视加入竞争，推出同类型的民生新闻，参与日渐升温的新闻大战。人才竞争的战火在低调中酝酿，宣传攻势的战火在高调中燃烧，一时间，江湖上硝烟弥漫。

郑志强不惜调动全频道资源，用大量时间进行高密度的广告轰炸，在黄金时间，平均每 5 分钟就打出一次广告，喊出了"新闻不再是静态""新闻不再有距离""新闻不只是现场"三句箴言。为配合宣传造势，新记者每天奔赴成都的大街小巷，走进各个社区，请市民填写问卷参与电视台主持人的选拔，市民收看节目的积极性被大大调动起来，不到半个月光景，蓉城百姓无人不知无人不晓《百姓连连看》这档节目。在这种高压下，新人每天真的是被累成了一条狗。待深夜 11 点，向弯回到租住地便瘫倒在床上。

李敬和向弯自从认识后就黏糊上了，在电视台附近合租了一套房子，彼此形影不离，像大学宿舍女生那样，喜欢在睡前八卦白天发生的事情。

"我总觉得那个海归啊，有些自视清高。"李敬瘫在床上，盯着天花板幽幽地说。

"怎么了?"对面床上向弯的声音有气无力。

"你不记得昨晚看纪录片后他的发言啦？那可是人家前辈拍的纪录片呢，还得过国际大奖，这家伙居然说人家'满篇都是摆拍，虚假得令人作呕'。'摆拍'，多新鲜的词啊，真是在国外学了传媒，就回来评头论足，没一点谦虚样。人家毕竟是前辈，你得学会先尊重人啊，对吧？"李敬义愤填膺地说。

"人家在国外学的传媒，视角或许和我们国内不一样。"

"让他去拍一个试试，摄像机估计现在都还拿不利索呢，典型的坐着说话不腰疼，眼高手低型！"

向弯懒懒地翻了个身。

"你觉得颜思危怎么样？"李敬又问。

"什么怎么样？你是问外貌，还是别的？别的我也不了解，外貌就是很漂亮啊，漂亮得我每次都忍不住多看几眼，一看就是主持人。"

"漂亮是漂亮，可我总觉得她有点孤傲，独来独往的，一种说不上来的感觉，肯定是个有故事的角儿。"

"会有什么故事？你说说。"向弯顺手拿起床头的一本书——《心相约》，这是凤凰卫视主持人陈鲁豫写的自传故事，讲的是她大学毕业后作为电视人的心路历程。

"我说不上来，就是好奇。喂，向弯，你翻啥书呢？"

"就这个啊。"向弯拿起来给她晃晃，思绪已经在书上了，喃喃自语道，"电视真是一门高深的学问啊。"

"又看陈鲁豫啊，天天看她你不腻吗，向弯同学？我可不想学什么成功典范励志型女性，她可不是我的菜。"

"不是你的菜你还知道那么多，看来，你也没少关注啊。"向弯自顾自地翻着，"我就喜欢她对电视的执着，甘于放下一切的决心，她的知性和亲和力，还有她有梦想，你知道吗，她想成为美国脱口秀黑人主持人奥普拉那样的人。"

"我看你是对电视着魔了。"李敬噌的一下坐起来，用责备的语气说，"我觉得你活得过于理想化，太不真实了，我们要做的节目，能和陈鲁豫的节目一样吗？我们采访到的是什么？她采访到的又是什么？百姓的鸡毛蒜皮、风花雪月能和国家大事相提并论吗？别再受她的催眠了，还有你经常念叨的什么吴小莉说的'大事发生时，我在现场'，拜托，真正大事发生时，你，向弯，能在现场吗？你充其量也就待在成都鸟不拉屎的小巷子里，醒醒吧，我们做的是地方新闻，地方新闻，懂不懂？"李敬的"地方"两个字，落音极重。

"你怎么像老太婆一样啰唆。"向弯反驳道，"难道我们不该有电视理想吗？"

"那请问，向弯同学，你的电视理想是什么？"

"就是大事发生时，我在现场啊。"向弯哈哈大笑，"做一个见证者和传播者，通过我的眼睛宽阔你的视野，不好吗？"向弯笃定地看着李敬，又说，"那请问李敬同学，你干吗来考记者？何苦现在还削尖脑袋想留下来？"

"我跟你讲，向弯，我这人其实挺现实的，我是不打算做多久记者的，我也和那谁谁谁一样，就是想看看社会，通过新闻体验体验人生就得了，以后的路还另做打算呗。"

向弯笑笑："乖，我就喜欢你的坦诚劲儿。"说罢，打了个哈欠，翻了个身，"熄灯吧，明儿还要早起，又是忙碌的一天，睡吧。"

啪的一声，头顶的灯熄灭了，睡着前一刹那，向弯突然想起一个多月过去了自己还没去取感染结果，她打了个哈欠，心里又想："再拖拖吧，反正生死天注定。"很快进入了沉沉的梦乡。

第
九
章

心中装着一匹狼

丁零零——

　　清晨 6 点刚过，闹钟就响起来，颜思危迷迷糊糊睁开眼，把搂在她身体上的那只手轻轻推开，那个男人顺势翻了个身，又睡了。颜思危蹑手蹑脚地起床穿衣，她准备去上班了。这段时间特别忙碌也特别累，每天她都是早出晚归，程洪伟几乎看不见她的身影，他还睡得跟猪似的时她就出门了，等她披星戴月下班归来时，他又睡着了。

　　颜思危在洗手间里洗漱完毕，临走前重返卧室去取忘记的丝巾，她记得今天有出镜采访，她对自己出镜时的衣着有讲究。伴着轻微的鼾声，程洪伟还在深睡，颜思危看他一眼，不知怎的，心头涌上一点嫌弃的感觉，她知道他准会睡到 9 点以后了，有时他连上课都要睡过去。她摇摇头，心里想着，终究不是个干事业的人，以后也指望不上他。她匆匆留下一张字条："晚饭别等我了，我回来得晚。"便出了门。

　　空气清新，街上车水马龙，人潮涌动，城市开始新一天的繁忙。颜思危在路边买了油条豆浆，边走边吃。她喜欢清晨的感觉，一天的开始，特别有冲劲儿。刚走进办公室，带她的老师老蒋就嚷嚷着马上出发，今天老蒋要带颜思危和向弯一起去市中级人民法院，有个备受全城关注的案件要公开审理。也巧，在这三个月考核期里，颜思危和向弯被分在同一组，老记者带新记者实习，她俩都跟着记者老蒋学习。路上颜思危问老蒋："蒋老师，这案子是怎么回事？我提前准备准备。"

老蒋说："你们两今天特别要找准时机采访原告、被告双方，这案子真是十年难遇啊……"

原来，这案子说起来简单，但细究起来又太奇葩太少见了。原告王女士因身体原因无法生育，和丈夫商量代孕产子。丈夫提供精子，一名女子非法提供卵子，另一名女子非法代孕，暗箱操作成功生下一对龙凤胎。孩子长到 3 岁时，丈夫突然死亡，婆婆发现儿媳妇和孩子根本没有血缘关系后，便与儿媳妇争夺这对龙凤胎的监护权，法院一审判决婆婆胜诉，获得监护权。王女士不服判决，上诉到市中级人民法院，二审开庭审理。

"这么奇葩的案件，今天采访的媒体肯定不少，我们要争取在这些媒体竞争中采访到独家内容。"老蒋又补充。

真被老蒋说中了，还不到 9 点开庭的时间，法院门口就被 20 多家媒体记者围住，长枪短炮蓄势待发。

"你俩谁想好了口播就开始，谁先来？"离开庭时间所剩不多，老蒋想在开庭前，让颜思危和向弯先说一段开场白，阐述记者今天在现场见证庭审过程，他准备开机了。

"我先来吧，我想好了。"老蒋的话音刚落，颜思危就抢着说，同时理了理脖子上的那条丝巾。向弯其实也想好了说什么，被颜思危抢了先，自然不好说什么，只好默不作声。

颜思危看着镜头，出口成章地说了下面一段话："备受全城关注的代孕龙凤胎引发婆媳监护权之争的案件今天上午 9 点在市中级人民法院开庭，之前大家关注的'没有血缘关系究竟算不算母亲'以及'孩子的爷爷奶奶究竟有没有监护权'的焦点问题会在今天——进行庭审辩论。庭审马上开始，我们将全程记录，为您发回最新消息。"

听完颜思危的开场白，老蒋暗自吃惊，颜思危的这番话像是事先做过功课，她在不知道采访内容的情况下，怎么能这么快归纳出案件争议的焦点？如果不是事先做功课，那她的知识面实在了得。向弯听了心里有些打退堂鼓，说得太好了，相形之下她不敢再贸然开口："蒋老师，这段我还是不说了吧。"

庭审开始，控辩双方律师唇枪舌剑，辩论异常激烈，当审判长宣布休庭时，20多家媒体蜂拥而上，把原被告双方堵在门口。老蒋带着向弯和颜思危一个箭步冲上去，把被告，也就是孩子的爷爷奶奶拦截住，记者纷纷凑上来提问，七嘴八舌，向弯插不上嘴，举着话筒就那么杵着。

颜思危一直在观察，当大家把问题集中在爷爷奶奶是否拥有监护权时，她暗自思量，得出点招才能脱颖而出。于是，她用质问的口气说："爷爷奶奶，你们到底爱自己的孙子孙女吗？"

老人家愣了，这个问题还用你问吗？不爱怎么会来争监护权呢？老人说"是是是"。"如果爱，你们怎么舍得来争监护权呢？你们年事已高，行动不便，即使现在还有能力照顾孩子，可如果哪天你们驾鹤西去，留下孙儿孙女谁来照顾呢？我相信你们的儿子也不愿意看到自己的孩子无依无靠吧？原告王女士说，你们是永远替代不了孩子的父母的。"颜思危这问题问得老两口气急败坏："她说代替不了就代替不了，她以为她是哪个？"

爷爷奶奶的脸涨得通红："你在咒我们去死吗？我们咋个不爱孩子了？我们就是在为儿子完成心愿，为他讨公道啊！"

奶奶又指着儿媳妇站着的方向说："我们替代不了父母，她就可以吗？她连母亲都算不上，她没出肚子，也没出卵子，怎么就成母亲了？她根本和这俩孩子没关系！一审法院都判过了，她是非法的，连收养孩子的资格都没有，孩子给她等于给了人贩子！她自己生不出娃儿，骗了我儿不说，还骗我们，法律自有公道啊！"

这是有多大的仇多大的恨啊，把儿媳妇比喻成人贩子，这话被王女士听见了，瞬间受了奇耻大辱，她向老人走过来，人群自然给她让出一条道，她指着老两口的鼻子骂："我给你们说，娃儿是我的！他们是我创造出来的！我能给他们未来，你们不能，我是娃儿的妈妈，你们不承认我也是！我在事实上也抚养了他们！"

双方开始互撕，眼看一出大戏上演，媒体也都不问了，只管开着机器录着，颜思危心里笑了，她知道拍到了好画面，电视需要呈现双方激烈的对抗，她想要的东西有了。最后，双方在各自律师的陪同下离开现场，等待法庭择日宣判。

"蒋老师，我还想再说一段话。"颜思危拉着老蒋，老蒋正准备开车回台发稿。

"哦？不是结束了吗？还有要说的？那……你说吧。"老蒋重新开机。

颜思危理了理脖子上的丝巾，要命，又是丝巾，她怎么那么在意那条丝巾，她说："谁才是监护人，相信法律自有公道。我只是在想，孩子将来长大了，发现自己是在如此操纵下才来到这个世界上的，不知道心里会怎么想。他们该如何面对人生中的三个母亲：提供基因的母亲、分娩的母亲和抚养自己的母亲？代孕生子在我国是非法的，它的悲剧性值得社会反思。感谢你关注这起案件，我是记者颜思危。"

洋洋洒洒一段话，说得头头是道，老蒋关机的时候心里很是震惊，这姑娘不简单啊，连演播室里主持人的评论语都说了，这回去还叫主持人说啥啊。

果然，这条新闻得到了郑总的表扬，审片的时候，郑总让其他记者都来观摩学习："有现场，有思考，也有评论，是条好稿子，尤其颜思危的出镜端庄大气有深度，值得肯定。"

郑总表扬颜思危的时候，向弯灰溜溜地站在旁边，好生尴尬。肖劲凑上来悄悄问："你不是也去了吗？怎么全篇没看见你的身影？"不问不打紧，一问向弯心里更不是滋味了，强烈的挫败感袭上心头，说不出一句话来。老蒋走过来，拍拍她的肩，语重心长地说："当记者要有狼性，你的心里缺少一匹狼啊。"

向弯狠劲地咬了咬自己的下嘴唇。

颜思危下班出门的时候心里乐开了花，跨出门的脚步都是轻松的，她对自己今天的表现很满意，发了一篇漂亮的稿子，也得到了郑总的认可，太开心了。她早早下班叫上程洪伟去吃火锅，火锅咕嘟咕嘟煮着，点了满满一桌子的菜。"不会点多了吧？"程洪伟有点惊讶，"就咱俩……这么多，吃得完吗？"

"高兴呗，吃不完打包，反正你埋单。"颜思危说。

"什么稿子这么高兴？"

颜思危一五一十地讲给程洪伟听，程洪伟张大嘴，说："你说得太好啦，简直出口成章。"

颜思危眨巴眨巴眼："幸亏我聪明，昨天早做了准备。"

"哦？"

"我在热线小妹那里看了记者报选题的登记本，看到了蒋老师的选题，就提前查了查资料，做了功课。你说我聪不聪明？"

"事先做功课，这招高明。危危，你是我眼中最聪明的人，没有之一。"程洪伟嘿嘿笑，一个劲儿地给颜思危夹菜。

饕餮一顿后，二人手挽手地走在大街上。程洪伟个子不高，不足一米七，和颜思危并排走，看上去比颜思危的身高还差那么一点。

"跟你说了，去买双内增高鞋嘛，你也不听。"颜思危说。

程洪伟还是嘿嘿笑："你就不穿高跟鞋嘛。"

"不穿高跟鞋，穿平跟鞋你也比我矮。"颜思危嘟着嘴，"以后我要是出名了，你是我男朋友，也要注意形象，跟我走一块儿那么矮，别人看你，你不尴尬啊？"

"看两眼有啥子嘛，我是你能枕头的巨型人偶，哈哈哈。"

"去去去，你买一双嘛。"

"有空了就去买嘛。"

一辆车经过，嘀嘀，程洪伟问："你想出名？"

"当然了，我的梦想就是当主持人，做著——名——主持人，不出名怎么能著名？"

"我呢？你出名了我咋个办？"

"凉拌啊，所以现在你要跟着我一块儿进步呢，为了我要上进点，从现在起，给自己定个人生目标。"

"我的人生目标就是将来和你结婚啊，呵呵呵。"

"不是说这个，我说的是事业，你将来要有自己的事业。"

"这个嘛……慢慢来嘛。"程洪伟还是嘿嘿笑。

两个人手挽手，一个拖拖拉拉掉半个步伐，一个迈着大步前行，月光映衬着二人一前一后的身影。

这个夜晚，在城东的一间出租房里，那个叫向弯的同学在自己的日记本上重重地写下几句话："向弯啊向弯，今后对待新闻，要有欲望啊，要有狼性啊！！！"

加粗加黑的字体后面是三个感叹号。

第十章

是骡子是马，拉出来遛遛（上）

和蒋老师出去采访十次，至少有七次是颜思危现场出镜，向弯几乎回回都败下阵来，偶尔一两次颜思危也"大方"地让让她，可她一站到镜头面前，总是别扭，NG好多回，把蒋老师急得直跳：

"向弯，你往哪儿看呢？看镜头，重来！"

"你这舌头是不是绕在一起啦，怎么老磕巴呢？重来！"

"你听听你都说了些啥？重来！"

"愁眉苦脸的，谁欠你钱呢？重来！"

"重来！"

"重来！"

…………

其实，老蒋还算脾气好，一遍又一遍地训练向弯。向弯就搞不懂了，自己胆子也不算小，平时说话利索着呢，怎么一看见镜头就这么怵呢？小红灯一亮，她就莫名紧张，一紧张就说不好，一说不好就更紧张，越说越急，越急越乱，如果再加上要说地名人名，她就更混乱，把好好的内容说成一锅粥。通常出来采访都是抢新闻，没时间让向弯一遍遍练习，后来老蒋每次也索性就让颜思危直接上了。

看着颜思危顺溜地出镜，向弯心里总是"唉唉唉"叹气，恨自己不争气，直到有一回，老蒋实在看不下去了，在收工后什么多余的话也没说，只是语重心长地对向弯丢了一句："丫头，早点改行吧。"

老蒋说的时候一副发自肺腑的关切模样，向弯知道，老蒋这话已经说得够委婉够善良了，是自己太丢脸了。

但是，向弯不是能轻易被打倒的人，越是知道自己不足，她越是下苦功夫。培训结束，晚上回到房间，她会对着镜子，假装手执话筒，眼睛直勾勾地看着镜子里的自己，一遍一遍训练台词——那些从电视节目里学来的别的记者说的话，她强迫自己背下来，直到说得顺溜。

向弯的执着感染了李敬，都后半夜1点了，两个人还吃着泡面，强打精神看重播新闻。向弯拿出纸笔边看边记：这条新闻，别人怎么构思，稿子怎么写，记者怎么现场报道……要像解剖一条鱼一样，把一条新闻解剖了研究，向弯认为，这是对她最有效的方法。

颜思危在新人中渐渐崭露头角，鹤立鸡群，多次得到郑总的肯定和表扬，成了栏目中的"标杆人物"。新人中好几个男生还偷偷向她表白，要跟她谈恋爱，可颜思危连正眼都没瞧过他们，总是爱搭不理，唯独对肖劲，她是不设防的。

"肖老师，帮我看看明天要采访的新闻，我打算这么报道行吗？给我点意见吧。"一天，颜思危下班前主动找肖劲聊天。

"我？颜老师，你在涮我吧，你都是我们学习的榜样啦。"经过这么多天的相处，肖劲对颜思危是打心眼里佩服。

"多个人商量多个头脑，给点建议呗。"

见习期间，肖劲也在学习的兴头儿上，郑总提倡记者之间要互相探讨共同进步，肖劲和颜思危坐下来热烈讨论，一坐就是两个多小时。

"走吧，我请你吃饭，这么晚了，算是感谢。"颜思危起身。

肖劲欣然应允。

和肖劲并肩走在一起，颜思危偷瞄他的时候，内心是欢愉的。身材魁梧、阳光帅气、安全感爆棚，肖劲身上有颜思危喜欢的所有特质，更准确地说，她迷恋这些特质，能带她回到记忆深处，她终其一生的要强和后来的狠劲，都源于这个部分的缺失，一旦被保护的感觉回来，她会变得小鸟依人。或许，这个时候，家里的那个程洪伟是谁，她已经忘记了吧。

时间不知不觉过去了一大半，转眼来到了1月底，电视里已经出现添置年货的广告，商场里反复播放着韩宝仪那首人们耳熟能详的歌曲："新年到，春光好，今年的丰收比往年好……"过年的气氛在大街小巷中慢慢发酵，寒冷的冬季增添了几分躁动，仿佛空气也是热闹的期盼的。人们出门穿着厚厚的羽绒服，行色匆匆地赶着日子前进，是啊，要过年了，向弯和李敬即将面临最后一关了，她们会被淘汰吗？这最后一关究竟会是什么呢？新人们好奇而紧张地等待着郑总宣布最后的考题，每个人身上都充满备战的兴奋和忐忑，是骡子是马，是时候拉出来遛遛了。

郑总祭出的这道考题看似简单，却囊括了新记者所需技能的全部内容："我宣布，今天给你一天时间走上成都街头，自己去寻找新闻，题材不限，在晚上8点以前，交出你们制作完成的片子，这就是你们最后的考题。谁在规定的时间内拿出高质量的新闻，就能留下来。"郑总的这道考题，难度系数不亚于高考作文，开放型选题，有无限空间供你施展本领。刚宣布完，就已经有人站起来去领机器准备出去找选题了。

向弯寻思着找一个拍摄的搭档，她目光扫视一圈后落在肖劲身上。对啊，他应该是第一人选，整个习期间，肖劲的各项技能都不错，和他搭档再好不过了。可是，肖劲会不会也想和她搭档呢？像他这样的"抢手货"，说不定早就被其他人盯上了。向弯给自己壮了壮胆，生死在此一战，她要主动出击。刚迈出一步，就瞧见颜思危走到肖劲身边，说了几句什么，然后她有点怅然若失地走开。突然，肖劲起身径直走向了她，她的心怦怦直跳。

"咱俩搭档吧，跟我搭档，你的胜算极高，除我之外，你别无选择。"肖劲目光灼灼，儒雅自信的表情简直就是在向弯面前耍帅。

这是反转剧吗？向弯心里一阵窃喜，有些磕巴："你……和我，想好了吗？"

"是你啊，怎么了？8个小时足够咱俩想的了，别担心。"

肖劲给向弯吃了颗定心丸，向弯不由自主地咧嘴笑。

其实，看着肖劲走向向弯，颜思危心如刀割，她意识到不对劲儿，她一门心思想和肖劲搭档，肖劲没有理由拒绝她啊，她这么优秀，肖劲居然会选择向弯？那个回回都在她面前败下阵来的向弯？向弯是什么时候吸引肖劲注意的，她怎么一点都没发觉？

她正暗自神伤的时候，那边走过来好几个男生，都表示要和她搭档。颜思危才是"抢手货"，谁都知道她出类拔萃，知道和她搭档最后肯定能通过，可她一个也看不上，真是丢了城池失了心，想得到的得不到，不想要的却排成行……唉，既然得不到最好的，她咬咬牙，发狠寻思干脆自己一个人拍得了！她大手一挥，一副谁都别来找我的架势，可偏偏遇到个眼拙脑子笨的胖子周，唯唯诺诺地走过来，对颜思危说："颜老师，我冒昧地问一下，你是否愿意拍暗访，你要是自己去暗访，你的外貌太容易被人发现，不如和我搭档，我去就很方便。"胖子周说话的时候，声音有点发抖。于他而言，颜思危是女神一般的存在，他的邀请貌似太自不量力了。颜思危瞧着胖子周的样子，心想，这人虽然笨得跟呆瓜一样，说的话却在理，暗访题材是高分题材，拍好了必定过关。于是，她对胖子周说："稍微等我一下，我去打个电话，一会儿回复你。"

颜思危拿着手机走到门外，打了一通电话后，整个人都变得平静了，笑逐颜开地对胖子周说："就咱俩搭档吧，你拿好机器跟我走吧。"胖子周瞬间像中了六合彩一样高兴，屁颠儿屁颠儿地跟着颜思危在一群人的注视下，走出了门。

　　那边，李敬也有了自己的搭档——那个海归，当然，是海归主动找的李敬。

第十一章

是骡子是马，拉出来遛遛（下）

自从出了电视台大门，向弯就和肖劲商量着拍什么。她记得每天早上上班途中，有一位衣衫褴褛的老婆婆坐在马路边，旁边放个卖菜的背篓，身边围绕着一群流浪狗。"城市风景——卖菜太婆收养流浪狗"，向弯提议拍这个，连稿子题目都想好了，肖劲觉得行，两个人就快速奔向目的地。

两人坐上公交车，摇摇晃晃一路前行。突然，一名中年妇女惊慌失措地喊："啊！我的钱包被偷了！"她四处张望，哭起来，"啊，刚才还在，是谁偷了我的钱包啊……是孩子的学费啊……"只见那女人浑身一软，瘫坐在地上。该不会是突发新闻？肖劲和向弯马上警觉起来，相互使了一下眼色，向中年妇女走过去。

"求求你们，谁偷了我的钱包，发发善心，还给我……这是卖了家里养的猪换来的血汗钱啊！"中年妇女的呼喊声越来越大，她用哀求的眼光看着车上的每一个人，"孩子上学的学费就靠它啊……"

向弯把话筒递到中年妇女面前，问："大姐，你丢了多少钱？"

"4000多，娃儿等着我去交学费，我现在拿什么去交啊……"

全车人的注意力都在这名妇女身上，这时，车里有人高喊："他就是小偷，我刚才看见他偷钱包了！"一名中年男子拽着一个小伙子的胳膊走过来，"记者，就是他！"

小伙子看上去 20 多岁，染黄头发，力图挣脱中年男子的手，说："别血口喷人，你哪只眼睛看见我偷了！你看我身上哪儿有钱包，哪儿有？"说着就全身上下用手拍打，证明自己身上没东西，顺势从中年男子手里挣脱，转身指着中年男子说，"你才是小偷，不揍死你，你不承认，呸！"说着就朝对方的眼睛狠狠一拳。

中年男子用手臂挡回这一拳："我看见你伸手偷钱包了，这车上肯定有你的同伙，你转移了！"他还是死死扭住小伙子不松手。

是贼喊捉贼吗？到底怎么回事？正当两个人扭打在一起时，车到站了，车门打开，另一个小伙子急匆匆地站在车门口，想挤下车，向弯注意到了他，他背着一个黑色双肩包。

这边，黄头发小伙气急败坏地对中年男子说："不和你一般见识了，算老子今天倒霉，老子要下车了！"说完拔腿就往门口走。中年男子执拗地不肯松手，朝司机的方向喊："司机，关一下门吧，把车开到派出所，他真的是小偷，他要下车了，钱就再也找不回来了！真的，相信我，相信我！"

中年男子说得恳切，大家将信将疑，有人开始拨打 110 报警，有人建议："搞不清楚状况就都别走，把门关上吧。"

"开到派出所，就清楚谁是小偷了。"

"关门！快关门！"

车门缓缓地关起来，当车门快关闭的时候，那个行色匆匆的小伙子迅速挤下车。向弯意识到什么不对劲儿，她砰砰砰地拍打着车门："开门开门！那个人有问题！"

门开了，她拉着肖劲冲下了车，朝那小伙子行走的方向大喊一声："站住！"小伙回头瞧了一眼，二话不说拔腿就跑。"跑什么啊，你？"向弯狠命追上去，肖劲扛着死沉死沉的摄像机紧跟在两人身后。

小伙越跑越快，向弯越追越猛，好在向弯以前练过跑步，一点不输给那小伙。小伙也是诧异，今天碰到死磕的了，还甩不掉。向弯一路追，一路高喊："大家都来抓小偷啊，他是小偷，抓小偷啊！"这下可好，路人甲乙丙丁都加入追赶队伍，迅速汇成一股人流，小伙见情形不妙，啪的一声把一个红色的钱包扔向身后，继续开跑。

向弯没有循着钱包追去，而是朝肖劲喊："肖劲，你捡钱包，我继续追他，非逮着他不可！"向弯一路狂奔，心里想着："小子，姐今天跟你杠上了！"

小伙子本想着丢了钱包，向弯就不会再追他了，可怎么也甩不掉她，正好前方路中央出现一个栅栏，小伙子纵身而起，轻松跃过栅栏，朝街对面的购物中心跑去。向弯个子小跃不过去，试了几次都失败。小伙子边跑边回头看，发现向弯被栅栏拦住了，得意起来，朝向弯甩个中指，呸的一声，往地上吐口痰，转身就跑了。向弯气得够呛，待好不容易翻过去，小伙子已经在眨眼之间和她拉开了距离。马路上车流滚滚，向弯被困在路中央左躲右闪，嘟嘟嘟的喇叭声骤然响起，向弯几次吓得站不住脚，不知情况的司机摇下车窗骂她一句："神经病啊，你找死啊！"狠狠地瞪她一眼，骂骂咧咧地开走了。

好险！赶过来的肖劲一把把向弯拉到马路牙子上，把钱包塞到她手里："简直服了你，你不要命啦？你就给我搁这儿待着别动，把摄像机看好，我去追他，他敢跟你甩中指，看老子怎么收拾他！"肖劲把摄像机撂地上，箭一般冲向购物中心。等肖劲的身影消失后，向弯打开钱包一看，好家伙，厚厚的一沓钱完好无损地躺在钱包里，这下她才长长地吁了一口气，终于放心了。

购物中心里通道多，好在商场有监控，肖劲请购物中心的安保人员帮忙，通过监控摄像头查找。听说是记者抓小偷，大家群情激愤，保安、顾客都来帮忙，大家围追堵截，不出半小时就发现那个小伙子的踪迹。

"叫你跑，叫你敢跑！"肖劲冲上去就把小伙子的双手反剪过来，"你敢偷钱，还朝小姑娘甩中指，你妈没教过你尊重女性吗？你个要流氓的家伙！"

肖劲身材魁梧，小伙子怎是他的对手，肖劲的气势已经把他吓得够呛，小伙子就抱头跪地求饶。

就在向弯和肖劲围追堵截小伙子的同时，公交车司机在乘客们的呼声下，一脚油门把车开到派出所，众人护着中年妇女，中年男子揪着黄头发小伙进了派出所，大家刚坐下笔录没录多久，向弯、肖劲和商场保安就揪着他同伙也赶了过来。真相大白，证据确凿，黄毛小伙和同伙没了嚣张之气，耷拉着脑袋，后因涉嫌盗窃犯罪被警方处理了。

在回电视台的路上，肖劲对向弯说："你反应挺机灵的，要不是你慧眼识小偷，发现得及时，那小子下车后肯定逃跑了。"

"就差那么一点点，可惜了，最后逮住小偷的镜头没有拍到。"向弯有点遗憾。确实也是，肖劲进商场抓小偷的时候没带机器，机器留给向弯看守了。"处女座的吧，你？这么追求完美，今天拍得已经很棒啦，我判断，咱俩这条新闻拿不了第一，也肯定得第二，我们会顺利通过最后这关的！"

"本来可以拍得更完美的。"

"只要过关就行了，以后你跟我搭档，每条新闻我保准都能拍得完美！"

"吹吧你。"

"我从不欺骗菜鸟。"

"等等……你刚才说，以后我都和你搭档？"向弯瞪大眼睛。

"是啊，你不跟我搭档，跟谁呢？"肖劲笑嘻嘻地看着她，"我可是大师，以前在学校拍片子得过好多奖。"

"跟……"向弯答不上来，没等向弯说完，肖劲低声故意拉长嗓音说："不许你跟其他人。"

向弯有点脸红心跳，为了掩饰，她想起了什么，生气地说："你说我是菜鸟？你在骂我？"

"不是骂你，我的意思是你的专业有待提高。"

"那你是不是也有需要改进的地方，你刚才是不是下手太重了？"

"对啊，谁让他欺负你。我就是给他点教训，教他如何尊重女性。"肖劲一副很在理的样子，"我又没告诉你，你怎么知道的？"

"人家保安说的啊，你替那位阿姨和……我打抱不平。好吧，看在你帮我们讨公道的分儿上，我就不计较你骂我是菜鸟的事啦。"说着就往前跑了。肖劲赶紧追上去："算是答应我了啊，咱俩以后是固定搭档，你不可以找别人啦。"

向弯不置可否，跑到马路边招了辆出租车，和肖劲火速朝台里奔去。

八仙过海，各显神通。晚上8点前，每个人都交出了自己的片子，真是百花齐放，各有千秋。然而，这所有"毕业作品"里最优秀的，不是肖劲和向弯的抓小偷，而是颜思危和胖子周的查黄碟。颜思危真是神通广大，不知从哪儿得到消息——警方要查处巷子城的淫秽盗版碟窝点。他俩的片子里，既有暗访调查，又有警方查处，还有群众采访。从操作手法上看，完全不像出自新人之手，光是这线索就来之不易啊。当这条新闻播放出来时，所有人目瞪口呆，各路新人难以望其项背，啧啧赞叹，江湖霸主地位已不言而喻，舍了颜思危还有谁呢？

张榜的前两天，大家没有培训，只等公布结果。淘汰一半人的残酷现实，让大家在这两天都如热锅上的蚂蚁一样焦躁难耐，没人能轻松休息，办公室的人反而比平常还整齐，大家哪怕坐在凳子上无事可做，也得坐在这儿，毕竟很多人在这里的时间所剩不多了，彼此之间即使聊天也要只争朝夕。趁着休息的时候，向弯拉着李敬陪她去医院检查了免疫八项，谢天谢地，检查结果全部阴性，表明正常。向弯把检查化验单随手揣进裤兜，把这事彻底抛到了脑后。

张榜前一天，颜思危和胖子周被叫进郑总办公室。郑志强有监播节目的习惯，办公室的电视机随时更换频道，以便做到知己知彼，百战不殆。就在颜思危和胖子周交作业的当天晚上，郑志强无意中从其他频道也看到了这条新闻，他发现每个画面都跟颜思危他们拍的一模一样，采访对象说的话一字不差，拍摄角度也完全相同。天底下怎么可能会有两片完全一样的树叶？老江湖郑志强敏锐地察觉到这事有猫儿腻，才让王晓凤通知他俩来办公室。这会儿，胖子周跟在颜思危的身后小心翼翼地走进郑总办公室。

　　"说吧，这稿子怎么来的？"郑志强表情严肃，一副审问二人的架势。

　　胖子周马上低下头，不敢正眼看郑总。

　　"这稿子怎么来的？这是我们拍的啊，郑总。"颜思危回答，右手下意识地抚了下额头。

　　"颜思危，你在撒谎。"

　　"没有。"颜思危依然镇定。

　　"我当过兵，你唬不了我。你回答时生硬地重复我的问题，音调上扬，这是典型的撒谎。撒谎的时候人往往脸上没有任何表情，这是你用平静的态度来掩饰。你用手摸额头表示你心中还有一丝羞愧。"

　　郑总字字诛心，眼睛一瞬不瞬盯着她，眼神犀利。颜思危抿了下嘴，左看右看并不说话。

　　站在一旁的胖子周抬起头，说："我说吧，郑总。"他看了一眼颜思危，那眼神里有某种不易察觉的深情，像是内心进行了激烈的斗争，说，"这稿子不是我们拍的。"

　　"噢，接着说。"

　　颜思危扭头看着胖子周，给他一个劲儿使眼色，想阻止他继续往下说。胖子周却朝颜思危奇怪地微笑，深吸一口气，说："郑总，这稿子是别的记者拍的，我去找人家把画面倒回来的，这是我的主意，和颜老师无关，你要处罚就罚我吧。"

胖子周的话让颜思危非常意外，但她脸上仍然没有丝毫表情。郑总声音严厉地继续发问："是不是像周中说的那样，颜思危？"

颜思危毫不犹豫地回答："是的。"

"你当初为什么不阻止周中出的这个主意？"郑总又问。

"因为我们想赢。"颜思危的回答很平静。

郑总脸色骤然大变，手握成拳头，重重地敲了一下桌子，吼道："好一句'我们想赢'，你们这样赢得光彩吗？你们知不知道这叫剽窃！你们应该感到羞愧！我的队伍里怎么会有你们这样的兵！"

"郑总，我们错了，错了，请你不要处罚颜老师，要罚就罚我吧，这是我一个人干的，主意是我出的，人也是我一人找的，是我把颜老师拖下水的。"胖子周走到郑总桌前，用近乎卑微的声音哀求，"郑总，请你原谅颜老师，她很优秀，请你……"

"出去，你们都出去！等着看结果吧。"

郑总最后的这句话像是宣判，世纪末的宣判，胖子周和颜思危的心凉了一大截。出了郑总的门，等走远了，颜思危生气地对胖子周咆哮："你脑子有病啊？你不说行吗？他没有证据，我们打死不承认，他不会知道的。你说什么说啊，你把我害惨了！"

胖子周吃惊地望着颜思危，眼眶有点湿润，"颜老师，我把你害了？我是想保护你，这稿子明明是你……"

"你保护我？你有什么能力保护我？"颜思危冷笑一声，"是，这稿子是跟你无关，是我去倒回来的，你以为你这样是英雄救美对不对，你以为你这是在为我牺牲对不对？你错了，我不会感激你的，你会把我的梦想都毁了！我只会恨你，讨厌你！"

胖子周简直不敢相信自己的耳朵，像被人从头到脚浇了一盆凉水，全身麻木，呆呆地站在原地。

颜思危气得浑身发抖，一秒钟也不想待在单位办公室，万一碰见同事怎么办。她去自己桌上拿包准备出门，突然看见向弯的桌下有个纸团，她下意识地捡起来，打开一看，原来是一张检查报告单，检查人写的是"向弯"，最后两项写的是"7.艾滋病抗体阴性（－）；8.梅毒检查定性阴性（－）"。颜思危仔细看了看上面的检查结果，想把纸团扔回到地上，但好像又意识到了什么，"向弯"这个她从来就没打上过眼的女孩，现在让她嫉妒得近乎发狂。肖劲走向向弯的那一刻，她被深深地伤了自尊，肖劲和向弯合作的采访实在太漂亮了，漂亮得让她生气！她本来应该拿第一名的，第一名，第一名……她脑子里不停地想着，她找来笔，把检查单上的"艾滋病抗体阴性"和"梅毒检查定性阴性"的"阴"字都涂抹了，把"（－）"改成了"（＋）"，然后，等办公室没人的当口，她把检查单悄悄地张贴在公告栏里。

离公布最后结果的时间越来越近，公告栏旁总是不断有同事去张望，看看有没有张榜。这会儿，向弯和李敬有说有笑地走进办公室，公告栏前正围着一圈同事议论着什么，该不会是张榜了吧？向弯赶紧凑上去，隔着的几个人转过身来都用奇怪的眼神看着向弯，怎么了这是？向弯下意识觉得气氛有点不对劲儿，心里一沉，"不会没有我的名字吧？"李敬跟在她身后，也看不清张贴的内容，人群很自然地给她俩让出一个通道，向弯走近了，贴跟前了才发现，哪有什么榜单，是她自己的检查单正赫然贴在公告栏里昭告天下呢。

"我的检查报告怎么在这儿？"向弯一头雾水，茫然地看着李敬。

"向弯你看，你的检查结果，这儿……"李敬指着最后两项。

有那么两个同事很自然地往后退了两步，好像向弯是个艾滋病病原体令人害怕。向弯明白了，自觉受到了侮辱，喊道："谁改了我的报告单？是人为窜改的。"

很快，同事们都围上来，大家也不知道该说什么。闻声而来的肖劲走到告示栏前，把检查单扯下来，递给向弯："拿着。"他扭头看着人群说，"谁都不会把自己的隐私张贴出来，我相信有人在搞鬼。"李敬也火了，冲着人群说："向弯的免疫检查是我陪她去的，医院检查结果一切正常，我可以做证。这报告单被人改了，上面有明显的修改痕迹，是谁这么缺德？在竞争的最后使出这么下三烂的手段？"李敬的眼神扫视一遍人群，正在气头上的她看谁都像内鬼，大家面面相觑，怕引火上身纷纷散去。李敬接着说："等着瞧，是谁搞的鬼我肯定揪出来。"向弯觉得有点委屈，把检查单捏成一团塞进裤兜。有些东西越描越黑，她拉拉李敬的袖子："走了，没事，别说了。"

在最后的关键时刻，谁都明白少一个竞争对手对自己意味着什么，向弯被人黑了，这是事实，但这个事实有多少人相信就不得而知了，人心是个复杂的东西，尤其在涉及自身利益时，或许有人明知道被搞鬼心里却暗自高兴"黑得好"呢，甚至还巴不得多黑掉几个。《百姓连连看》栏目相亲相爱和谐了三个月的氛围，最后竟然被一张检查单给破坏了。

张榜是在发生那件事之后的第二天下午，向弯和李敬说好了，只要过关就出去饕餮一顿。谢天谢地，留下的30人名单里，有她俩的名字，她俩高兴得跳起来。但是，欣喜之余，再仔细看看，怎么在这30个人名里，竟然没有"颜思危"三个字呢？向弯使劲儿眨眨眼，认真地数了数，是30人，人没少一个啊。再认真看了看，确实没有"颜思危"三个字，也没有"周中"的名字。整整3个月里，表现无比优秀，让所有人都看好的当之无愧应该拿第一的颜思危，居然不在30人的名单里！颜思危是被淘汰了吗？这不可能啊，这是怎么回事呢？太不可思议了！向弯和李敬的第一反应是，肯定是考官漏掉了，正当二人一头雾水的时候，肖劲拍了拍向弯的肩膀说："走吧，咱们仨一起出去庆贺庆贺，顺利通关啦！"

"好啊好啊，说好了过关吃大餐，一醉方休！"李敬脸上笑开了花。只有向弯呆呆地站在原地："可是，怎么会没有她呢？"

"没有谁？"肖劲凑过来，"你是说颜思危吧？"

向弯点点头。

肖劲悄悄地说："我也是刚听说的，她和胖子周作弊，他俩都被淘汰了。"

"啊？作弊！"李敬的嘴张得大大的，一声咋呼把旁边的海归也给吸引过来。海归凑过来有些惘然地说："我也听说了，剧情有点曲折，唉，可惜了胖子周。"

"怎么啦？胖子周怎么啦？"李敬和向弯瞪大眼。

"他们俩作弊，确切地说，是颜思危自己作弊。最后那条查黄碟的新闻不是他们拍的，线索是颜思危的朋友给她的，她朋友是个记者。几乎所有暗访的画面都是她朋友拍完之后翻录给她的，她没拍什么，直接把别人的新闻整个拿来用了。"

"啊？那关胖子周什么事呢？"

"胖子周笨呗，他为颜思危自我牺牲，在郑总面前主动承担全部责任，说是他一个人干的，和颜思危无关。好在后来郑总通过其他频道的领导查证，那个真正拍暗访新闻的记者也怕被处罚，都主动交代了，是颜思危干的。郑总说'要做记者，先学做人'，绝不能容忍一个品德有问题的记者在队伍里待着。"

"那要淘汰也是淘汰颜思危一个人啊，胖子周怎么会被淘汰？"李敬觉得不妥。

"胖子周被连累了呗。"

向弯神情落寞，心情瞬间低到谷底。在过去的三个月里，颜思危明里暗里都是她的竞争对手，她知道自己不如她优秀，可她无形中也给向弯往前冲的动力，怎么说呢，颜思危是她学习的榜样，彼此有竞争才有进步，她心里多少还是有些感激她。可颜思危突然以这样的方式消失，她就像少了一个前行的战友，心里五味杂陈，总不是滋味。

"外表再漂亮，能力再强，也没有'诚实'二字重要。我看啊，这是她该有的结局，谁让她平时锋芒毕露，把风头都抢光了呢。"李敬拍了拍向弯的肩膀，"走吧，别想了，我们一起去庆祝吧！"

　　自张榜的那天起，再无人见过颜思危。王晓凤后来说，胖子周悄悄来台里收拾东西，泪眼汪汪地朝郑总办公室的方向鞠了个躬，晓凤把他送到大门口，一个人高马大的大胖子突然趴在晓凤肩膀上哭得跟大姑娘似的。晓凤明白怎么回事，拍拍他的后背，陪着他一块儿哭，哭累了，胖子周才背着包一步三回头地走了。

第十二章

乱世出英雄

过完年后的成都，一切都还懒洋洋的，整个城市还没从"节日病"中跳脱出来，人们懒懒散散上班，懒懒散散生活，一个即将发生的大事件悄悄酝酿，准备撬动全社会麻痹的神经。

2月27日是个黄道吉日，就在这天18时50分，酝酿了三个月的《百姓连连看》节目轰轰烈烈开播了。每天四次直播，每次一小时，一旦有突发新闻发生，随时打破原有节目编排，插播进电视。

总指挥是郑志强，他把成都市按照东西南北四个方位分成25个采集点，再把记者分成25个小分队驻扎在各个采集点上，负责所在区域的新闻搜集和报道。无论哪个区域有突发新闻，所在区域的记者都能以最快的速度赶到事发现场，采集回第一手新鲜素材。记者上班被分成了三班倒，早班、中班、夜班，每天连续工作11小时，每个人大脑随时保持亢奋状态，跑完一条新闻又接着跑第二条，车轱辘连轴转。

自从节目开播后，向弯和李敬反而变得经常彼此打不了照面。两个人不是错班跑新闻整天见不着，就是各自回家的时间不同，回去也是睡个觉，你醒着的时候，我睡着了，我醒着的时候，你又出门跑采访了。

《百姓连连看》一炮而响，很快成了蓉城百姓家喻户晓、定时收看的新闻节目。收视率从 0.5 一路飙升到 6.3，最高的时候达 11.5，这意味着每 11 个市民中就有 6 个人收看，成都市场份额占有率高达 60%，这种现象对于一个新栏目来说，简直不可思议！

江湖上战鼓已经敲响，郑志强又祭出一道撒手锏：在节目直播的同时，把 SNG 卫星直播车开进社区，记者随意敲开一家住户的门，只要这家住户正在收看《百姓连连看》，就送出一份大礼。这一过程中，电视画面也同步直播，现场几百名社区居民聚集在社区广场上同时收看新闻，竞猜主持人提出的问题，谁最先答对，谁就获得一台大彩电。超级大奖不断刺激，让每晚的《百姓连连看》就像是一场全民狂欢。

郑志强当初口出狂言给各大广告商的"达不到收视率退还全额广告款"的承诺，如今来了个乾坤大逆转。随着收视率的大幅度上升，各大广告商抱着现金登门来上广告，《百姓连连看》时段的广告额从当初的 300 万元，猛增至 3000 万元，成了整个蜀都电视台最主要的广告收入来源，栏目士气高涨，栏目在老百姓心目中的"标杆"地位逐渐树立，不可替代。

江湖上当然不会平静。就在《百姓连连看》开播的同时，蜀都电视台另外两个频道的民生新闻栏目也开播了，还有省级卫视加入战场，一时间诸侯割据四分天下，而稳坐头把交椅的当然还是郑志强，他也因此成为业界风云人物。

郑志强在电视台严苛是出了名的，审节目时从不给任何人留面子，训斥的话把你仅剩的一点自尊都要拿走。

"你读过小学没？"

"你矫揉造作得简直不可忍受！"

"这是正常人写出来的稿子吗？"

"回去把《新闻学概论》抄写一遍给我！"

常常是一名大小伙子被他训斥得满脸通红，窘得想死的心都有，更别说小姑娘了，眼泪一直憋在眼眶里打转，郑志强还说："哭什么哭，哭你就不要来干记者！"小姑娘只得强忍着不让眼泪掉下来，最后还得硬生生给憋回去。郑志强的话虽然不中听，但大家都明白，郑总这是在跟你交流，这还算好，说明这个节目还有修改和提升的空间。最恐怖的是，有时候审完片子，他一脸严肃，对记者摆摆手只道一句："你还是走吧。"记者心凉了一大截。有不死心者觍着脸问一句："郑总，您再给点意见？"郑总蹙眉，慢吞吞挤出三个字："散了吧！"这下记者知道"完了完了"，他的片子是修改不出来了，意味着这节目被郑总枪毙，记者算白忙活了。

新闻每天发生，记者赶着脚地跑，像上紧了的发条，越疲惫越兴奋，越兴奋越疲惫。就在开播 20 多天后，向弯在采访现场遇到了颜思危，也就是在那天，她知道了颜思危的去向。

事实上，颜思危转身就投奔了省级卫视——益州电视台，此处不留人，自有留人处。她觉得当时自己只不过是太想赢了，因为翻录节目就直接被淘汰，这处罚也太重了，她不服气，她要用事实证明给郑志强看，放弃她是错误的决定！她带上自己所有的作品去益州电视台毛遂自荐，益州电视台和蜀都电视台两家本来就是竞争对手，又听说颜思危是《百姓连连看》最优秀的记者，益州电视台的领导当即决定录取她，还暗自觉得捡了一个宝贝。出了益州电视台的大门，颜思危疯子一般旁若无人地对着马路高喊："我会做出成绩的，你们总有一天会后悔的！"喊声飘散在汽车喇叭声中。

这天深夜，向弯倒在床上看凤凰卫视闾丘露薇的自传《我已出发》，看见她站在战火纷飞的巴格达街头报道，单薄的身体倚靠在残破的墙头，镇定自若地报道战况，头发轻舞飞扬，有种凌乱而决绝的美。那幅画面深深定格在她脑海里，人们称闾丘露薇为"战地玫瑰"。记者这个职业带给向弯一种莫名的神圣感，她心里激起一阵又一阵的向往。

夜里，狂风大作，电闪雷鸣，雨点发了疯似的噼噼啪啪地打在玻璃窗上。向弯和李敬睡得跟死猪一样，她俩确实累坏了，这一个月的奔跑采访，人就像上紧了发条的机器，一旦放松下来，便是彻底的沉睡。向弯在梦里，四周一片黑暗，双腿被什么东西捆绑着，她想跑，却没有力气，怎么也挪不动腿。她越来越紧张，眉毛拧成麻绳状，额头渗出大滴汗珠，耳边隐约传来"跑啊，快跑啊，使劲啊"的呼喊声。呼喊声越来越强劲："快，快跑啊——快跑啊！"向弯使出浑身的劲，大喊一声"啊——"猛然惊醒了，这才发现，放在床头的手机在黑暗中忽闪忽闪，发出铃声，她定睛一看，上面闪烁着"郑总"两个字，她赶紧接通，耳边传来郑总急促的语气："准备出发，去茂县，泥石流塌方，伤亡不明。"口气不容商量，"半小时内到台准备，肖劲我已经通知了，他会到台里和你会合。"

　　向弯的迷迷糊糊瞬间消失得无影无踪，答应了一声："好。"挂了电话，看了下时间，凌晨4点50分。向弯三下五除二穿好运动服，随手抓了一件冲锋衣就出门了，她终于明白为什么郑总要求女记者一律不准穿裙子了，因为随时都有出发的可能。

　　向弯和肖劲会合，借好机器、话筒、照射灯的时候是早上6点，东方泛起鱼肚白。考虑到茂县路程较远，路况危险，郑总特意安排有经验的司机老卢开车，和他俩一同前往。老卢毕竟是有20多年工作经验的老司机，知道这一趟出去，没个三五天是回不来的，途中一再提醒他俩买够干粮，备好雨靴、雨披和手电筒。

　　茂县地处四川省阿坝藏族羌族自治州，位于青藏高原东南边缘，离成都市区四个多小时车程。向弯把车窗全部敞开着，呼呼的风夹着雨后的湿润，狂野地拍打在她脸上，她望着窗外飞驰而过的景致，血管里涌动着说不出的兴奋劲，只是那不该出现的声音不知怎的突兀地在她耳边响起，是爸爸妈妈的叮嘱——

　　"那么好的工作你不要了，你是存心想要气死我是不是？"

"难道爸爸妈妈替你着想还错了吗？难道你想老了跟你爸妈一样下岗吗？"

一句接一句，怎么会在这个时候想起这些话，这是怎么了？在过去的几个月里，忙忙碌碌的向弯没有精力考虑父母的反对，心里压根儿就一直故意回避这个问题，这会儿被冷风一吹，声音自己就钻出来了。向弯心想，等我拍了这条新闻，就找时间回家一趟，把我做的节目录下来给爸妈看看，让他们知道我在做什么，他们应该以我为荣啊。

"请你再讲一遍，具体位置在哪儿？"肖劲正用手机和提供线索的报料人确认："国道 213 线，茂县石大关断道处。"

车行至距事发地点大约还剩 4 公里位置时，再也无法前进了。事发后，当地交管部门在此处设立关卡，禁止车辆通行，关卡里面是望也望不到尽头的排成长队堵在路上的车辆。

"我肯定开不进去了，你们得自己想办法进去。"老卢回过头对他俩说，"我在这里等你们，保持手机畅通，带些干粮走吧。"

肖劲、向弯各自往背包里塞了一包饼干，带好机器就跳下车，向关卡处的交警表明身份。一辆当地的摩托车见二人是媒体记者，自告奋勇表示愿意载他俩进去，交警轻轻叮嘱一句："里面塌方还在继续，你们小心。"

摩托车沿着狭窄的山路一路颠簸前行，向弯揽着肖劲的腰，眼前闪过一辆新闻采访车，车身上印着"益州电视台"的字样。向弯顿时觉得生气，交管部门真是偏心眼，我们的车不给放行，却同意省台的车开进来。向弯凑近肖劲耳朵大喊："竞争对手来了——真不知道他们是怎么进来的——要比我们先到了——"

到达现场时，是上午 11 点。

眼前的情景着实让二人大吃一惊，不到 10 米宽的山路一片狼藉，碎石、汽车零部件、玻璃碎片四处分散，七八辆车几乎成了废铁，滚落而下的大石块散落周围，有两辆小轿车被巨石死死压在下面，动弹不得，驾驶室里一片血肉模糊，死者面目无法辨别。路的左边是挺拔的高山，路的右边是悬崖峭壁，下面是滚滚岷江水。

"我们必须先搞清楚目前是什么状况。"肖劲头脑很清醒。

向弯四处寻找目击者，已经没人围观了，出事后，大部分人都被转移到安全地带，现场只剩下武警战士、民兵和当地政府人员在忙碌，还有一台铲车正在作业。向弯通过现场救援人员了解到：出事的这个地点位于国道213线k774+600米处的茂县石大关乡境内，早在去年夏天雨季时，县委就曾组织过专业力量对国道213线茂县境内沿线进行排查，共发现120处隐患点，增设了道路安保设施。但今天出事的这个地点，并不在120个隐患点内，或许是今天凌晨一场突如其来的大雨，让山上的一块巨石松动坠落，巨石形成的泥石流有3000多立方米，滚落的石块砸中了11辆车，造成9死6重伤，先救出的伤者已经被医护人员送往成都华西医院救治。

刚采访完茂县的工作人员，向弯的手机响了，是郑总打来的："你准备一下了解到的情况，10分钟后和演播室的主持人连线。"

蜀都电视台百姓频道演播室里一片忙碌，主持人坐在主播台前备稿，身后是操作机房，有人在机房里来回奔跑，有人不时地给主持人递上新的稿件。

郑志强背着双手，眼睛一眨不眨地盯着面前的监视器，演播室里的情况通过这台监视器一目了然。监视器旁边有几台电视机，画面显示其他频道正在播出的节目。郑志强的注意力集中在其中一台电视机上，那是益州电视台，他们即将播出新闻节目《益州快递》。

12点整，随着铿锵有力的音乐声响起，两档新闻栏目《百姓连连看》和《益州快递》的片头一秒不差同时进入电视荧屏。自从几个月前两档节目同时开播以来，双方似乎都把对方当成了假想敌，死死咬住对方不放，你几点播新闻，我也几点播；你节目做多长，我也做多长；你的记者在什么现场蹲守，我的记者也必须在场；你用 SNG 卫星直播，我也用 SNG 卫星直播，看谁比谁快。事实上，在收视率上两个栏目也是头把交椅轮流坐，今天《百姓连连看》拿第一，明天《益州快递》拿第一，你追我赶，不分伯仲。

两档新闻节目的主持人各自手拿着播出稿，几乎同时走进各自的演播室坐定。《益州快递》主持人对着镜头说："今天是 4 月 23 日，星期四，先给大家说一条紧急的插播新闻。今天凌晨的一场暴雨，让很多成都市民彻夜难眠，而就在离成都 175 公里外的茂县石大关乡境内，暴雨使那里遭遇泥石流塌方，目前已造成 9 死 6 重伤，我们的记者颜思危已经赶到现场，我们现在就连线她，了解一下前方的具体情况。"电视传出颜思危的声音，她开始描述现场情况……

这边，向弯的手机也响了，传来主持人的问话："向弯，给我们说说你了解到的现场情况？"

"好的，主持人。"向弯回答，"我们到达的时间是上午 11 点，离事发已经过去 6 个半小时，现场一片狼藉，共有 11 辆车不同程度受损，受损最严重的已经完全变形。目前伤亡人数是 9 死 6 重伤，重伤患者已经被送往华西医院救治，而现场正在紧张地组织救援……"

向弯还在继续说着，导播间的郑志强拿起手中的电话，沉稳地安排着下一步棋："李敬，马上去华西医院，采访伤者。"郑志强转身又对身边值班的编辑说："调动 SNG 直播车去茂县现场，把调度单拿给我签字！"

郑志强的反应是迅速的，判断也是准确的，他从向弯的现场报道中敏锐地嗅出，这不是一起简单的泥石流塌方事件，事态非常严重，必须新闻追踪。不到 10 分钟，李敬和搭档安在旭就拎着机器出门前往医院了，而 SNG 卫星直播车也奔赴茂县塌方的路段。

向弯放下电话没多久，耳边就传来轰轰轰的声音，新增援来的两台挖掘机到达现场。向弯转头看了看被巨石压住的两辆小车和里面的死者，忍不住带着几分质问的口吻问身旁的县委工作人员："挖掘机为什么现在才到？"

"得能开过来啊！"县委工作人员一阵激动，"记者同志啊，你看这一路段塌方，导致两头路段 30 多辆汽车被堵在路上，挖掘机早就出发了，等道路疏通后，好不容易才挤过来啊。"正说着，电话响了，他匆匆接完，"生命探测仪在悬崖下河滩旁发现有生命迹象！"扔下一句话转身就走。

肖劲轻轻推了下向弯，示意赶紧跟上去，两个人一溜小跑，紧随其后。

第十三章

和死神赛跑

悬崖下，岷江水裹挟着黄泥滚滚向前，怒吼咆哮，像一头发了疯的野兽狠命狂奔，骇得想要靠近它的人不敢与之直视。通往悬崖底部的道路崎岖难走，路面湿滑，散落的藤蔓像蛇一样缠绕在脚的四周，和着稀泥让脚下的路模糊难辨。肖劲好几次险些摔倒，幸亏桩子稳，单手撑地，摇摆几下还是站稳了。摄像机有 20 多斤重，肖劲一路走一路还得保护好摄像机，向弯好几次伸手想要帮肖劲拿，肖劲摆摆手，坚决不让她碰："算了算了，就你那细身板，使上吃奶的劲都不够，这机器比你还金贵，你要是摔着了我可不心疼，可要是这机器摔着了，国家财产啊，咱俩都赔不起，还是我自己扛着稳妥。"

"切，好心当驴肝肺！"向弯白他一眼。

下山的路越来越狭窄，只能容纳一个人侧身而过。一行人中，走在最前面的是一位 50 多岁的医生，紧随其后的是 20 多岁的小护士，手里提着医药箱，中间是县委工作人员，肖劲和向弯扫尾，一行人手拉着手，彼此搀扶着，小心翼翼地往前走。

"你们记者也不容易，这么辛苦到这儿来采访。"县委工作人员说，"以前不了解，现在才知道，你们这职业啊，也是个高危职业。小伙子，你的摄像机太沉了，我帮你扛会儿吧。"说着，把手递过去。

"你们才辛苦！不用不用。"肖劲忙不迭地回答。

300多米深的悬崖，一行人足足走了一个多小时，悬崖底部是一个铺满鹅卵石的河滩，距离咆哮江水5米远的地方，一辆小货车和一辆越野车四脚朝天翻倒在河滩上。小货车车身严重变形，车上的两名男子早已没了气息。估计是两辆车正行驶至悬崖上时，突然被空中坠落的石块砸中，巨大的冲击力将它们撞下了悬崖。而越野车在坠落过程中，驾驶室的安全气囊弹出，司机被死死卡在驾驶座位上，越野车车身上还压着两块重叠的大石块，经过这样的强撞击和高空坠落，司机居然还大难不死，简直是奇迹！

大家都有些兴奋，径直奔向越野车，向弯发现，已经有人先期抵达，一个是消防战士，还有一个是——颜思危。

"这么巧，你们台派的是你。"向弯微笑着对颜思危说。

"你们台派的不也是你吗？"颜思危话里带刺。

肖劲朝颜思危轻轻点了下头算是招呼，心里却偷偷骂了一句："妈的，益州电视台又比我们抢先一步。"

或许从节目开播的那一刻开始，两档栏目的记者就注定了见面不再会有和睦相处的气氛，彼此是竞争对手，从台前到幕后，每一个环节都是人盯人的进攻和防守。肖劲此刻心里明白，只要颜思危在现场采访到什么，他和向弯也必须采访到，颜思危不撤离现场，他们也不能撤离。

被压司机是一位20多岁的小伙子，整个人被夹在车顶和地面形成的狭小空间里，腰部以下被方向盘和车头死死卡住，身子无法动弹，头丝毫不能转动，眼睛半睁半闭，好在他神志清醒，能讲话。

医护人员上前和小伙子简单聊了几句后，判定为：目前生命体征平稳，然后试图通过头皮给小伙子静脉输液。就在医护人员准备动手扎针的时候，颜思危转身对着摄像机镜头说："从今天凌晨4点半发生泥石流塌方到现在下午 4 点，时间已经过去了近 12 个小时。医护人员确认，这名被泥石流击中坠下 300 米悬崖的司机目前生命体征平稳，这不得不说是生命的奇迹。现在大家可以看到，医护人员正在对他进行医疗急救。"说完，颜思危转身把话筒递到司机嘴边，"我们是益州电视台《益州快递》的记者，告诉我你的情况，叫什么名字，多大年龄，在哪儿居住？"

司机睁开眼，口中喃喃道："我叫李明，今年 26 岁，家就在茂县，我本来刚从成都回来，我买了一些礼物给我老婆，我老婆怀孕了……"李明表达非常清晰，但每说一句话看上去都很费劲，眼睛直勾勾盯着地面。

向弯顺势也把话筒递了上去："你老婆现在怀孕几个月了？"

李明费力地吞咽一口口水："有几个月了，我在外面打工挣钱，她主要在家里面，照顾家里面的事情。"

"你老婆知道你今天要回家吗？"颜思危又问。

"她不晓得。我临时休假，借了个车回来，我给她买了点礼物，我也不晓得买啥子，就给她买了点营养品，给娃娃买了点衣服。"李明没等记者插话，又接着说，"我觉得我的命还是大，我可能是世界上第一个被泥石流冲下崖、被石头压倒还活着的人，我比那些被砸死的人幸运，是不是？"

"是是是！"向弯连连点头。

李明打开话匣子后就收不住口："刚才我真的是坚持不下去了，我很想放弃自己的生命，但我回头一想，我还是不能失去我老婆和我的娃娃。"

李明的每一句话都像是在拼命表达什么，又像是拼命交代什么，那个努力挣扎的面孔，甚至都有些轻微扭曲了，看上去有些悲壮。向弯心里像被什么狠命捅了一刀，眼睛开始模糊了。她本能地把手里的话筒收回来，刚收回来就听见颜思危又问："是什么力量支撑你 12 个小时，一直到现在？"

"我的老婆和娃娃，我要是被砸死了，将来哪个来照顾他们？"

泪水充满向弯的眼眶，12小时不吃不喝，就靠着老婆孩子的信念支撑到现在，李明的坚强深深打动了她，也打动了在场的每一个人。

"李明，好样的，坚持住。"

"再坚持会儿就好了，我们调来了千斤顶，千斤顶可以顶开你车身上面的大石头。"消防战士鼓励他。

"我觉得我还是命大，我肯定能活下去，大难不死，必有后福！"李明竭尽全力，声音都开始颤抖了。

"好好好！坚持住，你一定能出来的。"医生说，"大家都在陪着你，我们都在陪着你，你赶快保存体力，不要再说话了。"

下午5点，千斤顶开始工作，消防人员不顾生命危险，钻到大石头下作业，车里传来李明微弱的号子声："一、二、三，起。"这是他在给消防人员加油，也是在给自己加油。

然而，事实上，救援难度非常大，要把大石头顶开比所有人预想的要艰难百倍，一小时过去了，那两块硕大的石头纹丝不动，用它巍然的姿态嘲弄着眼前的这群人。

就在救援艰难进行的时候，益州电视台《益州快递》和蜀都电视台《百姓连连看》各自的SNG卫星直播车几乎同时赶到现场。车辆无法开到河滩上来，只能停靠在离出事地点最近的悬崖边上，各自调试好机器，打开微波接收器，靠微波接收来自悬崖下面各自摄像机发出的信号。

接到指令的肖劲和颜思危，把各自稍早前拍到的画面通过微波传送回SNG卫星直播车，而直播车同时间又把信号传回台里演播室，时间点刚好卡在18点30分，离开播还有20分钟，台里的编辑把画面简单处理后，就准备播出了。

18点50分，气势磅礴的音乐响起，又是两档栏目同时播放节目片头，主持人同时走进演播室，播报同一条新闻。今天，没有比泥石流塌方更重大的新闻了，也没有比争分夺秒生死大营救更能抓人心的故事了。电视里传来李明坚强的声音，传来消防战士营救的画面，新闻直播的同时，新闻热线发疯般地响起来，一个又一个电视机前的观众打进热线，表达对李明的牵挂：

"李明，好样的！"

"挺住！"

"要坚强！"

"李明，我们等着你被救出来的那一刻！"

"你的孩子将来一定会为爸爸骄傲！"

"李明，你的老婆孩子都在等你，加油！"

"加油！"

人们鼓励的话语像潮水一般涌来，不知道有多少人对着电视机流泪，也不知道有多少人为李明紧紧捏了把汗，每个人的心都悬着，焦急等待着事情的后续进展。

站在监视器前的郑志强把这一切默默看在眼里，他眉头紧锁，心中涌动一种不祥的预感，他给向弯打了个电话："向弯记住，不要再问李明任何问题了，让他保存体力，客观记录就行。"

接到指令的向弯突然明白过来，她刚才本能地想要把话筒收回来，是内心有种隐隐的害怕和担忧，她担心这样不断地采访让李明说话，对他会是一种体力消耗。她不敢细想，也容不得细想，静静地站到一旁，任摄像机记录着接下来的营救过程。

第十四章

别拿生命开玩笑

　　李敬和安在旭赶到华西医院的时候，还不到下午 1 点，6 名重伤患者还没有被送到这里。"还算出发得快。"李敬站在医院门口，对安在旭说。

　　"还说呢，你看那边，"安在旭指着大门内靠近门诊大楼的位置说，"已经有四五台摄像机了，瞧见没？还有几个拿本儿的，应该是报社的。少说点吧，加上咱们，有 10 家了。"

　　李敬眼尖，突然在那群记者中发现一个熟悉的身影，天啊，好像失散已久的胖子周！他正拿着一个厚厚的本，迎风站着，那个憨厚的身影，简直太像了！该不会真是他吧？李敬和安在旭忍不住跑过去，走近一瞧，果真是他，太巧了！李敬愉快地和胖子周打招呼："胖子周，真的是你啊！你怎么在这儿？我们以为你……"

　　看见昔日的战友，熟悉的面孔，胖子周好一阵兴奋："李敬，安在旭，见到你们真高兴啊！"他马上又不好意思起来，"你们以为我彻底消失了？"

　　李敬一拳轻捶在胖子周胸口上，开玩笑道："你小子行啊，失之东隅，收之桑榆，没想到你还是成为记者了，改到报社了。"李敬是真心为他高兴。

胖子周有点自嘲地说:"我还没转正,正在见习,我还梦想着有一天能回来和你们在一起呢。"

"好啊,我帮你。"李敬也笑了,"我可不当你这是玩笑话,胖子周,我帮你,我回去就向郑总申请把你给招回来,我们都很想念你,你当时走得太不值当了……"

"呵呵,都过去了,别提了……"

时过境迁,李敬能感觉出胖子周成熟了不少。三人正说得高兴,门诊大楼前来了一个20岁出头的小伙子,戴着眼镜,皮肤黝黑,神情慌张地来回踱着步子,眼巴巴地瞅着大门的方向。李敬本能地疑惑起来,小声对安在旭说:"瞧见没,穿白色T恤那哥们儿,那么焦急,该不会是伤者家属吧?"

安在旭耸了下肩,不置可否。13点20分,随着一阵急促的警笛声,三辆救护车从医院大门疾驰而入,人群中顿时一阵骚动。李敬跟着救护车一溜小跑,来到了急诊大楼门前,救护车门一打开,医护人员依次抬下几副担架,只见担架上躺着的人奄奄一息,身上血迹斑斑,记者立马蜂拥而上:

"医生,他们是茂县塌方送来的伤者吗?"

"是的。"医生头也没抬地答。

又是一阵闪光灯连续的啪啪声。

正在一阵拥堵时,刚才站在门诊大楼前的小伙子发疯似的朝人群里挤,拿手机对着伤者一阵连续性闪拍,高声哭喊着:"让我看看,是不是她?是不是她!"一脸失望的表情后,又发疯似的扑向另一副担架,同样一阵闪拍:"是不是你,是不是你?你到底在哪儿啊?"

小伙子一连串的动作引起了在场媒体的注意,纷纷把摄像机对着他拍,有记者问:"你在找谁,你是伤者家属吗?"

小伙子不理会记者的提问,继续高举着手机扑向剩下的担架。

"你是伤者的家属吗？"有记者再问。

小伙子还是不回应，追着抬担架的医护人员一路前行，一直追到了ICU门口，ICU的大门自动关闭。小伙子突然咚的一声双膝跪地，用近乎哀号的声音朝医护人员喊："你们行行好，让我进去看看吧，看看伤者，我在寻找我失踪的女友，让我看看这些人里有没有她啊！"说完，就咚咚咚磕起响头，"我给你们磕头，给你们磕头……"不一会儿小伙子额头就红了一大片。此情此景着实让人心生怜悯，小护士于心不忍，跑进ICU帮他拍了伤者照片给他辨认，却都不是他要找的人，他一脸失望，长跪在地上不肯起来。"这些人里没有她啊，我的女朋友失踪了，她和闺密昨天刚好去茂县旅游，我们商量好了，等她回来我们就准备结婚。昨晚我和她还通过电话，今天早上她的手机就打不通了。我着急死了，早上看到新闻，我担心她俩是不是遇到了塌方……"他双手捂住脸，很绝望地哭喊，"我都不敢往下想，下个月我们就要结婚了，我不能没有她，不能失去她！"

原来是个有情有义、有血有肉的男子汉，寻找的是他的未婚妻，这故事真是太感人了！发现这么一个绝佳的新闻素材，在场所有记者的眼睛瞬间发光，李敬抢先一步把话筒递过去："你女朋友叫什么名字？"

"秦晓丽。"小伙子答。

"我有同事在塌方现场，他们可以帮你打听。"李敬拍拍他的肩膀。

小伙子立马站起来，兴奋地抓住李敬问："你们能送我去塌方现场吗？我想去现场找她！"

李敬有些犯难："现在吗？我们的直播车早上就出发了，今天肯定不可以，如果明天我们还有另一组记者出发的话，就争取带上你。"

没能得到肯定的答复，小伙子立马甩开李敬，他环视一周，像疯子一样抓住在场的每一个记者挨个询问："你们现在谁要去？谁要去？带上我吧，我想马上去现场，马上，人命关天，拜托了！"

然而，每个人都无奈地摇摇头："该出发的早就出发了……"

听到这话，小伙子突然一声凄厉哀绝的长叫："啊——"身子一软，晕厥倒地，不省人事。

医护人员赶紧过来抢救，又是戴氧气面罩，又是测脉搏查心电图，半小时下来，各项指标都显示小伙子根本没病，但他就是不"苏醒"过来。医生正纳闷儿的时候，小伙子却趁着医生一个不留意，从病床上爬起来，跑了。

18点，19点，时间无声无息地溜过，转眼过去两个多小时，压在李明身上的小石头掉下来，可下面的大石块依然坚挺地屹立着。千斤顶、电锯等工具发出刺耳的工作声，消防战士挥汗如雨，和大石块的斗争俨然成了一场拉锯战。

"李明，李明……"医生半蹲着身子，朝车里轻声呼唤，"别睡着，李明，快看我一眼，别睡。"

不知从什么时候开始，李明不再讲话，半垂着眼皮，头耷拉着，嘴巴微张，就像是睡着了。

"不能睡觉啊，李明，看我一眼。"医生提高了嗓门。

终于，李明睁开双眼，冲医生努力挤出一个微笑，小声道："别担心，我结实得很，没事，就是困得很。"

医生这才转过身，满脸担忧地对向弯说："就怕他睡着，像他这种情况，一旦睡着了，很有可能就再也醒不过来了，他可以休息，但必须保持意识清醒。"

肖劲放下肩上的摄像机，从背包里摸出一瓶矿泉水，递给向弯："去喂他几口水吧，都十几个小时了，给他润润喉咙。"

向弯拿着矿泉水走向李明，拧开瓶盖，把瓶口递到他嘴边："李大哥，喝口水吧，保存体力，别再说话了。"

李明感激地看了她一眼，张开嘴，任向弯把水一点点倒进他嘴里，清凉的水滋润着他的喉咙，李明慢慢闭上眼睛，均匀地呼吸。看着眼前的李大哥，向弯心里有说不出的难过，想到他的家近在咫尺却无法抵达，想到家中妻子焦急地等待和期盼，这本该是一幅家人团聚的温馨画面，却被这该死的塌方破坏了，或许妻子压根儿就不知道丈夫已经出事，或许她正挺着大肚子给他拨打电话，自从怀孕以来，肚子里的孩子还没听过爸爸的声音，是男孩还是女孩呢？可现在呢？妻子还被蒙在鼓里，还是不要知道的好，万一知道后动了胎气，这后果真不堪设想……

向弯想得出了神，眼泪不知不觉地滴落下来，身旁的肖劲默默递给她一张纸，她转过身，擦干眼泪，心中默念："李大哥，一定要坚持住啊，加油啊……"

就在这时，颜思危拿着话筒走到李明跟前，她的提问让李明重新睁开双眼："李明，告诉我们，你妻子叫什么名字？"

"陈丽娟。"李明费力地回答。

"你现在要保持平稳的心情，坚持住，好不好？"颜思危说。

"我心情很平稳，我不想孩子还没有出生，连父亲啥样子都不晓得，我不能放弃自己的生命，我不想放弃我家里的任何一个人，所以说，我要坚强，我必须坚强！"

李明的话匣子被重新打开，他费劲地睁大眼睛，挣扎着，一字一句反复说："我要坚强，我必须坚强！为了他们每一个深爱我的人，一定要顽强地活下去，我觉得我要对得起他们，我要对得起他们，对我付出那么多……我希望你们大家一样，不要在任何困难面前被吓倒……"李明努力表达自己的观点，眼球变成了血红色。

向弯感到一阵揪心的痛，一股莫名的愤怒满溢胸中，她一个箭步冲上前，猛地一把把颜思危拉扯过来，用力推搡出去，颜思危一个趔趄摔倒在地。向弯用身体挡在颜思危前面，拦住她，转过头对李明说："李大哥，别再说话了，你一定会平安出来的，保存体力，我们陪着你！"

颜思危显然被向弯这么猛地一推给吓住了，半晌才从地上爬起来，发飙道："干什么你，疯了吗？"

向弯这才意识到自己刚才的举动太过冲动，她怎么会失控去抓扯颜思危呢？是她心里在担心什么吗？颜思危强压怒火，走到肖劲身旁，愤愤地说："大家都是同行，她刚才这个举动算什么，阻挠我们采访吗？难道只有你们一家媒体可以采访，别的媒体就不行吗？同行竞争，哪有这样竞争的方式？肖劲，我先把话撂这儿，下次她再拉我，我就对她不客气了！姐一定十倍奉还！"说完甩向弯一个恨恨的眼神，朝自己的摄像走过去，霸气外露。

肖劲拉过站在一旁的向弯，用温和的语气对她说："你刚才的举动是有点不地道，职业记者是不会这样做的，记住，冲动是魔鬼，大家都是媒体，别冲动。"

"可是，我就是不想让她再问李大哥了，我也不想让李大哥再讲话了。"向弯倔强地辩解。

"我了解你的想法，但要注意方式方法。"

"肖劲，我有点害怕……害怕李大哥突然……突然……就没了……"向弯的声音弱了下去，沮丧地低下头。

肖劲温柔地笑了笑，像抚摸小猫小狗一样，摸摸向弯的头发说："专业点，别孩子气，好吗？"

向弯点点头。

在场的人谁也没注意到，就在刚才颜思危拿着话筒走向李明的时候，肖劲和向弯的身后又多了一个人——那个20多岁，在医院寻找女朋友后来又消失的小伙子。

第十五章

岷江水在咆哮

原来，那小伙子趁医生不备，溜出去继续寻找可能带他去现场的记者。他还真有点狗屎运，他身上的故事让一家网络媒体感兴趣，带着他前往塌方现场。到了现场，小伙子就独自跑了，李明刚才讲的那番话，他用手机全部录下来，对失联女友的事只字不提，他的奇怪举动，让带他来的记者十分疑惑，但记者依然在帮他寻找，记者走到向弯身边，问："你们早就到这里了，伤者或者死者当中有没有一个叫秦晓丽的女孩？那是他的未婚妻，失联了。"记者用手指了指那小伙子。

这一问，向弯倒是想起来，中午李敬曾给她打过一通电话，也问有没有发现一名叫秦晓丽的女子："我们目前没有得到任何伤亡人员的名单，很难判断呢。"向弯回答。

小伙子对两个人的对话丝毫不感兴趣，径直走到消防战士身边，拿出一支录音笔采访："你们的营救行动持续多久了？采取了哪些办法？"

"喂——喂——你不是要找你女朋友吗？"向弯朝小伙子喊。

没有回应。

那名带他来的记者有种被耍的感觉。

山里的天气说变就变，突然，天空一道闪电，雷声轰隆，淅淅沥沥下起雨来，不到几分钟，雨点就连成一片，形成一张无形的大网，罩住整个救援现场。肖劲赶紧拿出雨披，首要任务是罩住摄像机，机器淋不得雨，淋坏了就别想拍摄了。一些人开始往悬崖边的树丛里跑，树丛和悬崖的夹角形成了一道天然的遮挡伞，可以暂时躲避一下。向弯和颜思危也跑过去了，车旁只剩下扛着摄像机的摄像们，还有两个头戴钢盔的消防战士。

　　雨越下越大，抽打着地面，雨水飞溅，迷蒙一片，天黑沉沉的，好似要塌下来。

　　肖劲咬着牙，仍站在雨中，他的身上早已湿透了。

　　躲在树丛中的小伙子呆呆地傻站着，望着肖劲出了神。

　　大雨增加了救援难度，为了防止次生灾害，消防战士不得不停下手中的救援工具也过来躲避，肖劲和其他摄像这才收了机器跟过来。救援被迫中断，所有人都一筹莫展。

　　还好这雨来得快去得也快，持续了20多分钟就渐渐收住了。小伙子猴急，不等其他人迈步，就第一个冲出树丛，拿着手机朝被压的李明奔去。也就在这时，突然脚下大地一阵轻微晃动，头顶传来噼噼啪啪的响声，碎石滚落，县委工作人员反应快，惊呼道："塌方了，大家快跑——"

　　这一声惊呼，把所有人都吓坏了，有人开始撒腿往反方向跑，有人就地蹲下来抱着头。

　　哗哗哗哗，不断传来泥石滚落的声音，小伙子这时已经跑到李明车前，等他意识到危险的时候已经晚了，空中一块滚落的碎石正向他飞溅而来，眼看就要砸到头了，说时迟那时快，一名消防战士冲上前，一把把他拽到一旁，那块飞溅而下的碎石不偏不倚正好砸在消防战士的头顶，消防战士瞬间倒地。小伙子惊恐地望着天空，如泥塑一般呆坐在地上。

　　几分钟后，天地间恢复了平静，暴雨已经远离，肖劲走过去扶起被砸中头部的消防战士，轻唤了几声。消防战士睁开双眼，神志清醒地说道：

"我没事。"真是谢天谢地，还好头顶戴有头盔，那飞落碎石的力量把头盔砸出一个凹坑，人竟然没事，总算有惊无险。惊魂未定的人们开始慢慢回到李明车旁，而瘫坐在一旁的小伙子仍傻愣着，说不出一句话来。

刚才一劫，对车内的李明并没有造成新的伤害，被迫中断的救援继续进行，轰鸣声又响了起来。

夜幕四合，夜重重地压了下来，山里的温度开始下降，淋了雨的人们身上发冷，抖抖索索地站立着。夜里，山里的温度很快会降到 0 摄氏度以下，已经虚弱至极的李明还能撑得过去吗？探照灯亮了起来，照着这个争分夺秒的救援现场，也照着这群早已疲惫不堪的人。

颜思危的手机突然响起来，她走到一旁接听电话。她像是接到了什么命令，当她再次回来时，她手里拿着话筒，还拿着一个海事卫星电话走到李明身边。

"李明，睁开眼！睁开眼！"颜思危喊他，又轻轻拍了拍他的头。

李明缓缓睁开眼。

"你想你老婆和孩子吗？"颜思危问。

"想……我想他们……"声音越来越虚弱。

"好，你听着，现在你可以通过我们的电视节目和妻子说话，你可以给她报个平安，说你最想对她说的话。"颜思危把海事卫星电话递到他嘴边，"这部电话可以帮助你把声音传回演播室，你跟主持人讲吧。"

李明开始断断续续地说："主持人，你好，我叫李明，我老婆叫陈丽娟……老婆，我现在很平安，我不会有啥子事，你……放心……你在家里等我，我很快就能出来了，你看那么多人正在救我，你要有信心，你和娃儿要等我，我还给你们买了好多东西，还有娃娃的小衣服……老婆，我已经有几个月没看到你了，你长胖没有……等我出来看你啊……这辈子我没抱别的希望，只要我们和和睦睦地过一辈子就行了，要等我出来……"

益州电视台《益州快递》演播室正在插播这条新闻，台上的女主持人听着李明的话，哭得稀里哗啦："李明，你要坚强，电视机前很多观众都在为你揪着一颗心，都盼望你被救出来的那一刻，我们都在陪着你，你的妻子陈丽娟也会看到我们的电视画面，你要加油啊！"

"好，我一定会坚强，我还要过日子，我要坚强，我要坚强！我要坚强！"李明用发誓般的口吻说道，眼里的血红色变成了深红色。

李明和颜思危对话的这一幕，当然也被站在监视器前的郑志强看在眼里。

时间悄然来到了 21 点 40 分，在被压了整整 15 个小时后，李明终于被消防战士救了出来，当李明被抬出车的那一刻，现场响起一片欢呼声，近 6 小时的营救，人们用信念和死神赛跑，所有的汗流浃背疲惫不堪筋疲力尽都随着李明被抬上担架的那一刻消失了，人们的血管里涌动着胜利的喜悦，没有比见证生命奇迹更伟大更让人激动的事情了。向弯哭出了声，终于获救了，太好了，这个坚强的男子汉终于有希望和家人团聚了，感谢上苍！

担架上的李明，身子是趴着的，脸朝下，他已经极度虚弱，喘着粗气，呻吟着："哎哟——哎哟——哎哟——"口中吐出三个字，"不行了……"

"李明！李明！李明！李明！"消防战士和医护人员警觉地大声呼叫他。

"你怎么样？"

"感觉怎么样啊？"

"听见了吗？"

李明微微睁开眼，小声回了一句："听得到。"伴随着呻吟声，他又断断续续地说了一句，"感觉啊……就是腰上实实在在有点……有点痛……痛……痛……"说完又合上眼，继续呻吟，"哎哟，哎哟……"

众人笑了，原来是虚惊一场。

担架被消防战士抬起来，夜里起风了，温度正在急速下降，山里很快就要降到 0 摄氏度，得赶紧把他抬上救护车，前方的路并不好走，大家得摸黑爬上悬崖，救护车停在悬崖上，又是一场和时间赛跑的艰巨挑战。

担架刚抬着往前走了 5 分钟，医生发现李明的"哎哟"声渐渐消失了，医生试着再次呼唤他，他却没有一点回应，再摇摇他，也没有反应。

医生慌了："快把担架放下来，让我看看！快！"

担架上的李明被众人抬起来翻了个身，他闭着双眼，嘴唇微张。

医生把手放在他的鼻子前感受了一下，不相信地摇了摇头，然后蹲下身子，捏着他的鼻子，开始为他做人工呼吸，一次，两次，三次……心肺复苏，一次，两次，三次……然后竭尽全力再来一遍……然而，李明仍然没有丝毫反应。

在场所有的人一下子慌了神，向弯脑子里轰的一声响，开始大声呼喊他的名字：

"李明！"

"李明！"

"李明！"

…………

呼唤声飘散在山谷上空，荡气回肠。

可是李明，再也没有说出一个字。

医生翻开他的眼皮看了看瞳孔，又用手摸了摸他的鼻子，终于重重地叹口气，失望地摇摇头，说："傻子啊傻子，都坚持到最后了，你傻子啊……"

颜思危傻眼了，向弯傻眼了，肖劲傻眼了，在场的所有人在同一时刻如泥塑雕刻般呆住，空气瞬间凝固。

救他出来的消防战士几近崩溃。

"傻子啊，我们全体人员整个下午到晚上都为了你，救了那么久，你都被救出来了，最后怎么会坚持不了呢？"战士们转过头，蹲在地上痛哭起来，"我们的努力都白费了。"

泪水濡湿了所有人的眼睛，最崩溃的人是向弯，她根本不相信眼前发生的这一切，这怎么可能？刚才还好好的一个人怎么说没就没了呢？那么大的危险都挺过来了，那么多的痛苦都熬过来了，怎么能说没就没了呢？这怎么可能啊！

向弯扑倒在李明身上，失声痛哭："李明，你说你老婆和孩子还在家里等你，你怎么能就这样撒手不管呢？你如果是条汉子，你现在给我醒过来！给我起来！你就是个骗子，骗了你老婆，你说你要坚强活下来跟她和和睦睦过一辈子啊！所有人都相信你肯定能活下来，你个骗子！你骗了我们所有人啊……"

时间定格在 22 点，李明永远地离开了，这时的山里没有风，没有雨，没有雷鸣，只听见身旁的岷江水在愤怒地咆哮，不依不饶地滚滚向前。

第十六章

何为记者

爬上悬崖的路比先前下山的路更难走，之前下过的那场雨让山路更为湿滑，夜里光线不好，摸黑攀爬更加困难。刚经历过一场悲恸的人们，没了先前下山的热乎劲，像泄了气的皮球一样，个个都无精打采，没有人交谈，只剩下疲惫和失落。

夹在人群队伍中的向弯只顾埋头走路。按照计划，她和肖劲要回到 SNG 直播车上和同事们会合，还有司机老卢，也不知道后来他开过来没有，现在脑子里充塞的全是李明的画面。她百思不得其解，那么坚强的一个人，怎么救出来反而挺不过去了呢，怎么说没就没了呢？悲伤，失落，怀疑，遗憾⋯⋯这些情绪一股脑儿地堵在心口，人难受至极，加上从早上出发到现在，她忙碌得滴水未沾，一口干粮未进，神经一直紧绷着，有些精神恍惚。

脚下湿滑，她一个不留神没有踩稳，失去重心，人像皮球一样滚下山，意识到危险发生时，她本能地想抓住什么，可伸出手去什么也抓不住，耳边传来压断树枝藤蔓的噼啪声，还有自己的尖叫声。她不由自主地翻滚着，脑袋里一片空白，甚至连恐惧也没有，就这样听天由命地滚下去。不一会儿，她仿佛听到有追赶的脚步声，紧接着也是滚落的声音，她感到有人随着她滚了下来，两个人同时翻滚，一路向下，终于她停了下来，停靠在一个温暖柔软的身体上，这人将她揽住，用手紧紧护住她的头，她镇定下来，但仍然不敢睁开双眼，直到耳边传来一个镇定的声音："好了，你没事了。"

她睁开眼，迎接到的是一双又焦急又关切的眸子，对，是肖劲，是肖劲在问她："快起来，看看有没有伤到哪里？"

宽阔厚实的肩膀，温暖的话语，有力的双臂，向弯感到前所未有的安全感，她躺在肖劲的臂弯里，内心无比踏实，她想起了李明，想起了营救，想起了刚才和颜思危的争吵，所有的难过、哀痛、打击、对现实的不接受都化作无限委屈，她像个孩子一般蜷缩在肖劲怀里，泪水像决堤的洪水倾泻而出，哭得肝肠寸断，惊天动地。肖劲一声不吭，任她发泄，直到她哭累了，才抚摸她的头发，轻拍她的肩膀，无限温柔地对她说："好了，好了，一切都过去了。"

就这么简简单单一句话，让向弯即刻平复下来。

回到 SNG 直播车的时候，已经是凌晨，气温降到零下 2 摄氏度，只有车里还保持着温暖。直播车车内空间比较大，向弯和肖劲背靠背坐在地上，喝冰冷的矿泉水，啃早已干瘪发硬的面包，饿了整整一天，肚子咕噜咕噜的时候早就过去了，现在吃着也没有狼吞虎咽的感觉，只是机械性地往嘴里填塞。

"肖劲，你在吗？"向弯问。

"我在啊，我不正靠着你吗，怎么了？"肖劲关心地说。

"我只是想再跟你确定一下，听到你的声音说你在。我害怕……"

"我在，亲爱的，你怕什么？"

"怕命运。"

"傻丫头，你尽力了。"

"在命运面前，我们是这么无力，生命是如此脆弱。"

"生命本无常，只求无愧于心。"肖劲道出一句禅语。

"真想就这么和你一直搭档下去，有你在身边真好。"向弯扭头深情地望了他一眼。

肖劲满眼怜惜，朝她笑了笑："放心吧，我会赖着你，你赶我我也不走。"

心中好温暖，向弯也笑了。

今晚只能席地而卧睡车里了，人挨着人可以躺三四个，老卢也在车里歇着。明早又是忙碌的一天，还有后续报道、清理现场、伤者故事、道路疏通……至少还得坚守岗位一天。

咚咚咚！有人在直播车外敲门，肖劲打开车门一看，是那个20多岁的小伙子，"我能跟你们聊聊吗？"小伙子低垂着头。

"怎么了，找到你未婚妻了吗？"肖劲问。

小伙子吞吞吐吐地说："对不起……我……我骗了你们。"他咬住嘴唇，"我其实根本就没有女朋友，一切都是我编造的。"

向弯好奇地下了车，这是闹的哪出戏啊？

"事实上，我是一个新闻爱好者，我想通过这样的方式引起你们媒体的关注，如果不说寻找失联女友，你们根本不可能带我来现场，单凭我自己，不可能获得第一现场资料。"

"哦？你要第一手资料来做什么？"向弯问。

"为了钱……也为了梦。"小伙子叹一口气，说，"我一直都喜欢记者这个职业，我想成为一名真正的记者。可笑吧？"

他摩挲着手机，一张一张翻着他先前拍的现场照片，自说自话："我小时候受过记者的帮助，长大了没能有机会成为记者，但我一直以记者的标准来要求自己。手机是我的拍摄工具，听到有什么事情发生，我都会想办法到现场采访，"说到"采访"这两个字他停顿了一下，"有时候，你们媒体还没有我跑得快，我会把你们没拍到的照片或者视频提供给需要的媒体，他们会给我线索报料奖，200块，300块，最多的一次拿过800块，我认为这是我采访的回报。"小伙子不敢正眼看向弯。

"你就是以这样的方式来维持生活？有工作吗？"肖劲关切地问。

"我干过几份工作，但就是因为我经常翘班跑新闻，你知道，这样时间不固定，不会有一个老板愿意长期聘用我。"小伙子皱着眉继续说，"我对今天的事，心里一直很矛盾，也很自责。当我看到你们冒着大雨不离不弃地站在事发现场，还有消防员替我挡飞石，还有我看到李明坚强的表情和最后的离开，我突然意识到，我利用了你们，真正的记者不是我这样的，你们所面临的职业危险是我想象不到的，所需要的职业素质和勇气都是我不具备的，今天还是你们帮助了我，可是我欺骗了大家，我很自责。"

小伙子沉默了，似乎在等待他俩发问，可是向弯一时间也不知道该说什么。小伙子惘然地看着远方，又说："这不是我第一次骗媒体了，以前为了'采访'，我也干过几次类似的事情，但这次李明的事太震撼我了，我挺后悔的，你们记者了不起，我对不起你们。我违背了新闻的真实性，也已经在记者这条道路上越走越远了，我打算明天就回云南了，我该醒醒了，记者梦我要放一放了。"

说完，小伙子给向弯和肖劲深深地鞠了一躬，没有等他俩说话，转身消失在茫茫夜色中。

"喂——"肖劲朝小伙子的背影叫了一声。

夜色并不美，山里的夜晚连颗星星都没有，只有无尽的萧索和寒冷。向弯站在山上，茫茫然望着前方一望无际的黑，这一天经历得已经够多了，可小伙子的话仍给了她无限感慨。当初她也是为着梦想来的，她也是义无反顾地一头扎进去全情投入的，今天她为自己做着这份职业而心生敬畏，也为自己选择的这条路而无怨无悔。

"肖劲，你说我们这个职业的理想是什么？"向弯深吸一口气问道。

"这是个很深沉的话题嘛，嗯，让我想想。"肖劲摸着下巴做沉思状，"理想？我倒真没琢磨过，我只知道我的感受，在现场时我能感觉到自己的血液奔流，充满斗志，你呢？"

"我都是看书上说的，以前我不能理解，今天我知道了，我们这个职业的理想就是'见证'，新闻的主体永远是人，我们就是要见证这些人，见证这些人就是见证我们自己。"

无尽的黑夜，寒冷的山上，一个姑娘脸上洋溢着粲然的笑容。

第十七章

持续发酵

世事难料，颜思危红了，她自己也没想到，自己怎么瞬间就红了呢？

新闻播出的第二天，颜思危走在大街上，不过是去超市买瓶饮料，售货员一眼就认出她："你不就是昨天新闻里塌方事故的那个记者吗？"颜思危刚开始有点惊讶，不置可否地点点头。

"太可惜了，真的太可惜了。"售货员摇头叹息，"救出来还是死了，唉，你们都尽力了。"

颜思危笑笑："大姐，您看我们节目啦？"

"看啊，一直看，忠实观众了，唉，真是太可惜了。"

颜思危准备付钱，售货员摆摆手："姑娘，我不要你的钱，你们记者辛苦，我尊敬你们。"

颜思危挺不好意思，一阵推托大姐还是不收，颜思危只好把钱收起来，心中莫名有点沾沾自喜。

第二次，是在小餐馆里被老板娘认出来："记者啊，李明的事真是让人太感动了，你们报道得太真实了。"第三次是在公交车上被乘客认出来，问她："那个人是不是真的死了？还是你们演的？"这话让她哭笑不得。一天之内三次被陌生人认出来，颜思危觉得这肯定不是偶然了，她被大家认识了。意识到这一点时，她走路都变得轻快起来，嘴里不自觉地哼着小调，对见到的每个人微笑，她很享受被人认识的感觉，她觉得这才是她该有的状态，她颜思危迟早是会被全成都市人民乃至全中国人民认识的。

第二天晚上，领导也找她谈话了，大圆桌，两个人坐对面，隔得老远，很正式的那种谈话，领导开口问："小颜啊，这次塌方新闻报道得不错，收视率也高，你的表现台里也一直很关注，本来前几天就想跟你谈谈，你对自己未来发展有什么想法呢？"

"未来发展，您是指……我的梦想？"颜思危一脸疑惑。

"对，你的梦想，远期的近期的？"领导是频道负责人事工作的主任，50多岁，一脸慈祥。

"做主持人，记者型的主持人。"

"正好，明年台里准备开发一档新节目，是帮助老百姓解决问题的帮扶类节目，你来做主持人，愿意试试吗？"

"太好啦，当然愿意啦！谢谢领导栽培，梦寐以求呢。"

"这档节目正在筹备阶段，需要大量人才，有合适的岗位人选，你推荐过来，我们考虑，待遇肯定比别的地方高。"

出了大门的颜思危蹦得老高，终于看到曙光要主持新节目了，这个消息太让人欢欣鼓舞了！耳边又传来领导的"筹备招人"的话语，对，招人，新节目需要人，跟她一起工作的人一定要能力强，这档节目才能优秀，对啊，可以去挖熟手，脑子里蹦出来的第一个优秀人选竟然是肖劲！这是个绝佳机会，把肖劲挖过来，从市台跳到省台，电视平台越来越高，人往高处走，他说不定会来的，如果来了就和自己搭档，这真是再完美不过了，心中有了明确目标，颜思危脚下的步子越发轻快了。

向弯和肖劲从塌方现场回到台里的时候，已经是两天之后的凌晨。郑总特批，考虑到这次任务艰辛，两人可以补休一天。向弯在家里昏天黑地呼呼睡了一天，确实太累了，生理和心理的疲惫层层包裹着她，在梦里她耳边还传来嗡嗡声，还有人们"挺住，加油"的呼喊声。睡醒了之后的第二天，向弯好似"满血复活"，一溜小跑奔进办公室，热线小妹王晓凤朝她招了招手，嘴角带着怪笑，故作神秘地示意她过来。

"向弯姐，救人的报道，你和肖哥做得特别棒，我都看哭了。郑总说要奖励你们呢！"王晓凤指着桌前的电脑屏幕说，"你看，郑总正让我写通知呢，今天下午4点，全体人员开会，总结你们这次报道中的得与失，还要奖励所有参与报道的记者，奖金很高呢。"通知上"5000元奖金"的字眼很醒目，向弯心里一阵高兴，正式工作两个多月了，一路磕磕绊绊，总算得到一点鼓励，这也算是郑总对自己的认可吧。

向弯往里走，里面是一个开放式的大办公间，记者平时都坐这儿办公，二十几张桌子拼凑一起，四五台电脑供大家公用。向弯随便找了一个座位坐下，这会儿，上早班的同事都化作勤劳的小蜜蜂出去"采蜜"了，剩下几个还没找到选题在等热线电话，也有晚班回来坐电脑前赶稿的。今天跟以前不同的是，好几个同事即便坐那儿忙碌，也不忘主动给她笑脸，还有一个给她竖起大拇指，对她说："这次干得漂亮！"

向弯有些赧颜。她环顾四周，下意识地寻找肖劲，这都快11点了，怎么肖劲还没到呢？从那晚肖劲随她滚下山坡救她之后，她心里一直有种悸动，巴不得时时刻刻和肖劲待在一起，有肖劲在身边，她觉得心里踏实。可是，肖劲呢？人呢？人呢？人呢？

"晓凤，看到肖劲没？"她朝王晓凤喊过去。

"还没来呢。"王晓凤答。

向弯想打个电话给他，却又迟疑地放下手机，不就是迟到吗？犯得着打电话吗，显得自己这么主动？又不会出什么事，或许他和自己一样，累得爬不起来在家昏睡百年吧。她一边这么想着，一边感觉自己的脸微微有些发烫。

向弯径直走向郑总办公室，自从拍完塌方新闻回来后，一直没跟郑总碰上面，她心里也有些疑问想要问他。刚走到郑总办公室门口，就听见砰的一声响亮的摔门声，从里屋怒气冲冲走出来一个人，黑着一张脸，不偏不倚正好和她撞个满怀，向弯没站稳，一屁股坐到地上，待定眼一瞧，这不是记者老蒋吗？他干吗像头发飙的狮子一般，她可从来没看过老蒋这般模样。

　　向弯从地上爬起来："怎么了，蒋老师？"

　　老蒋竟狠狠地瞪了她一眼，什么话也没说，愤愤然拂袖而去。

　　这，这到底是怎么了？我招你惹你了？向弯丈二和尚摸不着头脑，小心翼翼地敲响郑总的门。

　　"进来吧。"门内的声音说。

　　向弯推门而入，只见郑总背对着门站在窗边吞云吐雾，烟雾一圈一圈从头顶升腾，向弯进屋的脚步声并没有让他回头，直到她轻轻唤了一声"郑总"，他才转过身来。

　　这张脸愁苦万分，郑总怎么了？

　　"什么事，坐着说吧。"郑总指指跟前的椅子，抖落烟灰。

　　"郑总，我心里一直有个疑问想不明白，想请教您。"向弯态度诚恳。

　　"哦？"郑总抬头。

　　"前天在现场拍塌方营救时，您给我打了一个电话，嘱咐我尽量少问李明，您还记得吗？"

　　"记得。"

　　"我没有想通，您是怎么预先得知有可能发生后来的不幸？呃，您可能不知道，我在现场曾阻挠别的媒体记者上前提问，我把那个记者推倒在地，我知道这是不应该的举动，我冲动了，但我控制不住，我无法判断什么时候该发问，什么时候不该发问，我……我真的很困惑。"

　　郑总掐灭了手里的烟头，刚才的满面愁容被一抹微笑替代，语重心长地说："记者掌握采访权和话语权，有时候为了达到自己目的而进行强制性采访，就是滥用了记者的权利，关键问题在于度的把握。

"我们当然需要抢新闻，但不能因为我们是媒体就妨碍了救援，这就是采访的度的把控。其实，我也预料不到事情最后的结局，给出你那样的指示，只是我当时本能的反应。采访时'度'如何把握，这是门功课，既要有打破砂锅问到底的决心，又要有察言观色审时度势的悟性，其中的道理需要在实际操作中去感受和积累。"郑总停顿了一下接着又说，"你是个有悟性的记者，要做好长跑的准备，不要受其他人的影响。"说罢，定定地看着她，眼神里满是鼓励。

好似醍醐灌顶，又好似更加糊涂了，从郑总办公室出来，向弯若有所思地回到大办公室坐下。

一串清脆的声音喊过来："向弯，待会儿别走啊，等我，中午咱俩一块儿吃饭。"是李敬，又蹦又跳的，像头小鹿一样跑进来，她刚采访回来准备写稿，一屁股坐在向弯旁边，故意压低嗓子，凑近向弯耳边轻轻说："我待会儿有八卦给你报料。"

"看你一副藏不住事的样子，我不听不听就不听，憋死你。"向弯开玩笑地说。

"不听你会后悔，我真想马上告诉你，太劲爆了。"李敬又朝她挤挤眼。

"快写快写，写完了再说。"

键盘飞快地敲起来。

不到一小时，李敬交完稿件，两个人坐在台门口的小馆子里，向弯坐直身子，双手托腮做聆听状："说吧，我洗耳恭听，什么内容这么劲爆？"

"今天早上，我在采访的时候，碰到了《益州快递》的一个记者，牛哄哄地跟我讲，他们栏目做的那组塌方的新闻报道得到了省里的表扬。说他们的报道速度比我们快，内容比我们扎实，尤其是李明在去世前，跟他们主持人连线的那一段，对了，就是李明向他老婆告白的那段话，收视率瞬间上升到4，秒杀当时全成都所有新闻媒体，他们热线都被打爆了。你是没看到他扬扬得意的样子，言下之意，比起他们来，我们简直弱爆了。"

向弯有点小小的失望："哦，你要给我讲的就是这个啊，我以为什么重大新闻呢，难道你没给他们噎回去，说我们的热线也被打爆啦？"

"当然说啦，但他还提到颜思危，说她因为这次报道出色，马上就要被台里选拔做新节目的主持人了。"

向弯沉默了，心里不是滋味，倒不是出于对颜思危的羡慕嫉妒恨，而是颜思危的行事风格她不能苟同，难道这就是好记者的标准吗？"我想不通，她能力是挺强的，可她的做法不对啊。"向弯嘟囔。

"你不认同有什么意义？她得到领导的认同就够了啊。"李敬撇撇嘴，"还有个消息要跟你说，这两天你没在台里，你不知道，我们这儿有五个老记者已经辞职了，有个记者实名举报郑总，告到了市委宣传部。"

"啊，那么多人辞职？举报，什么情况这是？"向弯愕然。

"说郑总违反了宣传纪律。"

"有这么严重？我想起一事来，刚才去过郑总办公室，撞见蒋老师从郑总办公室摔门出来，他该不会和郑总发生了什么不愉快的事吧？"

"应该是他俩闹得不愉快，因为辞职的人当中就有蒋老师。"

这究竟是怎么一回事呢？向弯搞不明白了，《百姓连连看》栏目开播仅两个月，收视率天天飘红，记者们干劲十足，老百姓也非常喜欢，栏目前景一片看好，怎么会有记者在这个时候提出辞职呢？蒋老师手把手带过她，对她有恩，蒋老师辞职，她心里实在太难受了。这顿饭吃得竟有些食不下咽了。

午饭吃完，回到办公室已是下午3点，刚进门，就听见王晓凤通知原定4点的总结会取消了，郑总被市委宣传部紧急通知去市里开会去了。李敬和向弯两人四目相对，不知道接下来又会发生什么。向弯环视办公室一圈，记者们基本上都回来了，可仍没看见肖劲的影子，向弯有些发蒙，一下子急了，这才拿起电话给肖劲打过去。

"喂……"一个懒懒的声音响起来。

"怎么，听声音，你不会还在睡觉吧？都下午 3 点多啦。"向弯故意压抑焦灼的心情。

一听是向弯，那头的声音变得比刚才更微弱："我刚醒……向弯，我病了，爬不起来……来看我吧。"

"病了？你到底怎么啦？"向弯的声音抖了起来，心提到嗓子眼儿。

"发高烧。"

"你等我啊，我来看你！"

向弯啪的一声挂断电话，拔腿就往门口跑，脑子乱作一团，怪自己怎么不早点打电话，矜持？矜持个屁啊！明明早上发觉不对劲，可就是忍住不打电话，想想前天在现场，淋了那么大的雨，就算是铁人身体也扛不住啊。她拉着李敬，打了个车，直奔肖劲家。

原来，肖劲在营救李明的第二天就已经感觉身体不对劲儿，头昏昏沉沉，全身乏力，但当时他着急采访就一直死扛着。也许是因为营救李明时的那场大雨，也许是因为晚上睡直播车时，他悄悄把冲锋衣让给了向弯，采访完回到家的当天，他就彻底倒下了，高烧 38 摄氏度，后来竟不省人事。哥哥心疼死了，骂着："傻子啊你，工作那么玩命干啥？"他给弟弟头上敷冰毛巾，"叫你跟我做生意你不做，非要当什么记者。"

整个夜晚，肖劲反复发烧，刚降了点温度，不久后又烧起来，为了照顾弟弟，肖勇一晚上没合眼，给他量了好几次体温，不断更换冰毛巾。嫂子早就睡了，让他休息会儿，他摆摆手不肯，客厅里父母的遗像在微弱的光线下若隐若现，他心疼地看着弟弟，没有半点睡意，直到第一道阳光照进屋内，肖勇才趴在肖劲床边眯了会儿。

早上，阿姨熬了粥，肖劲勉强吃了点，再次量体温，终于降到 37 摄氏度，仍在发烧。人感觉好些了，可身上酥软没什么劲儿，懒懒地爬不起来，他给郑总打了个电话请病假后，服过药又躺下继续睡。直到下午 2 点，电话铃响起来："喂，肖劲，我是颜思危。"电话那头传来清脆悦耳的声音。

　　"你好。"肖劲说。

　　"晚上有事吗？我想请你吃饭，老朋友啦，我有事给你说，很重要的，对你绝对是件大好事。"

　　"抱歉啊，颜思危，我身体不舒服去不了，在家里休息。"

　　颜思危听出来肖劲的声音不对劲儿，着急得音调都提高了八度："生病了？你家在什么位置？我下午过来看你吧。"

　　"不了，也不是什么大问题，休息休息就好。"

　　"不，我应该来看看你的，正好来跟你说事。"

　　"真的不用了……"

　　"真的有事，是大事。你不说住哪儿，我也有办法找到，待会儿见，就这样。"好干脆的声音，电话挂机。

　　一个多小时后，颜思危提着一篮水果笑盈盈地站在肖劲家门前，丁零一声门铃响，肖勇开门的一刹那愣住了，他面前站着一个眉目如画、亭亭玉立的姑娘，清脆地叫了一声："大哥，您好！"

　　肖勇满脸诧异。

　　"我叫颜思危，是肖劲的同事，听说他生病了，专程来看看他，您是？"颜思危落落大方地说。

　　"我是他大哥，"肖勇马上明白过来，热情地招呼她进屋，"哦，快进来，快进来！"颜思危跟随肖勇进屋。好气派的豪宅啊，还有阿姨忙前忙后，和她现在的住宿条件比起来，这里简直就是天堂。颜思危一边走一边四下观察，寻思着没个几百万，这房子肯定装修不下来。

　　颜思危来到肖劲床前，肖劲睁开眼，看见颜思危正一脸笑容地看着他，他有些意外，起身坐起来，无可奈何地说："你还是来了。"

颜思危用轻快的语气说："快别起来，真没想到，连你这个铁人都倒下啦，怎么样？好点没？咱俩几天前碰面时你还好好的，怎么说倒就倒了？"说完朝肖勇笑了笑，"多亏肖大哥照顾你，对不对？肖大哥辛苦了。"

这姑娘真懂事，真会讲话，肖勇瞬间对颜思危多了几分好感。

"你们年轻人慢慢聊，我去看看你嫂子。"肖勇是过来人，若不是这么漂亮又懂事的姑娘突然出现在家里，他差点忘记了弟弟已经是个大小伙子，到了可以谈婚论嫁的年纪。他想多了，抿嘴笑笑借故离开，把时间留给他们俩。肖劲坐直身子："可能是营救那天淋了大雨，加上两天没吃东西，回来就倒了。"

"下大雨的时候，其实也没必要拍，有些镜头可以不用，我要是当时和你搭档，我就把你拉走了。"颜思危看他的眼神有点哀怨和怜惜，"向弯生病没有呢？"

肖劲笑笑道："生病这种事，还是一个人生就好了。"

肖劲的这句回答很艺术，颜思危不好再问下去，她从自己带来的水果篮中挑了个又大又红的苹果，说："生病了要多补充维C，我给你削个苹果吧。"

问阿姨要来水果刀，颜思危一边削苹果皮一边说："肖劲，我今天给你带来一个好消息，关系到你未来的人生，你可要好好考虑。"

"还关系到我的未来，有这么重要？"

"嗯，是个机会，来，先把苹果吃了，听我慢慢讲。"

颜思危把削好的苹果递给肖劲，肖劲伸手去接，就在这时，屋里进来两个人，这两个人一进屋，四个人同时愣住了。

来的人是向弯和李敬。

颜思危怎么会在这儿？怎么还给肖劲递苹果？向弯怀疑自己是不是走错了时空，心中不快，顿觉尴尬。颜思危也觉得尴尬，拿苹果的手僵在空中。

"坐吧，大家都别站着。"嫂子刚巧拿了盘水果进来，"来来来，尝尝这些草莓。"嫂子进来打破了尴尬的气氛，向弯和李敬挤一块坐沙发上，向弯看着肖劲，竟不知道如何开口，屋里气氛怪怪的。李敬是个明白人，伶牙俐齿地先发制人，说："我说肖劲，你怎么搞的啊，生病了也不通知我们一声，看把我们家向弯给急的，新闻也不跑了，拉着我来看你。"

向弯用手指戳一下李敬的后背，意思是："你拿我说事呢？"显然，李敬这话是说给颜思危听的，颜思危听着特别刺耳。

"让你着急了，对不起。"肖劲看着向弯。

一声"对不起"，瞬间融化了向弯的心，她心里越发难受，她觉得说对不起的应该是自己才对。躺在床上的肖劲，虚弱的样子和之前的生龙活虎判若两人。那天晚上，他冒着大雨坚守岗位，不顾自己的性命随她一起滚下山崖，夜里又把自己仅有的一件冲锋衣给她，向弯心里明白，就是这些事情累积起来让他病倒了，若不是自己，肖劲铁定不会倒下。想到这些，向弯鼻子一酸，眼泪不争气地在眼眶里打转，她的悲伤被三个在场的人看得明明白白。

"喂喂喂，不会哭了吧？我又不是一具尸体躺这儿，"肖劲想幽默一下，"我又没死。"

"你变成这样，我……"向弯声音有些哽咽。

"我哪样了我？别说不吉利的话啊，我人高马大，皮实得很，我现在去跑三圈都没问题，你看……"肖劲说着就要从床上爬起来。

"别别别，是应该我跟你说对不起才对，那天明知道你淋了雨，还抢了你的冲锋衣。"

"冲锋衣是我要给你的。"

两人还在继续说，颜思危突然站起来，她实在听不下去也看不下去了，她的心一阵阵刺痛，她一刻也不想待在这儿："肖劲，你好好休息，我还

有采访，先走了，等你身体恢复了，我改天约你好好聊。"颜思危转身就
要走。

"谢谢你来看我，大哥，你帮我送一下吧。"肖劲冲屋外喊过去。

颜思危走后，屋里的气氛突然变得轻松许多，李敬看着还没被肖劲
吃进嘴里的苹果，开玩笑说："怎么着？肖帅哥，刚才那苹果好不好吃啊？
这可是人家专门为你买的。"

"你不说话要死啊。"肖劲怪李敬。

"她不是有男朋友吗，那天晚上捧束玫瑰花来接她的那个？怎么着，
看上你啦，肖劲？"李敬说。

"她说真有事找我聊，顺便来看我。"

"得嘞，您啊，可千万别解释，您听说过什么叫越描越黑吗？"

"李大小姐，要不要我下床来，亲自给您削个苹果，您那张刁刁的嘴
就闭上了？"

看着这两人抬杠，向弯忍不住笑出声，房间里顿时充满欢声笑语。

营救李明的新闻发生一个星期后，网上出现一篇火极了的帖子，标题
很醒目:《益州电视台女记者真性情 or 不择手段？》

这篇帖子大意在讲，茂县塌方营救行动中，颜思危的采访对李明的死
造成了直接影响，还贴出了电视画面截屏，帖子下面跟帖过万，很多网民
都在喷颜思危，争议不断:

> 我当时看到那女记者把话筒放在被压得喘不过气
> 来的李明嘴前时，我就想抽她，为了自己节目的收视率
> 怎么能这样残忍，李明体力已经严重透支，本来不死也
> 要被她弄死，是她害死李明的!

记者为了挖掘新闻，不惜耗费李明有限的精力，虽然李明和记者的对话被当作宝贵的视频资料广为传播，而受众分享这信息的代价是李明的生命，超出生命极限的采访，是最大的失误和败笔。

············

争议让人出名，无可否认，李明事件后，颜思危真的出名了。

第十八章

枪打出头鸟

这一阵子，对于郑志强来说，是真心不好过啊。下午原定的总结会取消，就是因为郑志强接到了市委宣传部的通知，让他到市委开会，开什么会，电话里没讲。自从《百姓连连看》开播以来，已经过去三个月了，收视率节节攀升，成为许多家庭必看的节目。可是，郑志强总觉得哪里不对劲，五个老记者跟他请辞后，他更是有种说不出的危机感，中国有句老话叫树大招风，上级宣传部门找他开会，偏偏就在记者请辞的时候，哪里不对劲儿呢？

这话还真是说不得，郑志强刚走进市委宣传部的会议室，就闻出了味儿不对，市委管宣传的几个主管领导坐在会议桌对面，蜀都电视台一套、二套、四套的总监、副总监全部到齐了，坐在会议桌的这边，中间空出一个座位给他，没人相互寒暄，郑志强这一屁股坐下去，觉得特沉。

"今天把各个频道的总监、副总监都召集起来，是要开一个紧急会议。"张处长不露声色地先声夺人，"大家都知道，新闻市场变革，我知道你们各自压力都大，争抢收视率，彼此也搞新闻竞争，但是，我想说的是，新闻要讲收视率，也要有起码的底线。"

"底线"这两个字说得有点重，在座的都听得出来，话锋一转，味道不对。

"李副处长，你把手里那封信给大家看一下。"张处长示意李副处长。李副处长把事先复印好的材料分发给大家，接着说："前几天，我们接到了一封匿名信，是一位普通市民写的，是一位妈妈，情感真挚，大家先看看。"

几位总监没人插话，各自埋头看了起来。

确实出自一位母亲之手，信里用了四个强烈的排比段落，表达的是深深的愤怒：

> 救救孩子，请远离《百姓连连看》，节目里充斥着车祸、杀人、放火、打架、邻里纠纷、各种血腥场面，孩子看了会恐惧，接收到的是暴力；
>
> 救救孩子，在解读诈骗、拐骗、跳楼威胁等新闻事件时，对行为本身进行情景再现，对手段进行细节刻画，错误的引导等于教孩子如何犯罪；
>
> 救救孩子，让孩子远离《百姓连连看》吧，鸡毛蒜皮的小事鼓吹找媒体帮忙，仿佛凡事找媒体就能解决就能申冤，无助于孩子形成从正规途径解决问题的思维方式，树立法律意识；
>
> 救救孩子，《百姓连连看》简直就是一本社会阴暗面教科书，勾起人的好奇欲和偷窥欲，无助于孩子心灵成长和培养对社会的美好向往，恳请有关部门彻查，关闭像《百姓连连看》这样的新闻栏目，为民除害！

看信之前，每个总监背上都是一身冷汗，看完信后，却又都长吁一口气，明摆着嘛，这事是冲着郑志强来的，信中也只提到了郑志强创办的

《百姓连连看》，并没有其他栏目嘛，尽管在真实的新闻战场上，大家拼得你死我活，报道的也都是一样的题材，毕竟没有郑志强的实力，树大招风。每个人都屏气凝神，坐等接下来的好戏。

郑志强也没有吱声，只是把信往桌上一放，习惯性地摸出一包烟，抽出一支来，自顾自地点上抽一口，隔着烟雾，他直视会议桌对面的上级领导，他在等，等他们把葫芦里的药先抖出来。

"没错，这封信上点名说的是《百姓连连看》，但不能说明其他的新闻栏目就没有这些新闻报道。这上面所说的都是负面新闻，对我们城市的形象影响有多坏？试想一下，外地游客、投资商到我们成都来打开电视，从头到尾看到的就是这些东西，谁还愿意来旅游，谁还愿意来投资、安家、经商？这就是一个充满负能量的城市，我们又怎么搞好经济建设，怎么大力发展城市，这是影响城市形象，影响整个城市的发展！"

张处长连珠炮似的一口气说了一大段，几位总监面面相觑，仍然没人敢吱声，张处长今天是要杀鸡给猴看吗？这张处长葫芦里的药怕是快要抖出来了。

"你们这几档新闻栏目开播这三个月以来，别以为我们宣传部门没有关注。"张处长一边说，一边从王秘书长那儿拿过一份统计数据表，"这三个月以来，《百姓连连看》共报道车祸 60 条，跳楼 15 条，邻里纠纷 40 条，还有刑事案件 15 条，甚至连河里捞浮尸的新闻也有 5 条，这些都是血腥暴力的画面截图！"说完，把这份数据和照片重重地扔在大家面前，啪的一声响，其他人都被吓了一跳，唯独郑志强的眼皮子连眨都没眨一下，一动不动。

空气瞬间冰冻。

郑志强狠狠地吸了最后一口烟，掐灭了手中的烟蒂，他知道要是再不吭声，就是坐以待毙，等死了。

"张处长，我先不对这封信的内容发表意见，也不想马上对你们统计的数据给出解释，我只想说，我们《百姓连连看》自从开播以来，就把老百姓的柴米油盐、衣食住行、生老病死作为报道的重点，这种还原老百姓日常生活的做法本身，就是一种突破。"

郑志强对自己一手培养的"孩子"是再熟悉不过了，报道过的每条新闻，他都装在脑子里，都能信手拈来："车祸并不都是血腥，报道的角度大多是为了警示大众；跳楼也不都是为了吸引眼球，每个跳楼新闻的背后都有自己的故事，故事的启迪才是我们报道的重点。我们的新闻多是一些诸如《孩子没回家，孤寡老人咋过节？》《乡村教师，坚守农村四十年》《家里停电，众人帮忙》等芸芸众生的社区新闻。同时，我们的主创人员为了实现与社区居民的零距离，还成立了义务服务队，为社区居民提供免费服务。另外，我们的新闻报道很重视后续追踪，比如在'十一'期间为一位妈妈寻找被拐孩子的报道，不但突破常规寻人启事的做法，还把当事人请到演播室，号召全社会当'天眼'，又专门为她进行连续三天的跟踪报道，跟进警察办案进度，这种做法突破了就事论事的层面，赋予新闻文化内涵和深层的社会意义。前天，我们刚做了几组灾难性报道，茂县塌方泥石流，这是负面新闻，但灾难的惨烈程度不是我们要说的，人与人之间的救助才是我们报道的重点。"

郑志强像是发表演讲似的，吸口气，停顿一下，又接着说："我只想说，这封信上所说的有些夸大其词，我可以把我们开播这三个月的每条新闻都梳理出来，送到宣传部来，请上级部门核实。当然，以后我们会更加注意报道的方式和角度，坚决杜绝这封信里提到的血腥暴力内容。"

郑志强的这番辩解不卑不亢，不疾不徐，态度诚恳而坚定，既表明态度，又捍卫立场，一时间，竟噎得张处长、李副处长无从接话。还是二套的总监杨宇深谙江湖之道，他是明白人，今天他们五个频道的总监、副总监全部到场，张处长给郑志强难堪，实际上是杀鸡给猴看，郑志强关了门，他们的日子也决计不好过。于是，杨宇斗胆接了个话，给大家一个共同的台阶下："张处长、李副处长，你们看，这民生新闻也才刚刚兴起，车祸、跳楼这些也确实是老百姓的事啊，就说车祸吧，不就是天天发生的真实生活吗？这车祸也不是每天都在报道，而且车祸也有警示作用，对老百姓今后生活有帮助的，我们才报嘛。你看，北京电视台不是专门有个交通节目吗，那里面天天不全是些车祸报道吗？郑总刚才也说了，主要看我们报道的角度，方兴未艾的民生新闻也得要经历自己的发展历程对不对？才进入市场，不妨给我们大家一点时间，让大家把民生新闻再推着继续向前走走，发现什么问题，我们立即整改，摸着石头过河，边走边看，这不是小平同志说过的嘛。张处长、李副处长，让我们再走走看吧。"

杨宇这一通说辞算是拉了郑志强一把，说到底也是拉他们自己一把，这下，其他几个频道的总监也开始接话了：

"对，再走走看。"

"边走边改。"

张处长这下是没话说了，他看了李副处长一眼，最后说："郑志强，你必须写份深刻的检查，总结检讨《百姓连连看》开播三个月以来存在的问题，反省要到位，接下来是一个月整改期，在此期间严格控制负面新闻报道。其他栏目也一样，参照执行！"

走出市委宣传部的大门，在去停车场取车的路上，郑志强下意识地拉拉衣领，都立夏了，蓉城怎么一点暖意都没有，他觉得身子有点凉，又紧了紧外套。今天这个局面，他事先已经有预感，自从半年前他开始高调招兵买马轰轰烈烈开播，到今日稳坐江湖霸主地位，他就像一个扛着大旗的将军，意气风发地向全天下昭告：民生新闻来了！的确，电视市场全面洗牌，广告商纷纷投奔他，他是这场变革的发起者，他必然也将成为众矢之的。但既然扛了大旗，就要勇于面对各方压力，兵来将挡水来土掩，改革不都是摸着石头过河吗？旧的新闻时代过去了，直播新闻的时代来临，民生新闻未来一定会有广阔的发展前景。这么想着，他对自己继续走这条路更为笃定了。可是，他转念又一想，这些对他来说还只是"外患"，眼下还有"内忧"没有解决呢，五个老将向他请辞，他们的话语轮番响彻耳畔：

"郑总，你也是干过记者的，你这么搞只有把兄弟们搞死啊！"

"我们有你新招的这些毛头小子年轻吗？一天三班倒，24 小时值班，他们身体吃得消，我们吃不消啊。"

"我跑不过年轻人啊，每个月业绩他们都排在我们前面，一个月下来，我就挣 2000 多块钱，你叫我怎么养家糊口？"

"以前的记者天天出入政府机关，到基层采访有人接待。现在大家每天像苍蝇一样布满大街小巷到处跑，累得像狗一样，新闻记者已经不再拥有受人尊重的社会地位了。你知道别人都怎么称呼记者？叫'新闻民工'，我对这行彻底失望了。"

…………

这些声音徘徊在郑志强耳边，他一边开车一边陷入沉思。老记者的话也不无道理，有新鲜血液的加入，必然有老人的淘汰，优胜劣汰是生存法则。但是，这样的结束方式对那些干了十多年的老记者来说，太残忍了，这也许是改革必须经历的阵痛吧。干不了新闻，也可以转型干专题，转娱乐报道，转文化报道，现在频道还缺这些类型的节目，这些老记者毕竟干了十多年，比新记者经验丰富，他们可以转去做策划和活动……一张未来电视发展的蓝图在郑总脑海里酝酿。

第二天中午，记者老蒋到台里来收拾东西，他已经向郑总请辞了，要去其他频道的播出部门做技术工作，不在一线冲冲杀杀，这是老蒋自己找关系调的工作，算是给自己找了份养老的活儿。

听说老蒋要走，向弯和李敬今天中午是怎么着也要请他吃饭，给师傅饯行。就在电视台门口的小馆子里，一瓶二锅头，几碟小菜，老蒋多喝了几杯，刚开始还一直夸向弯这姑娘悟性好，从第一次见就知道是做新闻的好苗子，将来大有可为。可几杯下肚后，他话语一转变成了劝慰："向弯，李敬啊，我觉得你们俩真不错，算是为师的给你们肺腑之言，记者这个职业不太适合你们姑娘家，干两年赶紧转行吧。"

两个人同时直瞪瞪地盯着老蒋，露出抓不住要领的神情。

"你看你们俩，刚来时还肤若凝脂，气色水嫩水嫩的，再看看现在你们俩，面露菜色，憔悴不堪，才二十出头的小姑娘，都快变成黄脸婆了，将来怎么嫁得出去？"

向弯摸摸自己的脸，说："师傅，哪有你说的那么严重啊？"

"民生新闻记者就是吃青春饭，你们一个月休息过两天吗？睁开眼就是跑新闻，回家就是睡觉，小姑娘家家，一点自己的时间都没有，女孩子老得很快的。"

两个姑娘一阵发笑。

"蒋老师，您就是我亲妈，只有我妈才这么爱我。"李敬觍着脸说。

"谁跟你开玩笑啊，你一个北京丫头，在这儿混什么混，回京城去，比这儿好多了！"

"蒋老师，你说说你为什么非要走啊，就留在台里不好吗，干别的岗位不行吗？"向弯问。

"不走，我能拼得过你们这些年轻人吗？在一样的考核体系下，你们比我年轻，精力比我更旺盛，你们可以成天连轴转，我不行啊。你们连恋爱都不用花时间谈，我还要花时间照顾老婆孩子啊。况且，记者已经不像从前了，你们是不知道，现在记者大街小巷遍地跑，谁还稀罕？老百姓随便一个电话就赶忙跑来，我们以前那份职业的骄傲感已经消失了，新闻记者就是'新闻民工'，谁挖到爆炸性新闻，谁的价值就高，新闻价值成为核定记者收入的唯一标准，变成大家都一窝蜂抢爆炸新闻，变成了追逐利益，这年头，新闻记者不值钱了。"

最后几个字拖得老长。老蒋又呷了一口酒，继续说："说深了，你俩也不明白，总之，这场新闻改革战争，我是不想参与了，人得服老，还是看你们年轻人去打拼吧。"

话已到此，就差举杯，"来来，蒋老师，常回家看看。"

"以后别忘了我们啊。"

两个姑娘仰头一饮而尽。

老蒋和另外四个老记者各奔东西，转行的转行，调走的调走，有一个干脆回老家开饭店去了。谁都有过青春，谁都有过新闻理想，只是，时光荏苒，时过境迁。有一个老记者走的时候去过郑总办公室道别，冷冷地说一句："宣传部手里的那封信写得还不错吧，以后不定期还会有的。"

郑总愕然，才明白过来，这哪里是一位母亲写的信，他分明是被自己人给告了！

第十九章

劫持人质

——

日子像流水般悄无声息地流过，在接下来的一个月里，《百姓连连看》就像水煮白菜一样没盐没味。上级宣传部门要求整改，新闻里全是一片太平盛世，大好河山，分外和谐。一旦有突发事件发生，记者即便去了，回来写成稿子也是面临被"枪毙"的命运。

在这一个月里，向弯和肖劲的表扬大会后来开了，所有记者认认真真学习了他俩的报道，郑总也兑现承诺每人奖励5000元。至此，向弯算是扬眉吐气了，有了点小自信，连上个楼梯都一蹦一跳的。采访似乎也越来越顺了，总算找着点北，老蒋临走给她说的一番话，她压根儿没往心里去，她理解老蒋的意思，但她还是初生牛犊不怕虎，梦想才刚刚开始，还要大踏步前进呢。趁着这个月不忙的这段时间，她找了美国脱口秀女王奥普拉的访谈视频，只要一下班，她哪儿也不去，就窝在家里看节目，她真是爱死了奥普拉，这个当今世界上最有影响力的妇女之一，《奥普拉脱口秀》连续十六年排在美国同类节目的首位。向弯每每看到兴致之处，拿笔记下来，把奥普拉的访谈一招一式拆分了分析。

这个月里还发生一件事，就是李敬兑现承诺，拿着刊登胖子周写的稿件的报纸去找郑总，请求郑总网开一面把胖子周给召唤回来。当时作弊也不是胖子周的主意，他是被颜思危拖下水的，是被"冤死的"。这一点郑总是知道的，只因当时招人名额太有限，周中是"共犯"负连带责任，且业务能力不算优秀，淘汰了也就淘汰了。可如今，栏目面临老记者辞职缺人的窘境，郑志强便很爽快地答应李敬的请求，把周中重新招了回来，李敬为此对郑总感激涕零。

　　胖子周回来的那天，办公室里跟过节一样热闹，以前他在的时候人缘就特别好，憨厚老实胖乎乎，一副天生讨喜的样子，大家都热情地跟他打招呼。王晓凤开玩笑说："我们这儿全都是瘦子，就差一个胖子，你回来刚好填补空缺。"听得胖子周眼泪不争气地在眼眶里打转。

　　日子如流水，就这样无声无息地过去了。

　　二十四节气中，每个节气都有自己的特质，一转眼就到大暑了，进入大暑意味着一年中最热的时候来临了，酷暑盛夏，湿度大，整个成都闷热难耐，最高气温冲破 35 摄氏度，人像被关在大蒸笼里蒸，心情烦躁易怒。

　　半夜 12 时，向弯正津津有味地看奥普拉采访奥巴马，郑总的电话来了，今晚不该她值班，郑总这会儿来电话准是有突发事件发生，果然，还是个大事件——A 大楼发生劫持人质事件。

　　劫持人质！哎哟，这事件也太震撼了！向弯有点激动。

　　"先拍回来再说，好好报道，干得漂亮点！"郑总斩钉截铁地说。

　　深更半夜的 A 大楼里灯火通明，一楼售货大厅被警方封锁。向弯和肖劲赶到现场时，人质已经被劫持两个多小时了。劫匪蓬头垢面，40 多岁的模样，左手握着一把匕首，刀刃就抵在女售货员的脖子上，人质的生命岌岌可危。劫匪狡猾，抓住人质躲在柜台后面，柜台有半人高。据说是商场打烊时，男子不肯离开，一把抓过售货员，拖进柜台后面进行威胁。男子腰间绑着一排类似手雷一样的爆炸物，情况十分危急。

劫匪叫嚣着："我知道我已经死定了，我今天肯定不会活着出去，你们都别过来，谁过来，我就整死她！"

人质是个年轻姑娘，早已吓得半死，哭声充斥整个大厅，警方被堵在大厅门外，现场气氛异常紧张，没人敢轻举妄动，更不敢强攻解救人质。谈判专家还在赶往现场的路上，向弯和肖劲无法靠近，只能远远地调拍着，这个僵局该怎么破？

正待所有人一筹莫展之际，劫匪突然提出要见记者，而且要见一名女记者。向弯不知道从哪儿来的勇气，向警方请缨。警方考虑到现场僵局需要有突破口，当机立断，同意向弯戴着无线耳麦进入大厅，肩负谈判的重任。

向弯独自一人朝门内走去，肖劲一把拉住她的手，认真地看着她，眼神充满担忧："你确定要进去？"

向弯放下他的手，安慰道："没事，看我怎么拿下他。"她调皮地朝他挤眉弄眼，转身的一刹那，悄悄把收音话筒别在胸前的衣服口袋里。她一路走一路想待会儿怎么开口，灵光一现，奥普拉的幽默感给了她灵感，她在离劫匪不到三米的距离停下来，她想好了，她要一开口就赢得劫匪的信任。她清了清嗓子，说："宝贝儿！我就是记者！你看，都这么晚了，你不睡觉，民警叔叔不睡觉，弄得我也睡不成觉，大家也睡不成觉，你这样做多不道德啊。"

劫匪一愣，从哪儿跑出来这么一年轻小姑娘，一开口就叫他"宝贝儿"，沉默三秒之后，他很快就乐了。不仅劫匪乐了，连民警也都乐了，现场的紧张氛围瞬间缓和下来。

"你是谁？"劫匪问。

"我是蜀都电视台《百姓连连看》的记者，你叫我向弯吧。"向弯冲劫匪鬼精灵般地一笑，声音清脆响亮。

"你是特警装的吧？骗我的吧，给我看看你的证件。"

哟，这劫匪的警惕性还真高，向弯拿出随身带的记者证，朝他晃了晃。

"扔过来!"劫匪喊。

扔过去的证件恰巧落在劫匪面前的柜台上。

"这照片不是你本人吧?你是特警装的吧?"劫匪还是质疑。

"我本人比照片漂亮啊!再说啦,有我这么漂亮的女特警吗?"向弯干脆一屁股坐在地上,一双忽闪忽闪的大眼睛瞅着他,"相信我,我是电视台记者。"

劫匪迟疑了两秒,松了口:"好吧,现在只允许你一个人靠近我。"

向弯往前挪了挪,说:"你有什么想不开,非要跟这个姑娘过不去呢?"

"我不是要和她过不去,她跟这事也没关系。我离婚了,老婆走了,单位冤枉我偷东西也把我开除了,都是阴谋,都在骗我,我也不想活了……"

劫匪开始喋喋不休,向弯眼前闪过一个场景,这场景怎么似曾相识,是什么时候呢?向弯努力回忆。记忆把她拉回到几个月前,对,是她第一次采访时遇到的那名跳楼的男子,也是同样的情绪激动,语无伦次,最后是以悲剧收场,而这次呢?这次似乎情况更加复杂凶险,更加具有挑战性。向弯的直觉没错,这两次不仅感觉相似,现实也雷同。

向弯正陷入回忆的时候,大厅外有人拍拍肖劲的肩膀,肖劲回头一看,是颜思危,她也来了,只不过这一次,终于轮到她晚到一步。

"向弯在里面多久了?"颜思危问肖劲。

"你们也来了?"肖劲有意回避问题。

颜思危默不作答。

大厅内双方的博弈仍在继续。

"你要什么?"向弯问劫匪。

"我不要什么,我不想犯罪,我不想偷也不想抢,我没犯过罪,我今天做好了死的准备,说白了,我就是不想活了!"劫匪说。

这叫什么诉求?不要名,不要利,不要人,什么都不要,可能连他自已现在都不知道想要什么，估计就是泄愤报复社会。

"向弯，你先退出来，我们有下一步部署要交给你。"耳麦里传来警方的指示。

"上厕所，我要出去一会儿。"向弯朝劫匪说，转身往外走。

"去哪儿啊？"劫匪问。

"尿尿啊。"向弯一溜烟跑出大厅门。

门外，警方正在开紧急部署会，商定排爆方案。警方交给向弯一台微型摄影机，让她再次进去和劫匪谈判时，偷偷拍下劫匪身上的自制爆炸物，"要特写。"警方强调，近距离并且清晰的爆炸物画面，对于警方排除爆炸物有至关重要的作用。

向弯出去才不过几分钟，劫匪就在里面喊："向弯，你干什么呢，这么久，进来！进来！"看来，劫匪还挺信任向弯。向弯拿好偷拍机，又走了进去，这次进去，向弯试图更加靠近劫匪："着急和我聊天啊，宝贝儿，怎么称呼你呢？这么久了还一直没问你。"向弯一边靠近，一边故作轻松地把摄影机藏在手上，向上扬45度，正好对准劫匪的腰部，她和劫匪只隔着一张柜台了。

"你叫什么名字？"向弯问。

"宋林军。"劫匪答。

"老家哪儿的呢？"

"河南。"

劫匪怎么这么配合啊，向弯心想，只能解释为向弯深得劫匪信任了。这次对话，劫匪断断续续讲了自己的经历，他离婚后遭遇单位开除，一个人在租住房里大病一场无人照顾，他觉得人生没有意义，更痛恨单位的领导，他喋喋不休地辱骂领导，更抱怨社会不公平。

"他们毁了我的名声，我要他们道歉，当面给我道歉。"劫匪愤愤地说。

"他们是谁？"向弯问。

"就是那些浑蛋领导。"

"好，我会帮你向警方转达你的诉求。"向弯跑出门，告诉警方劫匪要见原单位领导。警方一边紧急联系，一边请排爆专家分析偷拍画面中自制爆炸物的技术参数。根据画面显示，爆炸物是拉捻式，威力巨大，一旦引爆，和劫匪近距离的人都有生命危险，万万不可强攻。

联系顺利，40多分钟，劫匪原单位领导赶到现场。一直守在门外无计可施的颜思危终于逮到一个靠近劫匪的机会，她要求佯装财务人员，和领导一同进去。

"我是公司的总经理。"一进门，领导就高声自报家门，"我说宋林军啊，对，我想起你来了，你工作干得不错，确实干得不错。你不要激动，今天把刀放下，你这是犯罪啊，把刀放下，听我的。你不是要道歉吗，我们给你道歉，你看，今天我把公司财务一起带来了，丢失的那台机器，后来找着了，财务也把亏空补上了，是冤枉你，我们道歉。"领导介绍身旁站着的颜思危。

颜思危紧跟上说："对啊，你走后的第二个星期我们就找着了，有人主动还回来，并没有丢失，大家都错怪你了。来，把刀放下，朝我们走过来，没有人会再冤枉你了。"

看着领导和颜思危恳切而急迫的眼神，劫匪突然哈哈一笑："你们是在用计吧，让我放下刀，你们也怕我腰里的炸药吧，你们别在这儿假惺惺了，你们知道我有多惨吗？开除了我，我大病一场，我去吃了碗面，大汗淋漓，冬天里大汗淋漓，躺在床上没人理我。我越想越气不过，我病得那么严重，爬都爬不起来，都是你们害的，都是你们害的！"

"宋林军，你看，经理已经给你道歉了，你也可以回公司上班，经理会给你正名的。来，放下刀，跟我走。"颜思危慢慢往劫匪靠拢。

"别过来，谁都别过来，再靠近一点，我一刀杀了她！"

劫匪警觉地把刀向人质的脖子靠了靠，刀刃已经挨着颈动脉了，只要稍稍再用一点力，就得见血喷了，人质几乎无法呼吸。

"宋林军，你替人家想一想！"向弯紧急朝劫匪喊，"你替你劫持的这个女孩想一想，她已经结婚了，也有孩子，孩子才刚刚两岁，她要是出现意外，她们家里可怎么办？"

"我又不害她。"劫匪居然理性地答。

"你不害她，你还拿刀抵着她干吗？"向弯反问。

"反正我已经死定了，今天我就不打算活着出去。"

劫匪的话自相矛盾，颜思危不想放过任何沟通的机会，追问劫匪："既然你说你不害她，那你就放了她，走过来，为你自己争取最好的结果。"

"把她放了可以，除非有人跟她交换！"

万万没人想到劫匪会提出这个要求，所有人都傻眼了。

"你想要谁跟你换？"颜思危不松口，继续追问道。她把脸转向向弯，朝她努努嘴，暗示向弯自告奋勇。

"要记者换，就你吧，向弯，你跟她换！"劫匪的想法竟然也和颜思危一样。

"好！我跟她换，反正我也是一个人，我还没结婚，也没孩子。"向弯回答得干净利落。

劫匪没想到向弯居然如此爽快地答应了，他一时愣住了。就在此刻，向弯的耳麦里传来肖劲近乎疯狂的喊叫："向弯，你疯了吗？！你怎么能答应呢？你那是在拿命赌啊！万一呢？万一呢？"

向弯置若罔闻，仍旧对劫匪说："来，换吧，我走近你，你再放人。"说着就往前迈步。耳麦里又传来："向弯，请你……请你为我想一想……"还是肖劲的恳求。

向弯心里波动了那么一瞬间，但转而坚定地继续前行，眼看就要绕到柜台后面了，千钧一发之际，劫匪突然改主意了，说："算了，你比她狡猾，不换了。"

向弯心里一凉，她虽然没有太大的把握，但她觉得，如果是她在劫匪手上，她逃脱的可能性要比那姑娘大，在现场，人质的生命安全高于一切，她愿意勇敢一试，可眼下呢？劫匪拒绝了她，眼下又该怎么办呢？

"出去，出去，你们都出去！你们都在骗我，正了名也没用了，我今天也不可能活着出去！"劫匪嚷嚷，左手举刀挥舞，他看着向弯，"向弯，你留下！"

颜思危和领导只得悻悻出门，大厅里又只剩下劫匪、人质和向弯三个人，从人质被劫持到现在已经过去6小时了，凌晨4点，所有人都疲惫不堪，人质早已奄奄一息，劫匪主动交出人质的希望仍旧渺茫，再这么耗下去，所有人都会吃不消。大厅外，警方再次紧急部署另一套方案，15名特警包围商场，两名狙击手待命，伺机远程击毙。"向弯，不要和劫匪站在同一条垂直线上！"向弯的耳麦里传来警方的命令，"往旁边避开一些，狙击手已经在待命，有机会一枪击毙，你现在需要做的就是争取让人质离劫匪远点。"

向弯心里一紧，她知道警方马上要采取强制行动了，她说："宝贝儿，你看我们摄像机今天在这儿，你也上电视了，要出名了，有没有特别想要对电视机前观众说的，或者对你的家人？"

"有，我写了一首诗，在我裤兜里。"说着就低头用左手翻裤兜。

"凄雨寒风霜降下，家散无为背运中，暗夜孤影无家处，几时天明照前路。"劫匪念自己的诗，诗写得还有几分文采，只是诗中充满对人生的无奈。向弯把能说的都说了，把该问的也都问了，口干舌燥，精疲力竭。

不知不觉，天边泛起了鱼肚白，大街上车来车往，逐渐热闹起来，经过的路人驻足观看，人越聚越多。早上7点，警方生出一计，准备了一瓶矿泉水，里面装着高浓度安眠药，让向弯想办法拿给劫匪，引诱他喝下。

"宝贝儿，天都亮了，你说了这么久的话，口肯定渴了，来，喝口水吧。"

向弯把矿泉水瓶递给他。

劫匪愣了一下，狐疑地看着矿泉水瓶，并没有马上接过去，而是警惕地说："向弯，你先喝！"

明知山有虎，偏向虎山行，向弯清楚喝下去的后果，但此刻如果稍有迟疑就会被劫匪怀疑，破坏警方的营救计划，向弯拧开瓶盖很干脆地仰头饮了一大口。

"再喝一口。"劫匪又说，向弯毫不迟疑再饮一口，擦擦嘴说："哎哟，这水真解渴。"递给他，"这下你放心了。"

劫匪咕噜咕噜一饮而尽。

10多分钟后，向弯开始头发晕，心发慌，眼前事物变得模糊，人影绰绰。可是劫匪似乎一点事也没有，没表露出半点想睡觉的迹象。一直的高度紧张，精神极度亢奋，这点药对他来讲，竟然没有任何作用！这也让警方大为吃惊。怎么办啊？僵局，僵局，这个僵局到底要怎么破？谁能破？

任何事情都会有个结束的时候，在劫持人质近10小时后，机会终于来了，快早上8点，劫匪突然问向弯："外面什么情况？"

原来，就在十多分钟前，警方撤离守在门口的所有警力，门外突然变得异常冷清，这是警方尝试的最后一招。劫匪一下慌了神，被众人关注的场面突然变成无人关注，长时间的高度紧张终于迎来了疲惫点，思维开始混乱，蠢蠢欲动。劫匪挟持着人质走出柜台："向弯，我问你外面什么情况？"

"外面是特警的包围，你别出去，出去就是死路一条。"向弯振振有词。

"我不相信，你骗我，你都骗我一个晚上了，外面肯定没人了。"劫匪呵呵一笑。宋林军有个特点，对人极度不信任，你说东他往西，你说西他往东。他继续往门口走，想看看外面到底怎么了。

向弯用力推了他一把："真的别出去，外面有10多支枪对着你，你出去死定了。"

劫匪置若罔闻，继续押着人质走到门口，探头探脑往门外看。还没等他反应过来，躲在大厅门外的特警以迅雷不及掩耳之势强攻上去，抢过人质，摁倒劫匪，将他双手反背，10多条枪对着他的脑门儿。人质哭天抢地痛哭起来，被警方拖着离开，人群骚动，现场混乱，抓捕现场十分激烈。

曲终人散，肖劲猛地一回头，却发现向弯如一摊泥般瘫倒在大厅门口，他一个箭步冲上去，放下摄像机，把向弯搂在怀里，旁若无人地泪流满面："你傻啊，竟拿自己的命去交换！你不知道我有多担心，我再也不掩藏了，再也不了，我不能没有你，你难道一直不明白我的心思吗？我爱你，向弯。"

安眠药早已在向弯身体里生效，头重如山，身体不受控制，恶心发慌，眼前的一切都是模糊的，她一直强打精神支撑到最后，此刻她终于可以闭眼休息了，耳边的呼唤让她内心生出一股暖流，她努力睁开眼看清眼前的这张脸，那么帅气、真诚、有安全感，看了许久，她才喃喃地说："为什么现在才告诉我？"

"我以为你会拒绝我，我怕说了之后我们之间再也无法搭档了，我早该告诉你。"肖劲的手紧紧握着她，那么踏实，向弯觉得自己像躺在一床厚厚的棉絮中，像妈妈小时候给她新弹的棉花，在太阳下晒过，暖洋洋地包裹着她，幸福满满，她笑了，脸上洋溢着被爱情滋润后呈现的光芒："肖劲，我也爱你。"

肖劲把她揽得更紧了。

仍旧是那双眼睛，在不远的地方平静地看着他俩，只是这次不同的是，这双眼睛里噙着泪水，一滴泪不知不觉顺着脸庞滑落进嘴角，苦涩的滋味在舌尖蔓延。

颜思危没有和他俩打招呼，转身离开了。

不知过了多长时间，颜思危在厕所里哭得连气都喘不过来，她故意放着洗澡水，水声哗哗，屋外躺在床上看电视的程洪伟是听不见她的哭声的。夜已经很深了，窗外黑不见底，好像全世界都坍塌了。

　　终于哭累了，颜思危从厕所里走了出来，她倚靠在窗台边，点燃一支香烟，愣愣地望着窗外，狠狠地吸一口，吐了个烟圈。

　　"还不睡，危危？"程洪伟关了电视，看着靠在窗边的颜思危，揉了揉眼睛，他困了。

　　颜思危又吐了个烟圈，眼皮也没抬一下，说："让我一个人想会儿事情，你先睡吧。"

　　程洪伟坐直了身子："想什么事情？"又定定地看了她一眼，说，"危危，你抽烟的样子真好看。"

　　"快睡吧。"颜思危转过头，朝他应付地笑了笑。

　　程洪伟翻个身就睡了，很快就传来鼾声。程洪伟了解颜思危，除非颜思危自己主动说，不然问是问不出来的。但颜思危的痛苦她怎么可能讲呢？她想不明白，她哪点比不过向弯？论相貌，论业务，论能力她全都在向弯之上，为什么肖劲偏偏喜欢向弯而不是她？她对肖劲的感觉从第一眼就开始了，第一次看见肖劲时，他从座位上站起来，爽朗地说"我叫肖劲"，像一束阳光投射到她心上，让她怦然心动。那次合照，老师让他俩站一块儿是冥冥中命运的安排，他伟岸的身躯，宽厚的肩膀，那感觉就是她梦里都在思念的人啊，那个她一直渴望却始终缺失的人，命运既然让这样的人出现，为什么偏偏又不给她呢？即使她身边有程洪伟，但她仍然无可救药地爱上了肖劲，希望肖劲也能爱她，自己这么努力这么优秀，肖劲为什么看不上？为什么啊？

　　颜思危转头看着那张熟睡的脸，心想，身边这个男人不过是个暂时的依靠罢了，将来铁定也不会有什么出息，对她的前途也不会有什么帮助，只是现在她还需要他。

她又狠狠地吸了几口，在升腾的烟雾里，她迷失了，肖劲和向弯拥抱在一起的画面反复在脑海里闪现，挥之不去。她越想越觉得失败，越想越觉得不甘心，她坐直身子，内心的声音告诉自己："我不服气，我不甘心，走着瞧吧！"

　　缭绕的烟雾把窗外的一轮残月迷蒙住了。

—

第二十章

收视率啊收视率

张一丁娴熟地从背包里拿出一个四四方方的类似机顶盒的机器放在讲台上，这个机器是他今天要讲的重点，在行业里有个专业的术语，叫"收视率测量仪"。然后，他打开一个PPT，助手协助他准备播放。

张一丁是福尔对电视收视率调查公司的技术专家。

就在刚才，他赶到益州电视台四楼会议室来时，已经迟到10分钟了，早上出门时连早饭都没顾得上吃，开车一路飞奔，跑步上楼，还喘着粗气。这段时间，张一丁可真是忙得要飞起来了，昨天他一天跑了两个电视台频道，上午讲一堂课，下午讲一堂课，今天凌晨3点还在做数据统计分析，早上9点又要赶到益州电视台讲课，闹钟响了很久也没能叫醒他，他真的太困了。这会儿，工作人员知道他还没吃早饭，贴心地为他准备了面包和牛奶放桌上。今天是省台第一次请他来讲课，会议室里黑压压500多号人，连省台的领导都坐在台下翘首以盼，可见台领导对这堂课多么重视。

"各位好，我来自福尔对电视收视率调查公司，我叫张一丁，不好意思，今天迟到了。首先非常感谢孙台长邀请我们来，我们公司也是受孙台长的委托，来给大家讲一堂大家非常关心的课题，"张一丁走到讲台旁的白板上，写下了"收视率"三个字，"今天的主题是收视率。"

张一丁朝台下第一排就座的孙台长微笑致意，他对孙台长来听讲表示感谢，孙台长笑着示意他不必客气。

收视率是电视节目、广播节目和广告交易的"通用货币"，是电视台的命脉。现在政府财政拨款越来越少，电视台生存的主要来源是广告，而决定广告商和广告公司投放广告的唯一依据就是电视节目收视率。自从郑志强扛大旗开始民生新闻改革后，各大电视台收视率的比拼越来越激烈，越来越有火药味。省电视台最近的收视率不太理想，广告收入锐减了2000万。这些钱是不是大部分流向收视率高的郑志强那儿去了，孙台长不知道，但他要搞懂的是，这收视率是怎么统计出来的，背后究竟藏着哪些玄机，正所谓知己知彼，才能百战不殆。

张一丁开始讲："大家是不是觉得打开家里的电视机，收看某个电视频道，然后就觉得自己为该频道的收视率做出了贡献？我小时候就有过这样的想法，因为讨厌某档电视节目，不让家人转到那个台以减低该台的收视率。事实上，这真是一个美丽的误会。"

张一丁岁数不大，讲话风格比较轻松，他指着桌上那台四四方方的机器说："这是收视率测量仪，所有的收视率数据都是根据它统计出来的。"

颜思危也坐在台下，她不像其他同事那样对收视率那么敏感，虽然记者每个月的工资也和节目收视率挂钩，收视率高就拿得多，收视率低就拿得少，但颜思危目前最在意的是她的新节目什么时候上马。她也在仔细听，听着听着就跑神了，她在观察张一丁，她觉得他很好笑，里面的衬衣扣错了一颗纽扣，两只脚上的袜子还不一样，一只黑色，一只粉色带圆点卡通图案。颜思危也有双一模一样的粉色袜子，张一丁该不会把自己女朋友的袜子穿脚上了？她暗自发笑，这人也太马虎了，代表公司来电视台讲课，一点不注意自身形象。

张一丁滔滔不绝地介绍，他们公司的调查网络涵盖中国内地超过十三亿和香港地区640万的电视人口，对全国多个主要电视频道的收视情况进行全天候不间断监测，主要通过调查样本户测算出收视率数据。他也给大家看了电视节目数据分析表，以颜思危所在的《益州快递》栏目为例，以收视曲线图分析节目收视的高点和低点，以此来对应当时播出的新闻节目。

"这都是收视率样本户得出的数据吗？"台下的记者发问。

"是的，在全国，我们会选取样本户家庭，上门安装这样的测试仪，通过他们的收视习惯分析数据。"张一丁解释。

"样本户？全国有多少样本户？"

"全国调查网的样本是5.5万户。中国现人口总数约13亿，约3.8亿户。"

"那成都呢？"

"500个样本户。但是这已经很多了，已经可以得出科学的统计数据。"

台下开始纷纷议论，这么说来，谁家安装了测量仪，谁家的收视习惯就能影响数据，而记者们每天看到的收视曲线就是根据这些样本户统计出来的。

"那我们怎么来提高收视率呢？"

"努力做好你们的内容，以内容来吸引受众，只要受众在你这个节目停留时间超过20秒，测量仪就会记下数据。"张一丁说，"当然，如果贵台想针对某一个时段或某一档节目出分析报告，以指导电视台的内部管理和节目制作方向，可以单独购买我们的服务，我们有针对性地给出解决方案。"

记者们听了张一丁的讲解算是弄明白一件事，收视率是黄金，这个黄金准则是这家叫"福尔对"的公司通过一整套科学的计算方法来完成的，只有做好节目，吸引受众的眼球，才能提高收视率，而提高收视率才是电视节目生存下去的根本。

会议散了，孙台长请张一丁留步，想请他吃个午饭。孙台长是老江湖，深谙有些话不能摆在明面上讲，只能私下交流。孙台长给颜思危的直接上级马月河打了个招呼，让颜思危也跟着去，颜思危模样好，气质佳，这种交际场合适合带着她。

马月河拉着颜思危说："你的新节目要开播了，孙台长有意栽培你，这档节目以后要是收视率不高，也办不长久，去听听高见，对你的节目有帮助。"

颜思危是明白人，对着镜子整理了自己的妆容，补了淡粉色的口红就跟着去了。

饭桌上推杯换盏，几杯白酒下肚，孙台长拉着张一丁说："小张啊，在这个行业内，你们公司现在是一家独大，统计的收视率可以主宰电视节目的生死，看来，不向你们请教是不行啊。来来来，再敬你一杯！"

张一丁端着酒杯，似笑非笑地说："不瞒孙台长，我们公司其实也不想一家独大，都是行业发展给逼的。虽然经常有人质疑我们统计的数据不科学，但是，行业总得有个测量体系嘛，就像高考制度被质疑了这么多年，还不是一样在实行，因为找不到更好的选拔方法嘛。"

"是是是。在收视率的指挥棒下，现在电视不好做啊，我们想提高收视率，小张有什么高招？"马月河也端着酒杯，要敬他一杯。

"高招我刚才在讲课时也说了，做好内容，用节目吸引眼球，看的人多了，收视率自然就高了。"

孙台长给马月河使使眼色，马月河又说："小张啊，这话是公开说的，现在就咱们几个人，你能不能给我们说句实话，除了这个方法以外，还有没有别的办法？"

"嗯，"张一丁想了一下，斩钉截铁地说，"没有。电视节目以内容为王。"

马月河看了颜思危一眼，示意她敬酒。颜思危会意地端起酒杯，嫣然一笑走过去："张老师，我叫颜思危，是新来的记者，叫我危危就好。您今天的课真的让我们获益匪浅，我觉得张老师一定是个热爱生活的人，跟我一样，有同样的喜好，您脚上的袜子我也有，真的是太巧了，我也喜欢这袜子。"

张一丁慌张地低头，才发现穿错了袜子，顿觉有点尴尬。

"张老师，别不好意思，真的很好看，为我们共同的爱好干一杯，我敬你，先干为敬。"颜思危仰头一口喝干，脸蛋绯红。

有点窘的张一丁盯着颜思危看出了神。

"小张啊，恕我明说了，成都这500个样本户，都在什么地方呢？"马月河问。

孙台长的心思，马月河最清楚，"内容为王"谁不知道啊，但这方法来得太慢了，关键在这500个样本户，他们的收视习惯才决定了数据的采集，孙台长请张一丁吃饭，就是想试试能不能套出样本户的具体位置，然后直接联系样本户。

张一丁虽然已经晕晕乎乎，但脑子还很清醒，他说："不瞒各位，现在找我们公司的电视台不止你们一家，太多了，我们有我们的职业操守，样本户是商业机密，绝对不能泄露，还请多理解。"

马月河从包里拿出一个事先准备好的鼓鼓的信封，递给张一丁："今天你讲课辛苦了，您的课时费回头我们会直接打给你公司，这些是额外的车马费，下回再请您针对我们节目单独出份数据报告，我们单独再付费。"

张一丁掂了掂信封，还有点重。他把信封退给马月河，笑呵呵地说："谢谢啦，单独的报告我是可以做的，但这额外的费用我不能收啊，收了可就犯法了。"

马月河见张一丁比较坚决，也就打哈哈地说"好好好"把信封收回来。

出了门，孙台长让马月河送张一丁回去，让颜思危也陪着去，方便照顾他。汽车上，马月河开车，张一丁坐在后排座上，颜思危坐在他身旁。

张一丁酒劲发作，有点东倒西歪，颜思危把张一丁的头放在自己肩膀上，任他靠着。张一丁也不主动抗拒，就靠在颜思危的肩膀上，他脑子其实也不是完全糊涂，他只是不想再交谈，顺势而已。

到了公司大楼，张一丁摆摆手，说自己能走进去。分别前，颜思危塞给他一张名片："张老师，这是我的联系方式，以后多联系。"

张一丁顺手把名片揣进裤兜里，晃晃悠悠地走进办公大楼。

空气里的甜蜜

劫持人质事件发生之后，向弯在业内声名大噪，她甚至被同行当作新闻人物采访，问她和劫匪周旋时的想法。向弯总笑着诚实回答："也没想那么多，就单纯地想救出人质。"问她怕不怕，她说来不及害怕。媒体称她为"最有胆有谋有智慧"的记者，她的这次采访几乎成了教学案例，被同行在各种培训会上学习观摩，向弯也因此多了一个称谓——"名记"。

她并不介意别人称她为"名记"，尽管听起来很像"名妓"，她知道，这是自己获得的肯定，她有种忽然之间飘起来的不适应感，比如出去采访会被同行观察，甚至会感受到同行投来的钦佩眼光，一堆记者采访时，她会获得优先权。有时候她会因此而虚荣感爆棚，有时候又很惧怕这种感觉，她怕从此找不着北，飘得太高落不了地。"切莫得意忘形，切莫得意忘形，路漫漫其修远兮。"向弯一再叮咛自己。

事业上得意，感情上也甜蜜。向弯和肖劲互相表露爱慕后，搭档一块儿采访都变成了谈恋爱。一次他俩从郊区采访回来，路过一片小山，山边的马鞭草开得正盛，农舍前后，公路两旁，紫色的花海连成片。

肖劲把车停靠在山路边，径直走到山坡脚下，踩着石块试图爬上去。

"你这是干吗？山上会有碎石往下掉，危险，快回来！"风有点大，向弯喊过去的声音有些颤抖。

肖劲继续往上爬，双脚就踏在凸出的石块上，好似攀岩，他右手那么一伸，终于够着了。他摘下了石缝里长着的一朵花，纵身跳下来，敏捷地闪进车内。

"来，把头靠过来。"肖劲笑眯眯地看着向弯。

向弯乖乖地把头探过去，肖劲撩开她的耳发，把花别在她的左耳边，双手捧着她的脸仔细地端详："真好看。"然后，给了她一个吻，这个吻又深又长。肖劲的嘴唇很薄很软，向弯的心瞬间融化，全身酥软。她迎合上去，任两条舌头缱绻在一起，她觉得身体像过电一样，有种快感，有一种要飘起来的感觉。

每次接吻，他们都要好久才舍得分开。向弯照照后视镜，这花配她那潮红的脸，确实好看，她忍不住娇羞地笑了。

当然，两人的恋情单位是不知道的，两人在单位时没这么腻歪，还是地下情保密阶段，只有李敬一个人知道。晚上下班后，肖劲总是送向弯回家，在小区门口分别的时候，两人抱了又抱，好似明天见不着似的。向弯把头深深埋进他的胸膛，双手搂住他的腰，靠着他，又安全，又温暖，又踏实。

"肖劲，我爱你。"

"我也爱你。"

肖劲开始吻她，吻她的头发、她的额头、她的脸、她的唇，一分钟，两分钟，三分钟……直到有车经过，发出尖厉刺耳的鸣笛声，才让忘情的两个人分开。

"回家后会想我吗？"肖劲捧着她的脸问。

"会想，我会想着你睡觉。"

肖劲又忍不住吻她，浓烈的吻，一边吻一边说："我也会想你，想着你睡觉。"

"明天快点到来，那……明天见。"

又是一个吻别，向弯这才走进小区。直到向弯的背影消失得无影无踪，肖劲才恋恋不舍地转身离开。

"哎哟，恋爱中的人还要不要人活啊！"李敬知道两个人热恋成这样，忍不住酸上一句。向弯娇羞地看着她，回一句："羡慕死你。"

向弯和肖劲在幸福地热恋，颜思危的心却像猫抓一样难受。她的新栏目下个月就要开播了，招兵买马组建团队到了最后时刻，她跟马月河推荐了肖劲，说他是郑志强队伍里的骨干，她想把他从市台挖过来。一听是郑志强的人，马月河很激动："快，抓紧带他来见我，工资待遇都好说，现在正缺他这样的熟手。"颜思危决定去找肖劲，她要捅破那层纸，把一颗憋了许久的心彻底释放。

这天晚上，肖劲送向弯回家后到大哥住处时，已经是晚上10点。刚走到小区门口，夜色中仿佛听到有人呼唤他的名字，他以为自己听错了正想继续前行，却分明又听到一声真真切切的呼唤声："肖劲！"他回头一瞧，黑暗中，不远处站着一个高挑女子，待那女子走近再仔细一瞧，是颜思危。颜思危正一脸灿烂地看着他："肖劲，我等你很久了。"

肖劲很诧异，指指自己不相信地问："找我吗？"

颜思危微微一笑，示意旁边的小花园："那有椅子，咱们过去说吧。"

"有事吗？"肖劲又问。

颜思危没有回答，自顾自地往那边先走了。

这倒是个有情调的地方，小区中心花园，木头长椅，昏暗的路灯，幽静清新，天气也刚刚好，一点点微风。颜思危今天刻意打扮了一番，一袭白色长裙，配一双高跟黑色凉鞋，经典的黑白色，长发披肩，还化了淡妆。待二人坐定，颜思危带点娇嗔地说："肖劲，我其实已经等了你三个小时了。"颜思危来之前就打定主意，即使待会儿被拒绝，有这句话做铺垫，看在等他这么长时间的情分上，不至于被拒绝得特别难堪吧。

"记得你那次生病，我来看你时说过有事找你吗？"颜思危问。

"嗯。"肖劲一头雾水。

"我知道你和我一样，爱极了电视。我们那儿专门为我打造了一档帮忙类节目叫《思危帮帮忙》，有困难找记者，我是这档栏目的主持人。我这档节目缺少一个执行制片人，你拍得那么好，能力又那么强，愿意来帮我吗？执行制片人是管理人员，工资待遇比你现在高很多，这是个机会，你愿意来吗？"

颜思危一脸的热切期盼，眼神定定地望着他，她希望肖劲会为此而动心，这么好的机会，从市台到省台，平台提升、职位提升、薪水提升，可是肖劲回答得很快："我现在干得挺好的，没想过换地方。"

颜思危想到他可能会拒绝，但没想到他拒绝得这么干脆，她说："先不忙给我答复好吗，考虑考虑再回我，或者你也可以问问你大哥的意见？"

"非常谢谢你，真的不用了。"

颜思危嘴里仍嗫嚅着："没事，不着急回答，不着急，不着急……"

一时语塞，气氛有些尴尬，颜思危右手插进连衣裙口袋，反复摸着那个她准备了好久的光滑绵软的东西。还是肖劲故作轻松地笑起来，打破尴尬的气氛："哈哈，不过，这么好的事，你能想到我，真的谢谢你。"

颜思危磨蹭半天，终于从口袋里摸出一条细绳，上面坠着一个红色的锦囊，放在摊开的手里："这是我去峨眉山采访时给你求来的，这是个护身符，能保平安，可以挂车上，也可以戴身上。"她把手往肖劲跟前一递，"我的心意，你就收下吧。"

当看到锦囊的时候，肖劲心里已经明白了七七八八。"你不是有男朋友吗？"肖劲很奇怪，他记得还在培训的时候，那天晚上下课，有个男生捧着一束花等在门口。

"我们分手了。"颜思危回答，她鼓足勇气说，"我爱的人是你，难道你一直感觉不到吗？"

这话把肖劲镇住了，他不是没有感觉，从那时候培训开始，他隐约觉得颜思危对他有好感，但他没有在意，他自始至终眼里心里只有向弯一个人。肖劲心里正酝酿着怎么回答，还没开口，颜思危就接着说："你要说什么先不要告诉我，今天来之前，我想了很久，决定还是要当面告诉你。肖劲，从第一次见面开始，我就爱上了你，我把这种情绪一直压在心里，没有告诉任何人，后来这种爱越积越深，压得我喘不过气来，我试图通过工作来排解，可是心里对你的那份渴望却摆脱不了。我们俩才是般配的一对，我想和你在一起，你愿意给我个机会吗？也是给我们彼此一个机会。"

颜思危脸上火辣辣的，心狂跳不止，好似等待着一场世纪审判。

可是，肖劲却听不下去了，他直截了当地回答："你是个优秀的女孩，但是不好意思，我喜欢的人不是你。"

"我——喜——欢——的——人——不——是——你"这几个字好似一把把匕首，一个字一个字戳进颜思危心里，虽然来之前已有准备，可亲耳听到这么直白的拒绝，颜思危还是承受不住，打了个寒战，身上瞬间发冷，痛在全身蔓延，眼泪在眼眶里打转。她强忍着不让泪水滚落下来，她要脸上的妆容好好的，不让眼泪破坏她的美。她高冷地轻笑了一声："你就不能说得委婉一点吗？"

"真的不好意思，感情这种事情强求不了，我心里的那个人，我深深地爱着她。"

又是一阵痛掠过心头，心被掏空，她突然有种自虐的快感，想让这种痛来得更猛烈些："我究竟哪一点比不上她？"目光灼灼，质问的声音里带着颤抖。

肖劲不想回答，他起身准备离开。

"我问你，我究竟哪一点比不上她？她哪一点比我好？"颜思危的声音失控。

"我觉得我们还是适合做朋友。"肖劲站起身，把锦囊放在椅子上转身离开，"谢谢你。"

颜思危的眼泪再也忍不住了，她声嘶力竭地朝肖劲的背影喊："你凭什么不喜欢我，凭什么！"

肖劲继续朝前走。

"凭什么，凭什么，凭什么？"她喊得全身发抖，声嘶力竭，直到肖劲的背影消失，她颓丧地蹲下来，哀哀哭泣，悲伤的声音在寂静的夜里回荡。

哭够了，颜思危行尸走肉般地回到她和程洪伟租住的房子里，都凌晨了，程洪伟早就呼呼大睡了，她轻轻钻进被窝，紧紧抱着程洪伟的后背，努力寻找某种安全感和慰藉，她的身体在瑟瑟发抖。

程洪伟被她颤抖的身子惊醒了："怎么啦，危危，抖得这么厉害？"

他翻过身来抱着她。

"你爱我吗？"颜思危突然冷静地问。

"当然爱了，怎么了你？"

"有多爱？"

"说过很多遍了，爱你到死。"

颜思危解开衣扣，把内衣脱下来，把身体贴在程洪伟的胸口上，说："现在证明给我看，你有多爱我。"

程洪伟的双手开始抚摸她，然后把嘴凑了上去。

颜思危觉得释放了。

夜里没有起风，一轮皎洁的明月高高挂在天空。

一波未平一波又起

早上向弯和李敬出门上班时，李敬觉得头有点发晕，身子有点发软。向弯问她是不是感冒了，要不要吃点药，李敬说不碍事，多喝水就好了。到了办公室，二人各跑各的新闻，就把这事给抛到脑后了。临近中午，向弯和肖劲刚回到办公室就听见同事们嚷嚷："胖子周被打了！躺在医院！"

向弯心里一紧。

"郑总刚赶去医院。"有同事说。

向弯和肖劲商量立马赶往医院，好在他俩上午出工得早，手里有条现成的存稿，快速编辑完，就提着摄像机奔向医院。

胖子周住在胸外科住院部的病房里，郑总和好几个同事都到了，李敬和海归也来了。胖子周躺在病床上，头上缠着绷带，一只眼睛露在外面，胸口的绑带缠得又厚又严实："你们怎么都来了，这么兴师动众，哎哟……"痛得直叫。

"太嚣张了，这都是些什么人啊！"

"简直就是人渣！"

"败类！"

大家义愤填膺。

胖子周伤得不轻，他被送进医院的时候满脸是血，头顶缝了三针，眼角缝了七针，左胸腔一根肋骨被打断，随身携带的眼镜、手机都被砸烂，连暗访时带的暗访机也被砸坏。

"到底怎么回事啊？"

"等着，我们帮你理论。"

"非得替你讨个公道不可！"

胖子周就是帮别人讨公道时遭打的。原来，一个在建楼盘失火，两名工人被烧死，死者家属找开发商讨说法，开发商却悄悄跑路。胖子周带着暗访机和死者家属一起找到物管，却遭到暴力阻挠，胖子周被三名保安殴打，还是群众拨打的110、120，胖子周才被及时送往医院救治。

看着胖子周的样子，女同事都鼻子酸酸的。郑总一直在思考解决办法，不能就这么算了，他琢磨着让跑路的开发商无处遁形，非找出来不可，还要给记者道歉。

"李敬，你联系市记者协会，把这个事情赶紧上报！肖劲，你把砸烂的录像带检查下，看能不能修复，你和向弯重新编辑稿件，把这个事情全面讲清楚，新闻做长点！这是记者的正当采访权被侵犯，打人者涉嫌故意伤害犯罪，在舆论和社会影响上绝不能姑息纵容恶势力。

"向弯，我们这条报道动作得快！在不清楚开发商背景的情况下，要赶紧做出来播出去，万一开发商有来头，这条稿子恐怕有人干涉，我们得先发制人！安在旭，你联系各大媒体、各新闻栏目，包括省电视台、报纸、广播一起，下午再去一趟现场，进行追踪报道，采访死者家属，把情况摸实了，我就不信这开发商不露面！"

说完，郑总又拿出手机，打电话给长期跑警方口子的记者："你去人北派出所一趟，采访警方问问案子的进展。记住，不要告诉我案件正在调查不准你采访，自己想办法摸情况！"

抢发稿件，联系记者协会，警方、各大媒体追踪报道，兵分几路快马加鞭，如此布局在郑总的心里就是要形成一张无形的大网将恶势力网罗其中，插翅难逃，还社会一个公道，保护记者的职业尊严。

郑总在病房里挥斥方遒的时候，李敬的脑子晕晕乎乎，她眼睛都看直了，胖子周是她请郑总招回来的，胖子周被人欺负，郑总出手相助，眼前的郑总形象特别高大，身材特别伟岸。李敬从小就有英雄情结，喜欢超人、蜘蛛侠。今天，在这种环境下，她觉得郑总就是这样的英雄，帅炸了，超有男人味！

安在旭联系上好几个新闻栏目，二十多号记者浩浩荡荡先后抵达出事楼盘，三十四层大楼已面目全非，起火处在二十层以上，只剩下漆黑烧焦的大楼框架。物管处有人值班，面对十多台摄像机，一副"领导不在，我也不知道情况"的无奈模样。好吧，不在就不在，那就拍你领导不在，安在旭什么都拍。死者家属不愿意离开现场，苦等开发商露面，在摄像机面前哭晕过两回，高呼："一定要为亲人讨公道！"

买了房子的业主拉着记者讨公道："起火的是楼房的保温层，这房子保温材料不合格，我们要求开发商退房！"这一系列画面拍得真真切切。去派出所采访的记者想尽一切办法拍到了审讯画面，打人者被刑事拘留，至于楼盘为何起火致两名工人死亡，警方说待安监部门调查后自会公布结果。

几方情况一汇总，傍晚6点半，伴随着铿锵有力的片头音乐响起，《百姓连连看》头条新闻播报的就是《楼盘起火工人死亡，开发商拒绝露面》。

事件的前因后果讲得明明白白，节目播出途中热线响个不停，观众打进来电话个个都是义愤填膺，直骂开发商黑心，有不少观众询问胖子周住哪家医院要去探望。其他新闻栏目晚上也相继播出，报纸第二天一早见报，硕大的标题为《记者被打，开发商跑路？》。街头巷尾，几乎人人都在议论这件事情。胖子周的病房里堆满了水果、鲜花、营养品，都是市民自发到病房来看望他时带来的慰问品，小小的病房被挤得满满当当，好多人都被护士拦在门外，甚至还有人来捐款，直接把钱交给护士就走了。市记协的领导也来慰问，大包小包的，握着胖子周的手直呼："保护记者的采访权，就是保障群众的知情权。我们记者协会已经介入调查，以维护新闻记者的正当采访权益，我们也会敦促有关部门对打人者依法严肃处理！"

不出两天，开发商就迫于各方压力露面了，主动召开新闻发布会，邀请各媒体到场。开发商代表面对摄像机深深地鞠躬："我们向死者家属道歉，向记者道歉，也向各位准业主道歉，我们愿意配合公安、安监等部门的调查，对打人者决不姑息纵容。"开发商代表几乎声泪俱下地表示要赔偿死者家属30万元，赔偿记者周中包括医疗费、精神损失费、误工费在内共计10万元，台下的业主们站起来高呼："退房！退房！退房！我们要退房！"开发商也承诺会召开业主大会，和全体业主共商解决方案。

机房里，郑志强静静地站在显示器前，看着画面里开发商代表深深地鞠躬道歉，他感到无比欣慰，心中自有一种快感，他想大吼一声"干得漂亮"，正所谓"笔可焚而良心不可夺，身可杀而事实不可改"，记者这个职业要用手中的笔将黑暗化为光明，让正义得到伸张，让弱者感到安慰，还原生活的真实。是的，不可否认，这是民生新闻的时代，而郑志强，就是这个时代的领军人物！

交完稿子的这个夜晚，向弯拉着肖劲又去看胖子周，二人去的时候已是晚上9点多，向弯还特意带上白天拍的开发商道歉的视频，想让他看看高兴高兴。两人猜想，都这个点了，看望他的朋友、同事应该早走了，他们可以不被打扰地说事情，可刚走到病房门口，就听见里面传来咯咯咯的笑声，只听见一个女孩的声音："那你快快好起来，我带你去看我家乡的枣子树。"

"那我真是等不及了，现在就走吧。"是胖子周的声音。

"松手松手，你肋骨不疼啦？我给你揉揉。"

"哎哟，哎哟，这儿，这儿疼，还有那儿，我全身都疼，都揉揉吧。"

"你讨厌啦！"

咯咯咯的笑声不断。

向弯和肖劲相互使了个眼色，轻轻推门而入，只见胖子周和一位姑娘双手互握，正嘻嘻哈哈打成一片。姑娘闻声一扭头，这不是热线小妹王晓凤吗？难怪门外听到声音那么耳熟，大家一打照面，四个人都呆住了，胖子周和王晓凤立马有点尴尬，手也缩回去了，头也低下了。肖劲故意一声咳嗽，马上哈哈笑起来，向弯也跟着起哄，一副逮个正着的使坏的表情："哟，你们两个什么时候好上的，都不通知兄弟姐妹一声？"

"地下保密工作做得好啊，瞒过我们所有人的眼睛。"

王晓凤更尴尬了，脸红到了耳根，手脚不知道往哪儿放了。胖子周连忙解围："多亏这次我住院，不然我的晓凤也不会来看我，我们也没机会好上，对吧晓凤？"胖子周的脸都快贴到晓凤脸上了。

晓凤害羞，只笑不答。

"好了好了，不难为你们了。"向弯也笑起来。

"得，被打一次得一媳妇儿，兄弟啊，你这打也挨得值了。"肖劲开玩笑。

气氛一下子轻松起来，肖劲拿出开发商道歉视频给胖子周看，看得胖子周热泪盈眶，王晓凤一直握着他的手，连连说："终于讨回个公道，谢谢你们，谢谢。"

"你们没到现场，要是亲眼看见开发商鞠躬道歉才够劲儿呢，这社会总是有正义在的。"

"要谢别谢我们，真应该好好谢谢郑总，没有郑总，这事不可能在社会上掀起那么大的浪，也不可能这么快有结果。"

四人正聊得高兴，护士来敲门提醒医院规定晚上 10 点以后来探望病人的亲朋得离开，以保证病人休息。向弯和肖劲起身告辞，王晓凤今夜不打算离开，病房里还有一张陪护床给她。

"把二人世界留给你们吧。"出门时向弯说。

"嘘——"王晓凤做了个小声的手势,"向弯姐,肖劲哥,你们得替我俩保密哈,我们现在还不想让太多同事知道。"

"哈哈,要得,我们啥也不知道。"

向弯把房门轻轻带上。出了医院,向弯感慨地说:"他俩真的般配,真为他们高兴。"肖劲也说:"好人有好报,老天该给他个好姑娘。"

向弯回到租住的房子,发现李敬还没到家,这么晚了,今晚又不是她值班,跑哪儿野去了?这是向弯的第一反应。但又一想,不对啊,李敬可从来没把她丢下单独出去野,一定有问题。向弯这才拿起电话给李敬拨过去。

"喂,向弯吗?快来医院吧,李敬在医院。"接电话的居然是海归!

"怎么回事?人怎么了?"向弯心急如焚。

"李敬重感冒还出去跑新闻,发烧了,我把她送医院来,正在输液。"

"哪家医院呢?"

"二医院急诊科。"

向弯撒腿就往市二医院跑,真是才从一家医院出来又奔向另一家医院。她本来想给肖劲打个电话说说,后来转念一想,算了,让肖劲好好回家休息吧,便十万火急地冲向医院,出门的时候因为跑得太着急,一个趔趄差点在楼梯口摔一跤。

深夜的医院,白炽灯光下,海归在窗口取药,晚上来医院看病的人不太多,向弯一进医院就瞧见他的背影。

"李敬呢?"

"输液室。前面右拐。"海归说。

"那你排着队,我先过去看她了。"

向弯匆匆跑向输液室。说实话，听海归说李敬生病了，向弯的心里焦灼万分，这些日子的相处，李敬就像她的亲人一样。

"我没事嘛。"李敬还跟向弯做鬼脸，面色有点苍白。

"怎么第一时间不给我打电话，急死我了。我应该早来的，真没事就不用输液了。"向弯焦急中带着责备。

"来医院看病又不是我的意思，是他硬拖我来的。"李敬努努嘴。

"你说海归？"

李敬不置可否。

向弯心里突然明白了几分，想起刚才在药房取药的那个背影。

"输多少了？还差多少没输？"向弯抬头看看吊瓶。

"得问他，我不知道。"

正说着，海归进来了，提着一个装好药的塑料袋，满脸的热情："药都已经全装好了，还好今天来了，医生叮嘱，重感冒是要上医院的。"

海归说完，药也不拿给李敬也不拿给向弯，自己提着塑料袋。向弯觉得气氛怪怪的，就主动说："药拿给我吧，我回去监督她吃。"

海归有点不情愿地把药递给她。

"还要输多久？"向弯问。

"没了，就这瓶。"

很快输液瓶就空了，护士进来拔了输液针，嘱咐李敬："烧退了，可以走了，注意休息。"向弯扶着李敬站起来，海归也伸手过来扶，却被李敬用手推开。海归送她俩上了出租车，眼巴巴地瞅着李敬，李敬却一句话也不说。向弯自觉尴尬，干巴巴地挤出一句："今天多亏你带她上医院，谢谢啦。"

"应该的，应该的。我俩是好搭档。"海归红着脸说。

李敬还是不说话，出租车一轰油门开走了。

走了老远，向弯终于忍不住了，问李敬："干吗对人家那样？他惹着你了？"

李敬气呼呼的表情，说："他说他喜欢我，你说生不生气？"

向弯扑哧一下笑出声："哈哈哈，被我猜中了，人家喜欢你是好事，生什么气呢？"

"可是，我不喜欢他，他人小气，没有男子汉气概，说话又尖酸刻薄，我看他就烦。"

"我看他对你挺好的，今天要不是他，你死在家里都没人管。"

"好我也不喜欢，他不是我的菜。"

"哦？这么说，那谁是你的菜？"

李敬想了又想，还真回答了，两个字："英——雄——"

"我没听错吧，英雄？"

"对，我的意中人是个盖世英雄，我知道有一天他会在一个万众瞩目的情况下出现，身披金甲圣衣，脚踏七色云彩来娶我。"

"《大话西游》中的齐天大圣？看来你今天真的病得不轻，不仅身体病了，脑子也烧坏了！"

李敬不理她，继续说："他一身正气，疾恶如仇，体恤下属，他敢于开创历史，是个有内涵有智慧有魄力的男人，他是这个时代的英雄！"

"拜托，这个人……出现啦？"

"对，他出现了，他每天都出现。"

向弯想了想，恍然大悟，一脸惊愕，嘴巴张得大大的："天啊，你不会……不会……不会是爱上郑总了吧！"

李敬耸耸肩："为什么不会？如此优秀的男人，男人中的男人难道不值得我爱吗？"

"你……你……你，你……不是他的菜噢。"向弯口吃，一时不知道该怎么表述。

"你怎么知道？你见过他的菜？"

也是，没人见过他的菜，郑总的情感世界一直很神秘，零绯闻。坊间传闻他当兵的时候曾处了个谈婚论嫁的对象，转业之后对象意外车祸身亡，郑总伤心欲绝，一门心思投身到民生新闻改革中，独身至今。此事只是口耳相传罢了，没得到过本人亲口证实，谁敢去问他这个啊，平时能不挨他骂就不错了。郑总在大家心中是"神"的地位，盖世英雄形象不可撼动。

"别怪我说得难听啊，你这是癞蛤蟆想吃天鹅肉，你自个儿一厢情愿！"

"我就是爱慕英雄，就算是飞蛾扑火，我也要扑过去试试！"

向弯把手伸过去摸摸李敬的额头："哎呀，好烫，看来你的烧还没退，你这只飞蛾是自取灭亡。"

出租车一路向前，奔着回家的方向。

第二十三章

醉翁之意不在酒

颜思危这段时间忙得脚不沾地，她的节目开播啦！以她名字命名的节目《思危帮帮忙》亮相荧屏。每天上午，颜思危都要穿着小西装，前额的刘海儿高高吹起来，脸上带着浓浓的妆容，坐在镜头前，字正腔圆地念："欢迎收看《思危帮帮忙》，我是你们的朋友颜思危，生活上有什么烦心事恼人事，欢迎来找我，我会为每一个需要帮助的人奔走疾呼，将帮忙进行到底。"

说完这段口播，颜思危觉得心里特别踏实，也特别满意，这意味着晚上8点节目播出时，很多成都的市民就能通过电视节目看到她。她有时也要跑外景采访，现场帮助市民解决困难，这档节目，她才是灵魂。

马月河其实挺喜欢颜思危的，说实话，颜思危不仅外貌出众，业务能力很强，人也很努力，当初一到台里面试就被孙台长看上了，说她是个人才。此后多次采访也证明，该女子孺子可教也，所以孙台长才器重她，给她专门开了一档栏目，这是那些干了十多年记者的人难以得到的机会啊。马月河作为她的直接领导，作为新闻部主任，觉得自己脸上也沾光，但这些都不是重点，他喜欢颜思危最主要的原因是——颜思危是自己人！

原来，马月河和颜思危来自同一个地方——蜀都电视台，马月河就是被郑志强当初搞改革给逼走的，老记者当时辞职了五个，马月河就是其中之一。他转身投奔省台，凭着资历老经验足，竞聘上新闻部主任，从此变成了郑志强的竞争对手，他发誓要把郑志强从收视率第一的神坛上拉下马，给他点颜色看看。光有雄心壮志是不够的，一档新节目好不好，关键要看市场买不买账。

眼下，马月河正拿着一张当月收视率的统计单有些犯愁。节目开播不到一个月，收视率不尽如人意，在全成都市新闻节目排行榜中倒数第三。节目的冠名商已经提出第二个月不再投冠名广告，这意味着马月河得自己去拉赞助找冠名。马月河是挺烦干这事的，他一直觉得，干新闻的人就应该专心干好新闻，抓好每一期节目的内容生产，经营的事交给台里广告中心去完成，正所谓术业有专攻，要是又干新闻又搞经营节目肯定搞不好。可是眼下又有什么法子呢？上个月开这档节目的时候，孙台长就拉着他说过游戏规则："这档新节目是我台第一次尝试独立制片人制，你就是这档节目的独立制片人，节目所有开销自负盈亏，不纳入台里节目体系，这可是体制内实行制播分离的一次大胆尝试啊！"

"谢谢孙台长给我机会，我一定努力做好，开好这个先河。"

这是马月河给孙台长的承诺。但他没想到，这个先河确实不好开，他现在开始后悔跟冠名广告商打了个对赌协议：收视率上不了2，冠名商可以提前解约；如果收视率上了2，冠名商在现有冠名费用上再增加一倍价码。

打这个赌的时候，马月河想模仿郑志强，当初郑志强创办《百姓连连看》就是如此豪气冲天。没想到，颜思危的节目开播以后收视率不仅上不了2，连1都没有，一个月不到就惨败，冠名商要撤走，他到哪儿去找钱发给大家，总不能掏自己的工资来发吧，这就是自负盈亏的后果。收视率啊收视率，小崔说得没错，万恶的收视率！郑志强啊郑志强，我马月河怎样才能把你拉下马来呢？

马月河拿着那张收视率统计表一直在沉思，以至于颜思危出完镜从他身边经过的时候，不小心碰了他一下，他都没有发觉。

"哟，领导，想什么呢，这么专注。"颜思危开他玩笑。

马月河抬头看见颜思危的脸，一脸的明媚样，唉，她不知道节目快经营不下去了吧。

颜思危当然不知道，她也不在意冠名商的事，她在意的只是她能不能每天准时出现在电视上。见马月河没搭理她，颜思危又问："领导，有什么我可以效劳的吗？"

马月河又叹了口气，和颜思危一五一十地说了。

"这么说，解决问题的根本是提高收视率了？"颜思危问。

颜思危太聪明了，她看到了问题的本质，如果不提高收视率，再换个冠名商也白搭，迟早节目因为没人看要被关闭，收视率几乎是电视节目唯一的生存砝码，她早就明白了，只是她的主持梦想才刚刚实现，她还没享受够就要灭了吗？她有点不寒而栗。

"领导，我有办法。"她灵机一动。

"哦？说来听听。"马月河说。

"领导还记得张一丁吗？我们要是能从他那儿知道机顶盒装在谁的家里，找到几个样本户家庭，去说服样本户每天定时收看我们的节目，就可以提高收视率了啊。"

这办法之前马月河不是没想到过，这不就是上次孙台长请张一丁吃饭的目的嘛，只是张一丁这人似乎油盐不进，上次给他塞信封，他都没接招。想到这儿，马月河泄气地摇摇头："不太可能。"

"领导，这事包在我身上，我自有办法。"

颜思危诡谲地一笑，飘然离去。

颜思危转身就叫了辆出租车，去了超市，买了一打粉色卡通袜揣进包里，然后飞速前往福尔对公司的办公大楼。她站在楼下，给张一丁打了个电话："张老师，还记得我吗？我是益州电视台的小颜，颜思危，您给我们讲过课，那天我们台长请您吃饭，后来是我送您回单位的，还记得我吗？"

颜思危用柔美的声音把当天的来龙去脉简单描述了一遍，那边传来张一丁热情的声音："当然记得，你好啊，颜思危。"

"张老师，您今天中午有空吗？我想请您吃个工作餐，顺便向您咨询个事。"

"我……"张一丁刚说了一个字，颜思危不等他说完就说，"我都在您单位楼下了，不信您现在就站在窗口往楼下看，我在马路上给您挥挥手，您可别赶我走啊，张老师，我可是为您来的。"

"为您来的——"这句话拖得老长。

张一丁在电话里很爽快地答应了。两人约在楼下街对面的咖啡馆。张一丁戴黑框眼镜，身材微胖，三十出头，已经有了啤酒肚，可能是搞技术长期坐在电脑前，又经常熬夜的缘故，看起来就像四十好几的人。张一丁走过来，颜思危起身招呼，她今天特意化了妆，红唇烈焰的，正笑盈盈地看着他，一坐下就把袜子先拿出来："张老师，这个是我特意给您买的，恰好我俩的爱好一样，不好意思……"颜思危又含羞地说，"只要您的女朋友不介意。"

"我……没有女朋友……谢谢。"张一丁讪讪地回答，收下了这包袜子。

事实上，张一丁和女朋友刚刚分手，那天他脚上穿的粉红色袜子的确是他女朋友的，他出门时太慌张穿错了。现在，他正处于感情空白期，空虚得很，看着面前这个可人儿，张一丁心里有一丝悸动。

颜思危的脸更红了，吞吞吐吐："张老师，您那天讲课讲得太好了，我这几天做梦都是您讲课的内容，您的风格幽默风趣，我……我太喜欢……您……的课了。"

颜思危的眼神在放电，样子娇羞可爱，如此美丽充满诱惑的样子，张一丁怎能没有感觉？

"别老是'您'啊'您'的，太见外了，有什么事，说吧，我全力相助。"

"其实也没什么，就是我的新栏目开播，想请您看看我的节目，给我提点专业的意见，我们这行竞争太激烈，我又是新人，心里很着急。"

"哦，这样啊，行啊，你的节目几点播出，叫什么名字，我今晚上就注意一下。"

"太好了，经过那次，我真的太崇拜您了，您学识渊博，有您的指点，我真是太高兴了。我的节目叫《思危帮帮忙》，晚上8点，省台。"

颜思危的眼睛忽闪忽闪，张一丁的心里阵阵涟漪，这顿饭吃得宾主尽欢。张一丁觉得自己走了运，姑娘自动送上门似乎对他很崇拜，还是如此貌若天仙的女子，反正他现在也单身了，来者不拒。

这次吃饭，颜思危没提样板户的事。经过那晚饭桌上的较量，颜思危明白，贸然行事直截了当地问张一丁，他绝对不会说的。颜思危想温水煮青蛙，她从他的眼神里已经判断出，张一丁迟早会被她热情的温水给慢慢地煮熟。

当天晚上不到8点，颜思危就给张一丁发了条短信："我的节目要开始了，张老师，记得看噢。"

张一丁果然守在电视机前认认真真地看了，电视节目中的颜思危是主持人，隔着荧屏，戴着光环，张一丁看得很着迷。节目一结束，张一丁就给颜思危打了个电话，两人在电话里探讨业务，张一丁提建议，颜思危虚心聆听，这电话越打越久，话题也越来越发散，慢慢变成了煲电话粥，连两个人小时候的生活趣事都聊上了。

自此以后，接下来的每个夜晚，颜思危都要主动给张一丁打电话，聊聊今天的工作，听听张一丁的教诲。张一丁这人偏偏好为人师，有这么一个漂亮姑娘崇拜他、信任他，他作为男人的那点自尊心马上就爆棚，自我感觉良好极了。他在颜思危编织的幻网中慢慢眩晕了，他享受着被颜思危捧着的感觉。

一个星期后，颜思危觉得水温已经差不多了，她决定出招了。

玉林路幻乐房子酒吧是夜猫子的去处，昏暗闪烁的灯光，酒吧歌手的靡靡之音，抚慰着那些在这里来寻找精神慰藉的寂寞灵魂。晚上10点，颜思危把张一丁约到这里来了，她向程洪伟撒谎说她在值夜班，程洪伟是从来不会查岗的，记者值夜班太正常不过了。

　　张一丁接到颜思危电话时以为她出了什么事，吵闹的酒吧背景声，颜思危又在电话里哭泣，搞得张一丁忧心忡忡马不停蹄地赶过来，好不容易在角落里找到独自喝闷酒的颜思危。

　　"来，张老师，甩了这一杯，陪我！"颜思危眼神迷离，一副醉生梦死的样子。

　　"怎么了，危危？"张一丁握住颜思危手中即将一饮而尽的酒杯，"不许你这样！"

　　"我不这样能怎样啊，"颜思危哇的一声大哭起来，"我这么努力，这么优秀，老天还是不给我机会，呜呜呜……"

　　"到底怎么了，给我说说。"

　　"你把这杯干了，算你陪我，可以吗？"

　　颜思危泪眼迷蒙地看着他，他二话不说一饮而尽。

　　"好！"颜思危给他斟满酒，"再来一杯！为了我！"

　　张一丁干脆地又一饮而尽。

　　"可以给我说了吧，你到底发生了什么？"张一丁急迫地问。

　　"张老师，我的梦想要破灭了，我一直努力的方向，我的节目要被台里关闭了，因为收视率太低，已经下了最后通牒了。"颜思危觉得委屈，边哭边说，"我的梦想一直是做主持人，这才刚刚起步，就要……我觉得自己太失败了，为什么这样，你说，张老师，是我不够努力吗？是我不够优秀吗？"

　　"不，你很努力，也很优秀。"

"收视率啊收视率，万恶之源的收视率，有什么法子能拯救我呢？"颜思危端起手中的酒杯猛地喝了一大口。

"别再喝了！"张一丁抓住她的手，想了想，"也不是没有办法。"

颜思危听着话里有话，问："你说什么？有什么办法？"她在等张一丁说下去，"对了，张老师，你是研究收视率的，你说能有什么办法？"

"收视率都是从样本户统计出来的，提高样本户家里的收视率就可以了，倒也不是什么难事。"

酒吧这种环境，就是让人容易迷失自我。张一丁实在不忍心看到颜思危这么伤心，他有点心疼。

"教教我，教教我，张老师，我真的需要你。"颜思危握着张一丁的手，张一丁也把她的手握着。

"危危，我明天告诉你我们新增加的一个样本户的地址，你上门去找他们，想办法让他们家固定收看你的节目，这样统计出来的数据可以多增加一个点，多一个点已经不得了了。"

"你告诉了我，对你没什么影响吧？"

"也没什么，只要你不告诉别人是我告诉你的就行了。"

颜思危感激地看着他。

酒吧歌手在唱景岗山的老歌《我的眼里只有你》："我说我的眼里只有你，你是我生命中的奇迹……"这歌唱到张一丁心里去了。

出了酒吧大门，颜思危踉踉跄跄。张一丁扶着她，趁机说："你这样回去，我实在不放心，要不然今晚去我那儿，我照顾你？"

被冷风一吹，颜思危清醒了点："钥匙在我身上，如果我不回去的话，室友开不了门要露宿街头了。"颜思危倒在张一丁的身上，撒娇地说，"要不今晚就算了，下回吧。"

"嗯，这样啊，那好吧，我送你回去。"

张一丁有些恋恋不舍地扶着颜思危上了出租车。后座上，颜思危软软地倒在张一丁的怀里，哼哼唧唧，张一丁的手一直抚摸着颜思危的脸。

颜思危说的地址不是她和程洪伟住的地方，而是随意说的地方。车在一个小区停下，颜思危说："睡了一会儿好多了，我自己进去吧。"

张一丁问："自己能行吗？"

"头昏昏沉沉的，刚才冷风一吹现在好多了，我回去就倒头睡觉，放心吧。"

张一丁看着她离去的背影，心里想："老子不着急，心急吃不了热豆腐，你迟早是我的。"

待张一丁走远了，颜思危才从小区里快速跑出来，若无其事地打了辆出租车朝家的方向奔去。

第二十四章

污染样本户

这天一大早，马月河和颜思危就提着一袋大米和两桶油来到世家花园小区。这是个有些年头的老小区，他俩要拜访这里的苏大妈一家，这个苏大妈就是张一丁提供给颜思危的收视率样板户。事实上，张一丁第二天给颜思危提供了两个样本户家庭，并告诉她，只要搞定这两家人，收视率保证提高2个点，只要2个点，颜思危的节目就能排进成都电视新闻节目前十的位置。搞定这两家人的任务，马月河和颜思危必须完成，而且要悄悄地进行，绝不能让第三个人知道。

苏大妈和梁大爷，一个67岁，一个70岁。家里就他们老两口，孩子们没挨着他俩住。老两口平日里最大的爱好就是看电视，有事没事都把电视机开着，家里有个声响。

马月河和颜思危来拜访，颜思危一进门就看见苏大妈家电视机下面有个机顶盒，她上过张一丁的课，知道那个四四方方的盒子就是收视率测试仪。老两口挺纳闷儿，电视台的记者怎么来了，还带东西来？颜思危热情地拉着二老的手，笑嘻嘻地说："苏阿姨，梁伯伯，我们是省台的记者，我们给你们送福利来了，感谢你们一直关注我们的节目。"

马月河把大米和油递到二老的跟前，说："这是我们的一点心意，请你们收下，希望你们继续收看我们的节目。"

老两口看着这些礼物，高兴得合不拢嘴，握着颜思危的手一直说："谢谢，谢谢。"

苏大妈心想，受人恩惠，饮水要思源啊，就问："姑娘，你们说的是哪个节目呢？"

"《思危帮帮忙》，益州电视台的节目，每天晚上8点到8点半播出的。"

苏大妈是实诚人，她想了想，她和梁大爷晚上最爱看的节目是《百姓连连看》，颜思危说的这档节目他们没看过啊，是不是电视台的人搞错了？这么一想，她立马觉得这摆在面前的粮油他们不能收。

"我们家好像没看过这个节目呢，你们看这礼是不是送错人了？"苏大妈老老实实地答。

"没有没有，苏大妈，这米和油真是给你们家的。"颜思危赶紧解释，"只要你收看我们电视台的节目就可以了。"

"对，所有节目，所有节目，只要是电视台放的，你们看了就是感谢。"马月河说。

"你们收下吧，我们的一点心意，你们不收下我们会很难过的。"

"收下吧。"

见他俩特别诚恳，苏大妈和梁大爷也不好意思再推托了。

颜思危让苏大妈把遥控器给她，她当着大妈的面，把电视频道调到益州电视台，告诉他俩："这就是我们频道，以后啊，只要你每天晚上在8点到8点半之间，收看我们频道的《思危帮帮忙》节目，我们每个月都会上您家来送出我们的礼物。大妈，您还可以在电视上看见我，我是这档节目的主持人呢。"颜思危笑眯眯地瞅着苏大妈。

这下，苏大妈肃然起敬了，梁大爷也惊讶了，对他们来说，电视节目主持人是戴着光环遥不可及高不可攀的，现在竟然活生生地站在他们面前。梁大爷有些激动地说："老婆，我们终于见着活的了！"

苏大妈把颜思危从上打量到下，颜思危咯咯地笑："梁大爷，您这话说得，我当然是活的了，以后我每个月还要来给你们二老送心意啊！"

老两口也笑了。

"苏大妈，你们家电话多少？"

马月河趁机记下了苏大妈家的电话，又把《思危帮帮忙》写在一张纸条上，递给苏大妈，提醒他们今天晚上一定要准时收看。

出了苏大妈的家，马月河和颜思危准备再去拜访第二家。路上颜思危收到张一丁打来的电话，电话里的声音特别亲近："危危，成功了吧？今天晚上你几点下班啊，你请我吃饭，好好谢谢我。"

颜思危眉头紧蹙，她故意把电话递给马月河，朝他挤挤眼，大声对着电话说："好啊好啊，我正和马主任一块儿呢，马主任也想请你吃饭呢，马主任非得亲自谢谢你！"然后小声对马月河说："是张一丁。"

马月河会意地点点头，对着电话说："小张，这次真得好好谢谢你啊。"

电话那头的声音马上变得一本正经："那你们办完事晚上跟我联系吧。"

颜思危当然知道张一丁想单独约她的意思，可颜思危准备打太极推托，她才不喜欢张一丁呢，这个胖子，也不照照镜子，看看自己的那副德行，现在目的达到了，张一丁的作用就不大了。然后，她和马月河又赶往下一家了。

晚饭时，颜思危给张一丁打电话，没想到张一丁说自己晚上有安排改天再约吧。他只想颜思危一个人来，马月河跟着来，这可不是他想要的，他干脆说自己晚上有事给推托了。颜思危也就顺势说，改天再请他吃饭，这事暂时就不了了之了。

收视率这个东西真是灵验得很，马月河和颜思危去样本户拜访的第二天，《思危帮帮忙》的收视率就噌噌噌地上升了 2 个点。马月河拿着收视率统计表，乐得嘴都合不拢，收视率上去了，冠名商也不撤广告了，按照对赌协议，广告公司还要追加两倍广告投放款，这钱挣得也太容易啦。《思危帮帮忙》这档节目瞬间挤进了成都电视新闻节目收视率榜前三名，排在《百姓连连看》后面。马月河心想，还差一点点，就追上你郑志强了，就差一点点啦。

三天后，向弯接到台里通知去省台参加"记者现场报道"专业培训，向弯是频道推荐的三位记者中的一位。这次给大家培训的老师特别牛，是整个中国新闻界记者中现场报道功底数一数二的主持人林玲。

向弯为此兴奋了好一阵子，林玲于她是殿堂级人物，她看过林玲老师在"神舟六号"发射基地流畅的现场报道，对航天专业知识的精通，对现场情况的掌控，对镜头的调度，都让向弯叹为观止。为了这次培训，她专门提前购置了一支录音笔，就是要把林玲的演讲全程录下来待日后慢慢消化。她比规定时间早到了省台，今天的会议室布置得特别正式，每个人桌前还有名字牌，就怕人多会议室装不下，避免有人冒充进来旁听。

向弯刚找到自己位置坐下，旁边桌牌上几个刺眼的字映入她的眼帘——颜思危。真是狭路相逢，彼此不想看见的人却偏偏碰上了，还并排坐，那就各自安好吧，装哑巴，向弯心里这么想着。

不一会儿，颜思危穿一身灰色连衣裙，颈上系一条彩色丝巾，脚踩高跟鞋，翩翩然走进来，她始终是那么有气质，一副女王范儿，往那儿一坐气场就很强。她发现向弯坐在自己旁边，也是一愣，脸上的尴尬自不必说，情敌见面有什么好说的呢，天然的排斥和抗拒。向弯当然知道她向肖劲表白的事，那天肖劲回头就对向弯坦白了，回想起以前两人碰面的种种竞争，向弯竟有一种胜利者的小骄傲，任你貌美如花、能力超凡，终究还是在情感上败下阵来，有些事不是靠外表能得来的；况且，李明去世的事情在向弯的心里还没完全放下，在这件事情上，她对颜思危有种莫名的厌恶。她俩对视的时候，眼神里都装着复杂的思绪，各自脸上却呈现一副若无其事的样子。

林玲老师抱着笔记本电脑走进来，一头利落的短发，精致的白衬衣，透着职业记者的干练和睿智。

"今天走进来第一眼望过去，大部分是女生，而且都是年轻漂亮的女生，说明地方电视台的出镜记者中以女生居多啊，看来，在电视台工作的男生很有福气啊……"

下面一阵哄笑，颜思危撩了一下乌黑的长发，林玲老师轻松幽默的开场让姑娘们都很放松。向弯打开录音笔，摊开笔记本，准备全程记录。

"但是，我要讲的是，现场报道不是靠外表，我经常看到在镜头前打扮了又打扮的姑娘，光鲜靓丽，可是一开口就没有内容，不专业。我今天要给大家讲的就是我的一些心得总结，我们姑且不把它叫作一次'培训'，而是一次分享，我取名为'电视之所以成为电视'。"

台下顿时鸦雀无声。

"电视之所以成为电视，和其他媒介最主要的区别，我个人认为有两条：其中一个是现场，另一个是画面。谈到出镜的时候，我们都谈记者是现场的灵魂。作为出镜记者最高境界就是我在现场，记者就要到现场，这是记者的最高追求。我曾经跟出镜记者提过我反对的出镜方式，'我身后是谁家的羊群，它们有多少只如何'。你身后的羊群我们也看得见，你为什么不能站在羊群里面去？实际上你不知道羊是什么，你仅仅把它当作一个报道的道具，如果你把它当作一个核心，你必须进到核心里面去才行。你别再告诉我你身后是什么，要告诉我你身前是什么，旁边是什么。你要活在现场，不要立在现场！"

林玲老师的开场白浅显生动，瞬间就把听众牢牢抓住，只听见笔在纸上唰唰唰的摩擦声，向弯恨不得自己此刻能化身为速记员。

"接下来我想跟大家说一下，也是非常多的人会谈到的一个问题，就是怎么能够在现场把话说清楚。这个听起来是一个很基本的要求，但是事实是，我们很多出镜记者在现场无法说清楚情况，缺乏几个现场素质。第一个叫作复述者，你平时能不能把别人刚刚说给你的一条新闻，以更加生动的方式在不添油加醋的情况下表述得非常好？第二个，你是否是一个好的观察者。我们现在大量的记者特别爱出镜头，让所有镜头集中在她身上，但是，现场永远比你的脸更有魅力，别用你的脸霸住镜头，而要让你身边的物品开口说话。第三件事情，你能不能当一个合适的分析者。给大家举一个例子，大家就明白了，最常规的新闻：农业博览会在农展馆举行，各种摊位都是农业新技术成果展览的内容，你是现场报道的记者，你怎么出镜？"

问题一抛出，台下七嘴八舌议论开了。

"有没有自告奋勇的？举手示意我。第三排的中间，对，你来。"

一个姑娘站起来："我现在是在农业展览馆，第五届农展会正在这里举行。"

林玲示意她坐下："你说的内容完全可以删掉，换成台里的播音员说导语，比如：'几月几号第几届农展会在农展馆举行，这次一共有多少个单位参展。'你看，这就不需要你出镜了。你在那儿说导语，主持人恨死你了。家里播音员说了，她把我的话说完了，我该干什么啊？所以你完全是多余的。接下还有人有新的报道方式吗？"

姑娘的脸唰地就红了，尴尬地坐下来。颜思危站起来，说："林老师，我要是在现场出镜的话，我出镜的地方会在展会登记处，我会拿两本展会登记簿，我给大家看一下这是今年的展会登记簿，6页，140多家，75%来自国内，25%来自国外，而且来自国外的明显增多。"

林玲面带微笑："对，这样的出镜是非常棒的，当你手里有东西，不是站在那儿干说，你的现场报道就变得有意义了。你叫什么名字？"

"颜思危。"

“颜思危，你说得很好，这就是分析，请坐下。”

颜思危落座，眼里藏不住的骄傲，她整个人也因此而发光了。

“再来一题吧。”林玲继续说，“有道具的时候该怎么用？继续以农展会为例，农展会有很多新技术，比如说有的技术把茄子和西红柿嫁接到一起，产生一种新口味的茄子，你怎么报道这个西红柿？”

这回是向弯高高举手，她反应很快，第一个举手：“我会把茄子拿到手里，给大家看一下，这个茄子跟以往看的茄子有什么不一样，它的大小，连味道都不一样，我刚才尝了一下，这个味道特别像西红柿，这就是茄子、西红柿的嫁接品种，这个品种今年在这儿特别好卖，我可以给大家看一下，刚才这个展台前一堆人都是买这个新品种的。”

林玲也很满意地点点头，说：“对，我们大部分记者会这样做，他站在茄子面前说，大家看一下，这就是我们最新的茄子。可是，为什么要指着茄子说茄子呢？为什么不能把茄子拿手里，给大家看一下？你做得就很好，还有你讲味道的时候是说‘我刚才尝了一下’，而不是现场表演给大家吃一口。这也很好，提醒在座的，没有必要的现场表演是不适合的，特别在新闻里。你叫什么名字？”

“向弯。”

“向弯，你报道得很好，这也是在分析，你的出镜为这条新闻加了分，非常生动，请坐下。”

一听到“向弯”的名字，台下一片啧啧赞叹声。自从劫持人质事件后，向弯在行业内名气大增，大家都知道蜀都台有个胆识过人的女记者叫向弯。现在，林玲老师现场又对她赞赏有加，大家更是向她投来了钦佩的目光。

向弯落座的声音让颜思危觉得刺耳，她惊诧于向弯的表现，短短数月，向弯的业务水平较之当初大不相同，“武功”精进了不少，她暗自和向弯较劲，1∶1，打成平手，她不想输给向弯，无论是在专业上还是在感情上。林玲的分享还在继续，颜思危却开始走神，她想到了什么，从笔记本上撕下一张纸，悄悄地写了几个字，递给向弯："把肖劲让给我吧，我比你更爱他！"

面对向弯，颜思危在任何时候都是骄傲的，从"我比你更爱他"这句话就能看出，她一点不示弱，反而有一种强势。她自认相貌出众，能力过人，向弯在她眼里根本不是对手，可偏偏在肖劲这件事情上她输了，要不是因为向弯，肖劲没有理由不喜欢她。

向弯拿着这张字条静静地看了好久，她不难闻到这里面的火药味，一如从一开始与她的竞争。起初，她并不讨厌颜思危，甚至对她还有一种女性的欣赏和崇拜在，后来经历了作弊事件和李明事件，颜思危在她心中的人设彻底坍塌了，变成了厌恶。现在，颜思危又来和她抢肖劲，她心中生气："你颜思危为何要用这样的方式，你不是一直高高在上吗？向弯觉得好笑，你当肖劲是什么，是货品吗，可以自由交换吗？我的肖劲不爱你，你又何必苦苦追寻呢？"向弯把纸放在手心，慢慢地捏，一点一点地捏，直到把纸捏成一个小团，那些字被她紧紧攥在手里。她不动声色地望着台上，没有看颜思危一眼，也没有对她回应一个字，向弯的没有回答就是最好的回答。颜思危懂了，她的脸上有种不易察觉的尴尬。

报复的快感

真是太吵了。

挖掘机的声音，切割机的声音，还有人们的议论声，闹哄哄的，现场乱七八糟。

向弯和肖劲接到新闻线索："李氏虫草行"价值上千万元的虫草被盗。两人赶到现场时，虫草行已经被警方封锁。让人费解的是，现场有两台挖掘机在挖路，路面被掀开，隐藏在地下的一条长长的地道露出真容。人们将现场围得水泄不通，交头接耳地谈论着这件匪夷所思的事情：价值上千万元的虫草昨晚遭贼娃子挖地道给偷了！简直是现实版的盗墓笔记！

向弯和肖劲挤过人群，来到虫草行门口，隔着警戒线往虫草行里面看，玻璃柜台里药材摆放整齐，店铺卷帘门半掩着，警方勘查现场的身影在里面晃来晃去。向弯刚想往里走，有人突然一把将她拦住，说："进不去，我已经试过了。"

向弯回头一看，是颜思危，唉，真是冤家路窄，昨天才参加完培训各自散去，这心中的气还没消，今天就又撞见了，真是活见鬼，走到哪里都要碰到她。

接触到肖劲的目光，颜思危微笑着轻轻点了点头。

"哦。"向弯漫应了一声,全然不理会颜思危说的话,仍旧拉着肖劲往里走,果然走到门口就被警方礼貌地阻拦:"不能进,要经过我们宣传部门的同意,你们才能进去拍。"

好吧,向弯和肖劲只好闪身退去,转身一看,颜思危已不见踪影。向弯赶紧给台里编辑打电话,让台里帮忙出具公函联系公安局宣传部门。等消息的同时,两人来到街对面,找到一位在这里当了几年环卫工人的王大姐,了解蛛丝马迹。王大姐说,原来,半年前,有三个可疑男人租下了虫草行街对面的三间平房,没几天,平房里就传来响亮的敲击声,左邻右舍都以为他们在搞装修,可装修好的铺面迟迟没有开张。

"他们在敲击什么,你知道吗?"向弯问王大姐。

"不知道。他们只将卷帘门拉起一个缝,白天偶尔能看见里面有人在下象棋,看起来很悠闲。"王大姐恍然大悟,"现在我终于搞懂了,他们在挖地道!但是,泥土呢?挖那么长个地道,泥土都要装好几大车,那么多的泥土到哪儿去了?我在这儿打扫卫生已经五年了,从来没看到过哪有泥土,真是奇怪啊。"

在向弯采访环卫工人的同时,颜思危找到了一个知道案情的关键人物——虫草行的老板,这个人打热线向《思危帮帮忙》求助。

"你是怎么发现被盗的?"颜思危问。

"我早上起来例行检查,我看到保险柜没有异常,防盗门上的锁也是好好的,但保险柜旁边有散落的虫草,我觉得不对劲,打开保险柜,发现虫草全都不见了,我们把保险柜移开,才发现保险柜地上有个洞,黑黢黢的看不到底,洞不是很大。"

"洞有多大?有没有一个人身子那么宽?"

"可能就刚好装下一个身材比较瘦小的人。"

"有多少虫草被盗?"

"30 公斤吧。"

30公斤虫草可不是小数目，价值千万元，颜思危暗暗吃惊，这样匪夷所思的事情的确太罕见了。

这边，向弯的同事打来电话，告诉她警方同意接受采访，并提到只接受向弯的采访。向弯心里一阵欣喜，这是"劫持人质"事件后，警方对她的特殊待遇。向弯和肖劲马上一路小跑赶到虫草行门前，找到办案民警，警方透露了现场勘查情况："经过现场勘查，我们发现虫草行里的地道洞口直径为30多厘米，只容得下一个小个子匍匐前行。整个地道长39米多，地道对面的商铺里整齐堆放了401袋泥土。我们专案民警进入洞内，还发现有各种作案工具。"

警方的这番话解释了环卫工人王大姐的怀疑，也证实了虫草行老板所发现的场景。

"我们能进虫草行去拍点画面吗？"向弯问。

"你们不可以进去，警方还在里面勘查，要保护现场，不过，我们自己带了小型录像机拍了点画面，现在可以转录给你们。"警官说。

警官所说的"转录"是当时最先进的一种视频输出方法，只需要一条带USB接口的视频输出线，线的两端连接两台摄像机，各自摄像机的信号就能互相传输，简言之，就是把一盘录像带上的画面翻录到另一盘录像带上。警方是唯一拍摄到现场的人，这些画面何其珍贵，向弯和肖劲当然求之不得，拿到这些画面，等于拿到了独家的第一手资料。

警官把小型摄像机连录像带一并交给向弯："拿去转吧，一会儿还给我。"

肖劲拿出随身带着的一条视频输出线，准备在车上转录。向弯趁此时间跑去找市场方物业，打探昨晚巡夜的情况。

肖劲把两台机器放在车座上，把线安装好，按下录制键，刚一转身，就被颜思危凑上来的身子惊得差点一个趔趄。

颜思危梨花带雨，委屈万分地说："肖劲，那天晚上的事，真的有点不好意思，可能对你太突然了，但是，你真的不能再考虑一下我吗？我好难过啊，肖劲……"

这一声软绵绵的呼唤，骇得肖劲连连向侧旁倒退儿步，他没想到在这种场合、在这个时间颜思危会跟他说这样的话，这不是神经病嘛！但看到颜思危脸上真的挂着泪，他竟一时找不到合适的语言来应对，只说道："颜思危，现在咱们不说这个事行吗？"

颜思危小声啜泣，一小步一小步地挪到放摄像机的车座旁，她背靠摄像机，身子完全挡住肖劲的视线，昂着头，继续说："追我的人很多啊，可我偏偏就喜欢你，你知道那天晚上之后，我连续好几天吃不下饭吗，我问过你为什么不选择我，你却不给我答案。"

颜思危眼神是质问的、犀利的、探索的、渴求的，而她的一只手迅速而准确地摩挲到摄像机上的倒带键，手指头悄无声息地按下去："我在心里一遍遍地问自己，我哪点比不上她，哪点比不上她？我就想知道，如果没有向弯，你会爱上我吗？肖劲？你能坦白告诉我吗？"泪水已经滑落脸颊。

"不会。"肖劲心里的声音立刻跳出来，但他还是忍住了，在这样的场合下，他根本不想回答颜思危的任何问题，也不想再和她纠缠，只想快速结束这场莫名其妙的谈话。

"颜思危，现在我们都在采访。"

颜思危全然不予理会，重复问道："你会爱上我吗？"

肖劲真的要抓狂了，他隐忍片刻之后，调整了自己的措辞，他还是不想让一个姑娘非常难堪，他说："你是个不错的姑娘，又漂亮又聪明，我承认欣赏你，但欣赏和爱是两码事，我不爱你，我心里爱的是向弯。你那么优秀，一定有比我更好的男生来爱护你，所以，把我从你的心里放下吧。"

肖劲真诚地望着颜思危，这是他能说出的最坦诚最明白又最委婉的话了，他已经尽可能地避免使用伤人的言语。

"好一句'欣赏和爱'是两回事，你只是不给我也不给你自己机会罢了。只要是欣赏就带有好感，好感就是另一种喜欢，就有可能发展成为爱。"

颜思危语带机锋，背在身后的那只手熟练地按下录制键。这个键一按下去，颜思危的脸上露出了一抹微笑，她心里清楚发生了什么，她似乎看到未来的画面，她有一种报复的快感。

"颜思危，你可能不知道你最大的问题就是咄咄逼人，我想我已经给你说得很明白了，我们不可能，我爱的人是向弯。"肖劲又说。

颜思危刚想再说点什么，就看见向弯从远处跑过来，近在咫尺了，她笑着哼了一声："肖劲，总有一天，你会发现，她不会给你带来幸福的。"说完就转身跑开了。

"怎么了，肖劲，颜思危和你在聊什么？"刚跑过来的向弯气喘吁吁。

"一些我不爱听的话。哦，带子应该快转录完了，怎么，还要再采访吗？"

"不用了，物业巡夜的也没发现异常，我们快回去赶节目吧。"

台里早就在等着他俩的稿子了，主播正襟危坐，拿着稿子念："今天的头条是一件匪夷所思的事情：李氏虫草行是我市最大的一家虫草经销商，今天早上，当虫草行老板打开店门准备正常营业时，他惊讶地发现，堆放在秘密库房里价值千万元的虫草不翼而飞了，更让人不解的是，这盗贼的盗窃方式竟然是挖地道，来看记者的现场报道。"

"快！向弯，就等你稿子了！"向弯刚进门，编辑就朝她喊。

向弯、肖劲还没回来，全档节目的串联单就已经编排出来，这条稿子当仁不让成为今天的头条。向弯和肖劲今天运气碰巧也不好，回台路上一路堵车，真是急死个人。好在两人配合最默契的地方就是肖劲开车，向弯可以在车上把稿子写了，这样一来，一进台大门肖劲就能照着文稿快速剪辑。

"倒计时10分钟开播，抓紧时间，肖劲！"编辑焦躁地又喊。

"没问题，稿子我们早就写完了，给我5分钟就行。"肖劲跑进机房，把带子放进编辑机房，他胸有成竹地看着向弯递给他的稿子，准备剪辑一个抓眼球的镜头作为开场，可出现在监视器上的画面让他突然傻眼了，他不太确信地往前倒往后倒，倒来倒去，他的手有点颤抖，他干脆一下子全部倒在带子的开头，盯着屏幕呆若木鸡，半晌没有说话，整个人都蒙了。

"你愣着干吗啊，倒来倒去的，快剪啊！"向弯着急地喊，"只剩8分钟了！"

肖劲的右手狠狠拍了一下桌子，砰一声闷响，把向弯惊得往后退。

"妈的！怎么会没有呢！怎么会呢？"肖劲怒吼。

"没有？什么没有啊！"向弯心急火燎。

"没有画面！向弯，我们拍的画面一个也没有，采访全没了！"

"不可能啊！"向弯惊得一身汗，不相信地亲自把带子前后倒来倒去，确实没有了，她和肖劲采访的所有画面都不见了，整盘带子只剩下警方给的两三个画面，加起来不足20秒，向弯顿时背脊发凉。

"倒计时7分钟！"楼下编辑的喊声穿堂而来，好似一把利刃逼迫而来。怎么办？得赶紧把情况给编辑讲明，再晚连想应急方案的时间都没有了。

有如当头一棒，编辑被惊骇得不轻："你俩开什么玩笑？这都马上要播出了，你告诉我没有画面，我拿什么播？你们说！"郑总正坐在二楼直播部等待监看播出情况，编辑跑步上楼请示郑总，不到两分钟就下楼对肖劲说："快，把你的带子给我！"

肖劲递过去，一脸茫然："没画面还要播吗？"

"播素材，就播警方给你们的那点素材。郑总说的，就播这20秒素材，这回真是被你们丢脸丢大了，唉！"

离7点半开播只剩一分钟，和着节奏感十足的片头声，编辑迅速把带子塞进直播机器，主持人念："更让人不解的是，这盗贼的盗窃方式竟然是挖地道，来看记者的现场报道。"

话音落，画面上却没有记者出现，而是虫草行店内的镜头。没有剪辑，没有配音，更没有采访，这条新闻就这样播了只有20秒的素材，好似上演一出看不懂的默剧。

向弯和肖劲盯着电视机里的直播呆呆地出神，窘得想死的心都有。旁边的电视机里传来颜思危的声音，她独家采访的虫草行老板、环卫工人，还有地道的猜想、人们的议论等。颜思危的这条新闻足足做了5分钟。电视里几个频道的直播画面，郑总都看在眼里，新闻结束后，郑总找他俩谈话："怎么回事？差点还误播了，这可不是你俩的风格。"

本来心里就七上八下心如刀绞难过万分的肖劲这会更是自责得要死："郑总，我们真的拍了好多，也采访了好多人，还有警方的独家采访，独家画面，可画面怎么会不见了，我们自己也不知道怎么回事，没找到原因，难道真的是我技术失误？不应该啊。"

向弯万念俱灰地上前一步："郑总，我们确实拍了好多，出这么大的失误，我们完全没想到。请您，请您一定要相信我们，我们也不想推卸责任，不好的后果已经造成了……您要怎么处罚我，我都接受。"向弯的眼泪簌簌而下。

"我相信你们确实采访了很多，但作为一个职业记者，最重要就是保护所拍的内容。电视的核心是什么，是画面！内容为王，没有画面只是文字那是报纸，不是电视！今晚节目的收视率肯定会受到影响，观众会流失，让其他竞争媒体看我们笑话，这次事件，不管是什么原因造成失误，你们都要接受处罚，摄像要负主要责任，记者负连带责任。肖劲，罚你一个星期待岗，不能拍摄。向弯，罚你待岗三天，你们两人都扣除当月工资，有异议吗？"

"没有。"

"没有。"

两人都小声回答，心中忐忑万分。

"认罚归认罚，要仔细查找原因，避免下次再有类似情况发生！"

老实讲，郑总这次的处罚并不算太重，但向弯和肖劲的内心犹如压下一座大山，沉重万分，而他俩又着实委屈极了。出了电视台的大门，向弯的泪水就哗啦啦的，想着自己满场跑找线索；为了采访，编辑还费心费力帮她想办法联系警方，这回把编辑的劳动成果也浪费了，她长这么大头一回觉得丢脸极了。而颜思危，这回新闻的风头准被她抢去了！颜思危，颜思危，想着她这会儿春风得意的样子，指不定在哪儿庆祝呢。想到这儿，向弯又泪如泉涌。肖劲一把将她搂过来："主要都是我的责任，让你受委屈了。"

"不光委屈，更觉得憋屈，我们都受罚，可我始终有种感觉，画面丢失不是我们的责任。刚才你看到颜思危做的新闻了吧，的确采访得好棒好全面，相形之下，我真的觉得这回我们做得太失败了，太给台里丢脸了，我心里好难受啊……"

向弯越说越伤心，肖劲把她搂得更紧了："颜思危的那条新闻只是比我们多点采访，如果我们画面不丢失，我们，等等——"肖劲愣住了，搂着向弯的手也松开了，眼睛出神地望着前方，陷入沉思，颜思危，颜思危，画面，画面……怎么这么别扭，哪里不对劲呢？

"怎么啦？"向弯问。

"对，一定是她，一定是！"肖劲突然发现什么似的惊呼道。

"什么是她？"

"颜思危，对，就是颜思危！向弯，我找到原因了，是颜思危洗掉了我们的画面。"

肖劲眼神定定地注视着向弯："对不起向弯，刚才时间匆忙，我没来得及告诉你，在你去找市场管理方的时候，也就是我独自在车里转录警方画面的时候，颜思危来找我……跟我表白，我现在回想起来，她举动好奇怪，怎么会在这个时候说那些莫名其妙的话，她用身子挡在我转录的摄像机前面，背在身后的手肯定动了手脚，那些机器上的按键她全都熟悉，只需要把带子倒到开头再按录制键，就会从带子的第一帧开始录，自然就抹掉了我们前面费尽心力拍摄的所有画面，这也是为什么整盘带子上只剩警方画面的缘故啊！"肖劲边说边理清自己的思路，"她说那些话是想转移我的注意力啊，一定是这样的，这么想我就明白了！"

向弯听得出了神，她万万没有想到，竟然是她，虽然只是猜测，但这是目前最大的可能。颜思危啊颜思危，你竟恨我们到如此地步！肖劲气不打一处来，不能认栽，一定要搞清楚，他拿出手机拨打颜思危的电话。

其实，新闻播出的时候，颜思危也站在电视机前收看两档节目。当看到向弯的节目中几乎没有任何内容的时候，颜思危嘴角扬起笑容，那笑容是得意的，满足的，是有丰富内涵。她轻轻地长吁一口气，这口气吐得极慢极细，然后猛吸一口，又猛呼一口，好了，这下压在胸口的闷气终于吐干净，从内而外觉得轻松许多。

她刚一回头，接触到马月河投过来赞许的目光，意思是："干得漂亮！"她内心有种胜利者的骄傲，今天晚上太快乐了。

新闻播出后没过多久，她的电话响起来，一看，手机上显示"肖劲"两个字，她懒懒地接起电话，假装信号不好的样子："喂？喂？听不太清楚……"

"颜思危，是不是你干的，把我们的带子抹掉了？"那边传来肖劲的质问声。

"什么？哦，是肖劲啊，你说什么？再说一遍，不好意思，我这儿太吵了，听不清你在说什么，抱歉啊。"

　　颜思危挂了电话。

　　肖劲放下电话，失望地摇摇头："她是不会承认的。"

受罚的日子

第二天，向弯和肖劲照常来台里，被郑总罚待岗，每天仍然按时到单位打卡报到，人哪儿也不能去，就待在单位里看别的同事忙碌。这种待岗，又不能出去，又没活干，是最虐心的。

大厅张贴栏上，王晓凤正在张贴昨天的收视率统计报表，数据统计来自福尔对调查公司，果然，《百姓连连看》输得很惨，从收视曲线上看，开播后不到一分钟观众就差不多全流失了，整档节目只有 0.7 的收视率；而《益州快递》收视率一路看涨，开播不到两分钟就上涨到 6.8，几乎十倍于《百姓连连看》。王晓凤一边张贴一边摇头叹气，因为她手上还拿着一张处罚决定，上面写的是对肖劲和向弯处罚的书面说明。路过的同事都要过来瞧一眼，瞧完之后都默默地离开，谁都不好发表意见，走到他俩身边说点安慰的话又显得太刻意，因此众人顶多是投来同情的目光。只有王晓凤给他俩说："这回真的影响挺大的，早上收视率一出来，郑总办公室的电话都被打爆了，大部分是广告赞助商，嚷嚷退钱。你们知道，郑总给广告商的承诺是一天达不到收视率目标退还一天广告款。也怪，从节目开播到现在，收视率真是从来没这么低过，恰巧就被你俩撞上了，这次的损失不止扣你们那点奖金，损失估计好几十万呢，你俩是赔不起的。"

还能说什么呢？肖劲和向弯也只能默默地听着，错已铸成，只能用一颗谦卑的心老老实实接受惩罚吧。这整整一个上午，两人就像木头人一样呆坐在办公室的沙发上，傻傻地看着同事们穿梭来去行色匆匆。

李敬采访归来，见此情景实在看不下去了，她昨晚就听向弯讲述了事情原委，以她铁血男儿的性格，特为这两人抱不平："凭什么啊，颜思危那货搞出来坏事要你俩来承担，还罚得这么重。成天傻坐在这里，这里又不是幼儿园，你俩被罚看别的小伙伴劳动，还不给饭钱，凭什么啊，我去找郑总评理！"

这丫头还真去了，冲动时十匹马都拉不住，李敬并不知道这会儿郑总正烦着呢，她也不知道自己这个鲁莽的行为会招来什么后果。她仰慕并喜欢着郑总，她天真地相信只要把真相告诉郑总，英雄明辨是非，自然会取消处罚的。

郑志强一个人坐在办公室里吞云吐雾，办公桌上的电话响了，他接起来，又是广告商打来的，他只说了一句："老吴，沉住气，这一天的收视率并不能说明什么，这段时间是不太好，但有句话说得好'路遥知马力'，对吧？"挂完电话，才骂了一句："目光短浅的东西！"

刚骂完，李敬推门而入，讲话直截了当："郑总，我觉得您这样处罚肖劲和向弯不公平，您为什么不调查一下事实真相呢？这次其实是颜思危搞的鬼，她为了和我们抢新闻，用了极其不道德的手段，趁肖劲不备的时候偷偷抹掉了他俩采访的素材。真的怨不得他俩，您这样处罚他们不公平！"

李敬一副打抱不平的样子，焦灼万分地看着郑总，她以为郑总在知道真相后会感到惊讶，最起码会在思考后给她一个说法，哪知郑总只是不动声色地抬起头，脸上毫无表情，只对她严厉地说了两个字："出去！"声音高八度。

见到郑总竟是这样的反应，毫无缘由冲她发火，她诧异极了，分外委屈，眼泪瞬间浸湿眼眶，嘴唇微微颤抖，嗫嚅道："郑总，您这是在冲我发火吗？难道我说得不对吗？"

李敬这个北京丫头，平时豪情万丈，一副女汉子性格，没人伤得了她，也只有在动真情的情况下，才会被人伤害。她愣在那里，泪水眼看就要决堤。看见李敬这样，郑志强生出恻隐之心，怒火一下子烟消云散。他调整了一下情绪，用平稳的声音说："李敬，哎，你听我说，我现在假定你讲的证据确凿，是事实。但作为摄像，肖劲应该寸步不离机器，全力保护好所拍内容，在转录带子的时候，他也应该目不转睛盯着带子，保证转录的顺利完成。即使有人搞破坏，在他的严密保护下也不会有可乘之机，这是摄像在这一过程中的失职。当然，向弯当时也应该在场，她负连带责任。更何况，你所讲的东西没有事实依据。我一直在讲，我相信肖劲和向弯尽心尽责在现场拍了很多，采访了很多，我也相信这次是个意外。但是，李敬你知不知道，这次节目目前已造成几十万元的广告损失，后果已然造成，他们就应当承担责任，包括我在内，如果广告任务完不成，我个人也会受台领导的处罚的。李敬，你再想想，其实，我给他们的处罚并不算重，一名优秀的记者要有做好长跑的准备，这点挫折是在帮助他们成长。"

郑志强叹口气，眼光无限温柔地看着李敬："李敬，你现在应该做的，就是帮助他们更好地面对这次处罚，这样才是真正对他们好，现在明白了吧？"

郑志强给了她一个微笑，这个笑容瞬间融化了李敬的心，她顿时开悟，泪水也收住了，小声"嗯"了一声："知道了，郑总。"

出了门，看到肖劲和向弯，李敬也不觉得别扭了，她悄悄对他俩说："郑总说，一名优秀的记者要做好长跑的准备，他是在帮助你们成长呢。"

向弯扑哧一下笑出声："喂，我说李敬，你转变得可真快，心爱的人一说，你就被洗脑，连态度都变了，可见你对郑总是真爱啊。"

"嘘，小声点，小声点，别泄露了我的秘密，亏我还同情你俩。"李敬拿指头使劲戳她，边戳边笑，两个人笑作一团。

接下来的几天，日子也变得不那么难熬了，每天肖劲和向弯准时到台里报到，老老实实待在办公室，看每位同事拍的稿子，看别人怎么做新闻。每天节目播出时，两人就坐在电视机前监看各个频道的播出，同一个新闻题材看别人怎么做，两相对比总结经验。以前那么长时间都只管埋头苦干，忙忙碌碌赶节目，很难有时间停下来去欣赏别人的节目，正好借这次受罚，好好学习别人的长处。两人心态如此虚心，时间也就过得特别快。下班后，两人还难得清闲，每晚都约着看电影，卿卿我我，小日子过得美滋滋的，活脱脱把受罚变成了享受。

这期间，两人还抽空见了家长。一天晚上下班后，肖劲把向弯带回家，正式以女朋友的身份介绍给哥嫂。距离上次见肖劲哥嫂已有好几个月时间，那时肖劲生病发烧，向弯去看他时还是肖劲的普通同事，现在作为女朋友去，心情自然不一样，甚至有点小紧张，进家门前还专门去买了礼物，听肖劲说，嫂子怀孕四个月了。

经过私家花园，走入金碧辉煌的洋房，向弯突然有种"嫁入豪门"的感觉，她想起了香港的豪门影视剧，女主角一辈子生活在豪门恩怨里，暗自觉得自己这个想法很好笑，怎么自己就这么着急忙慌地有一颗恨嫁的心呢？哈哈哈。这时，肖勇已经坐在客厅里等他们了。

"哥，这是我女朋友向弯。"肖劲拉着向弯的手，对肖勇说。

"肖大哥你好。"向弯笑嘻嘻的，大大方方地打招呼。

"上次见过的嘛，难怪上次我就瞧着你这么亲切，原来和我们肖劲有缘分啊。"

向弯有点不好意思，往肖劲身上靠了靠。

"来来来，随便坐。"肖勇热情地招呼。客厅依然金碧辉煌，但内饰多了一个点缀，餐桌上花瓶里插着一大束百合，特别耀眼和醒目地怒放着。

好温馨啊，向弯心里一暖。

"向弯来啦。"嫂子一脸热情地从厨房走出来，身上系着围裙，一双白乎乎的手握着擀面杖。肖劲诧异地看着嫂子，嫂子这是在干吗呢，他可从来都没看到过嫂子下厨房，平时都是阿姨做饭，更何况嫂子现在还有了身孕。

"嫂子您这是，快别忙了。"肖劲站起来，向弯也跟着站起来。

"你嫂子知道你俩回来，特别高兴，非要亲自下厨。"肖勇转身看着老婆，"没事，头三个月危险期已经过了，医生也建议她多动动，对孩子有好处。"

"是啊，没事的，你哥今天心里高兴，我也高兴。我也就是帮帮忙，包几个饺子给你们吃，饭菜还是阿姨做的。"嫂子说。

向弯心里热乎乎的，自从毕业以来，远离父母独自一人在外打拼，虽然生活充实，孤独感却始终如影随形，特别是爸妈对她职业的反对，她好久没有体会到这种温暖的家的感觉了。看着肖劲的哥嫂，更是亲切了许多。

向弯主动帮着摆碗筷，布置餐桌，热气腾腾的饺子端上桌，阿姨把凉菜卤菜也摆上桌。四个人围坐在一起，嫂子说："来，向弯，你尝尝看，嫂子的手艺如何？"

向弯心里暖暖的，肖劲给她碗里夹了个饺子，她一个劲儿回应："肯定好好吃，谢谢大哥大嫂，我好感动，你们太温暖啦。"

热气腾腾的饺子塞进嘴里，香气四溢。四个人有说有笑，向弯嘴巴甜，"大哥大嫂"叫个不停。打开话匣子，向弯讲的都是市井百姓的新鲜事，采访中遇到的奇葩人奇葩说，听得哥哥嫂嫂一直乐："我看你们这些记者啊，比别人多活好几个版本的人生呢。"这顿晚餐，亲亲热热融融洽洽，到该收拾的时候，大家都还意犹未尽。阿姨收拾的时候，向弯抬头看见在柜子上高高摆放的肖劲已故父母的照片，想着兄弟俩的不容易，感叹肖勇今天的成功，心中不免戚戚然。肖勇见向弯看得出了神，便问："向弯，你父母身体好不好？"

"他们挺好的，我爸爱打太极，我妈爱跳舞，各有各的爱好，生活内容也丰富，挺好的。只是……他们不太喜欢我干记者，他们觉得太辛苦了。"

肖勇长叹一口气："其实，我也不想肖劲干这行，但他有自己的想法，我们父母去世得早，我是他的家长，我尊重他的意见吧。"

肖劲感激地看了哥哥一眼。肖勇又说："有父母健在是很幸福的事啊，只有父母最心疼自己儿女。向弯，你看，你也来过我们家了，肖劲只有我这个家长，你父母什么时候有时间，我去拜访拜访，把你们俩的事敲定下来。"

"啊？"向弯很惊讶，现在就要谈婚论嫁吗？她父母压根儿还不知道这件事呢。

"大哥，这……也太着急了吧？"肖劲说。

肖勇一脸善意地说："肖劲，这事我已经想很久了。向弯，你是不知道，我们那个地方的人结婚都早，只要认定了，就不会改变。我看肖劲每天晚上对着电脑把你的照片看好久，我就知道他认定你了。我问过他，他说从第一眼见到你就心动，他也跟我说和你是认真的。我们兄弟俩父母死得早，我只有这一个弟弟，他终身大事定下来，我就放心了，也对父母有交代了。我也不是说着急让你们结婚，只是想早点见过你的父母，让这件事定下来，你们缓一缓再结都成，你能理解我的心情吗？"

"能……理解。"向弯一时语塞，"可是，大哥我也不想骗您，我和肖劲的事我还没跟我父母讲，等我讲了后，再邀请您和嫂子去我家好吗？肖劲对我很好，我也很爱他，我相信我的父母也会非常喜欢他。"

肖勇放心了，连声说："好好，向弯你来安排时间。"

回去的路上，向弯和肖劲一路手拉手，微风一起，空气中弥漫着淡淡的清香，花朵依旧在黑暗中绽放。那些星星点点散布在细长枝条上的，是迎春花，一种非常常见的端庄秀丽的花，它的开放预示着春天的来临。是的，成都已经悄然进入春天了。

"向弯，今晚我哥说的话，你别太有压力。"肖劲停下脚步，深情地注视着她。

"我明白你哥哥的用意，哥哥嫂子人都非常好，我很喜欢他们。虽然你哥哥今天说得直接，但我最近真的在想，跟我爸妈说咱俩的事，肖劲，我真的很爱你。"

肖劲心潮澎湃，拉着向弯的手说："每天送你回家，这条路不知走了多少遍了，可是今晚，我不想再送你回家了，我想时时刻刻把你留在我身边，我们……都别回去了吧。"

向弯明白肖劲的意思，她驻足，把头深深埋进肖劲的胸膛，搂着肖劲的腰，半晌不说话，无限依恋地赖在他怀里不撒手，深深地拥抱，深深地吻。

这一夜，肖劲没有回大哥家，向弯也没有回和李敬同租的房子。两人分别给大哥和李敬留了言。亲人们是懂的，自然也没再追问他俩的去向。

这个夜晚是属于他俩的，交付彼此，缱绻缠绵。

第二十七章

博　弈

张一丁的肺都要气炸了，他决定今晚下班后专门去电视台找颜思危！

这段时间，张一丁每次给颜思危打电话，颜思危都说忙忙忙，总是以各种理由推托。刚开始，张一丁还可以忍受，相信她是在忙，可多来几次，张一丁就觉得颜思危是故意在躲着他，最近的一次对话是这样的——

"危危，你是在故意躲着我吗？"

"没有呢，确实在忙，你知道一个新栏目开播的困难，我又是新人，要积极点多干点嘛。"

"总会有空的时候吧？这周末咱俩见一面，好吗？"

"亲爱的丁丁，这周末我要出差呢。"

"去几天？"

"三天。"

"那好吧，下周一我再给你电话。出差注意安全哟，顺利回来。"

"嗯，丁丁你真贴心。"

类似这样的对话已经反复N次了，张一丁一直是在强压着怒火，他有种被耍的感觉，加上内心的饥渴，感觉颜思危一直近在眼前，又远在天边，他焦灼得很，实在不能守株待兔了，今天他特意早早下班，准备去省电视台找颜思危。

这会儿，张一丁在电视台大厅里坐着，他其实不敢贸然进去找，电视台好多人都听过他的课，都认识他，被大家看见他怎么解释呢，上门找个女生这算哪门子的事？他只想把颜思危叫出来，到外面好好谈谈。

真就有这么巧，颜思危和同事刚好从外面采访回来，一群人簇拥着提着设备从门外走进大厅有说有笑，正聊得嗨，没人注意到坐在角落里猥琐的张一丁。张一丁兴奋地站起来，刚想开口叫颜思危，但转念一想，正好测试一下她是不是真的在耍他，况且旁边有那么多人，他也不想暴露自己。于是，他眼睁睁地看着颜思危从大厅里穿过。稍等片刻，他给她打了个电话："危危，我到你们台里来了，就在大厅里。我等你下班吧，有些话我必须告诉你。"

"啊，你怎么到我们台里来了？可是我现在还在外面采访，今晚估计够呛，要很晚收工了。丁丁，真不凑巧呢，你看，你要不先回去，等我电话吧。"

终于证实了张一丁的怀疑，他气得脸通红，一种强烈被耍的感觉涌上脑门儿，他冷笑一声说："颜思危，你把我当猴子耍呢！"

"丁丁，你在说什么啊？怎么了？"颜思危的声音很无辜。

"颜思危，你明明在台里，我刚才看见你和同事一起进去了。你在骗我，你当我是傻瓜是不是？这么久以来，你一直在耍我，想过河拆桥吗？没门儿，我跟你讲，你今天不想出来也得出来，别忘了你的收视率是怎么来的。听仔细了，我今天能帮你，明天也能毁你！"

好一句"我能帮你，也能毁你"，在颜思危听来，这分明就是在威胁。颜思危也火了，心里想："有没有搞错啊，张一丁，你有把柄在我手上，你难道不自知？是你出卖了商业秘密，违反了行业道德，你犯了错还敢威胁我？再说了，你张一丁不照照镜子，你骨子里想的那些肮脏事，就你那样子，你那条件，简直就是癞蛤蟆想吃天鹅肉，不可能的事！"颜思危这么想着，也冷笑道："张一丁，你别拿这个威胁我，你也别忘了，你出卖了商业机密，只要我去告状，你自己也毁了。还指不定谁毁谁呢！"

张一丁没想到颜思危会这么歹毒，真是被她说中了，样板户信息是商业机密，他泄露机密，不仅是违反职业道德被公司开除那么简单，还触犯法律会被判刑，这是个把柄啊，他现在是哑巴吃黄连有苦说不出。颜思危的话把张一丁的嘴还真堵上了，张一丁内心掂量了一下，"美人"固然渴望，但"前途"更为重要，好汉不吃眼前亏，以后走着瞧。于是，张一丁压了压火气，说："这样吧，危危，你估计是最近事太多，太累了，等你忙过了，再给我打电话，我们好好聊聊。"

"这还差不多，好吧。"

颜思危满意地挂断电话去上节目了。

张一丁只好灰溜溜地走了，这事不能就这么算了，不过是个小女生，绝不会是他张一丁的对手，况且，你颜思危的命脉还掌握在他的手里，他边走边想，心中暗自酝酿着新的主意。

这段时间江湖上八仙过海，各显神通，电视新闻市场出现一种全新类型的节目，一出现就占领收视率第一把交椅。蜀都电视台诞生了一档深度报道类节目《白银40分》。这档节目报道选材的角度是各种家庭纠纷，特别是婚外情题材。有一期节目的收视率最高冲破10，创下蓉城收视率之最。内容讲述的是女子怀疑丈夫有外遇，和丈夫闹离婚，为了在财产分割上更有利，找电视台记者帮忙取证，甚至将丈夫和小三捉奸在床，拍摄的画面成为呈堂证供，捉奸在床的不雅视频以打马赛克的方式在电视台播出，满足观众的猎奇心和偷窥欲。

收视率的这把火也烧到了马月河那儿，《思危帮帮忙》眼看着就要赶上《百姓连连看》了，这段时间突然跌到谷底，收视率大不如从前，显然是受到《白银40分》的强烈冲击，即使马月河跟风，播出大胆画面，收视曲线也只是小小地反弹一下，市场风云变幻，到底是哪里出问题了呢?
马月河焦虑重重。

其实，还真是出问题了。

被施了魔法的盒子

问题就出在苏大妈和梁大爷家。

苏大妈和梁大爷这段时间被烦死了，家里接二连三接到各个电视台的人打来的莫名其妙的电话，总是问些奇奇怪怪的问题，比如：

"你们一天有多少时间花在看电视上？"

"平时都爱看什么节目啊？"

"看不看 A 台的 B 节目呢？"

"外出的时间多不多？"

"家里有没有什么困难？"

"你们有什么心愿？"

诸如此类。

刚开始，老两口一听说是电视台的人打来的电话，还比较客气老老实实地怎么回事怎么说，一聊一个多小时，可后来，电视台的人打来的电话越来越多，白天黑夜连续不断，每个打来电话的人都态度诚恳嘘寒问暖热情洋溢，言语间就好像老两口是他们亲爹亲妈似的。接电话的次数多了，苏大妈和梁大爷就烦了，关键是每个打电话来的电视台记者最后都要问他们家的住址，然后，就米啊油啊面粉啊生活用品啊，什么都给提过来了，进门寒暄都是"谢谢你们看我们节目"。

看什么鬼啊，我们连你们什么节目都不知道就说看了你们的节目，你们都搞错了吧，电视台的人都怎么了，为什么扎堆来我们家呢？苏大妈和梁大爷真是纳闷儿极了。

电视台的人走的时候，都给苏大妈和梁大爷留了字条，写上几点几分，什么电视台什么频道什么节目，叮嘱他们到时候一定要准时收看，然后还硬塞给他们几百块钱。老两口推托着，可电视台的人放下就跑，老两口也没办法，只能在人影消失后四目相对默默发愁。老两口不明白究竟怎么回事，但知道一个道理：来历不明的钱财绝对不能收！这些钱财放在家里，每天就这么看着，老两口的压力越来越大，心理负担越来越重，久而久之竟成了挥之不去的心病。

最恼火的是拿人钱财得替人消灾，每天晚上他俩握着遥控器，竟不知道该选择哪一档节目，因为来拜访的这些人让他们看的节目，几乎都在同一个时间段，他们只好拿着遥控器按照那些人说的节目，这个停留几分钟那个停留几分钟，频繁地换来换去。最讨厌的是，节目开播前，还有电视台的人打电话来提醒："大爷大妈，该看我们的节目了。"搞得这一个晚上，老两口都要被烦死了。

老两口带着心病，没睡过一个晚上的踏实觉。

这到底是怎么回事呢？苏大妈和梁大爷开始一点点地回忆，他们发现，每个到家里来的电视台的人都对电视机下面那个四四方方的盒子感兴趣，但凡来者都要上前去仔细瞧瞧，问问什么时候装的这个盒子。

对啊，这盒子是怎么来的呢？老两口回忆，去年家里没遇上这些怪事，可自从今年装了这个盒子后，就开始接二连三发生匪夷所思的事情，难道真是这盒子惹的祸？

"老头子，你记不记得这盒子是怎么得来的？"苏大妈问梁大爷。

"记得啊，社区搞活动，一个公司送的。"

"对，当时那个公司的小伙子到咱家来安装这个盒子时说，这盒子不要钱，免费送给我们，装了后可以多收看几个台，说是关爱老年人行动。"

"是有这么回事。难道这盒子有什么魔法？"

"应该是有问题……"

苏大妈戴着眼镜走到盒子前，仔仔细细反反复复看了好几遍，摇摇头说："没看出什么法力来，很普通嘛。但是，确实和隔壁老王家那个机顶盒长得不一样。"

"老婆子，我估计咱俩也看不出什么门道来，也不一定是这盒子，我们还是想想今后怎么办吧。"

"肯定是这盒子，肯定是。"

苏大妈对此深信不疑。

有个人在背后偷笑，这个人就是张一丁。他是始作俑者。样板户是颜思危的命脉，你颜思危不是在要我吗？你以为搞定苏大妈家就一劳永逸，不再需要我了，那好吧，你敢过河拆桥，我就把这桥彻底给你毁了，看你还来不来求我！张一丁这么想着，就给曾经邀请他讲过课的所有电视台的人打电话，有意无意地透露给对方苏大妈家的电话。得到电话的电视台的人高兴得不得了，前赴后继赶往苏大妈家，于是出现上面的情况。张一丁一旦把这秘密说出去，一传十传百，很快就变成天下皆知的事情了。这可害苦了苏大妈和梁大爷，让他们头疼。

马月河焦虑不安，拿着收视率统计表和颜思危商量："我们不是已经搞定了两家样板户吗，怎么收视率突然下降，比以前还差呢？"

"马总，我也觉得事有蹊跷呢。"

"你打电话问问张一丁，看是什么个情况。"

"嗯。我怀疑是样板户家出了问题，要不我们先去拜访下苏大妈家，看看是不是他们家的测试仪坏了。先去摸一下情况再给张一丁打电话，你说呢？"

"好吧。"

事不宜迟，马上出发，马月河和颜思危提着新买的礼物直奔苏大妈家去了。

咚咚咚，颜思危敲苏大妈家的门："苏大妈，我们是电视台的，请开下门。"两人笑眯眯地站着。

"你们快别来我家了，我们不需要！快走吧！"门内传来不客气的声音，是苏大妈扯着嗓子在喊。

两人觉得奇怪，颜思危觉得苏大妈可能没听清，也提高了嗓门说："苏大妈，我是电视台主持人小颜，上回来过您家的，是省电视台的，您还记得吗？"

"管你是小艳小张，哪家电视台！你们三番五次来我家，给的东西已经够多了，不要再来烦我们了，我们想清净！你们走吧！"

颜思危和马月河丈二和尚摸不着头脑，怎么这次苏大妈和上次来时的热情态度截然相反，好似跟电视台有仇似的？颜思危还是有点不相信，她又试了试，说："苏大妈，我是小颜啊，就是上个月给您送大米和油的那个小颜，主持《思危帮帮忙》的，你们……"

门内的声音显得更不耐烦了，梁大爷急吼吼地打断颜思危的话："别来烦我们了！跟你说，我们没看你们的节目，你们这些电视台不要老是盯着我们家，一天电话响个不停，你们要送东西送钱，送给那些真正需要帮助的人，我们家不需要，快走快走！"

颜思危没辙，一脸愁苦地望着马月河，马月河的脸色也好看不到哪儿去，一张马脸拉得更长了："走吧，看样子，他们不会开门了。"

两人垂头丧气地离开，东西也白买了，只好提回去。

"也太奇怪了，前后态度反差这么大。"颜思危一路在想。

"你没听出来吗，他们说了，不止我们一家电视台，估计是很多人找过他们。"马月河分析。

"听出来了，但那些电视台怎么可能知道样板户信息，这都是商业机密。"

"有什么不可能，你都知道了，别人为什么就不能知道？"

"马总，您的意思是，难道是张一丁透露的？应该不会吧，这可是违规的。"

"能透露给你颜思危，就不能透露给别人？你是傻傻分不清楚吧。"

颜思危不说话了，陷入了沉思。

"张一丁这个关系，你可要给我维护好，收视率是大事。我问你，你后来到底约人家吃饭没？"

"没……"颜思危低下头小声地答。

"怎么不约呢？这就是你不懂事了，人家没有一点好处，怎么可能一直帮你！"马月河瞪她一眼，继续说："去，约一约张一丁，我会会他，这回多准备点钱，我相信天下没人跟钱有仇。"

马月河笃定地认为，这是快速提高收视率的唯一办法。

第二十九章

江湖险恶

不知道从什么时候开始，电视民生新闻越来越向一种急功近利的方向发展，从业人员像是被一条无形的线牵引着往前走，变得身不由己。

一起简单的车祸现场，记者在围观人群中四处寻找目击者，摄像记者在抢拍车祸现场的每一个细节，吵吵嚷嚷之间，有记者不无失望地感叹：哎，怎么没见到血迹呢？另一个记者立即随声附和：唉，拍不到血迹斑斑，这片子不好看了！更有甚者，在接到热线电话的那一刻，记者干脆直接问报料人：车祸死人了吗？死了几个人？若是没有人员伤亡，记者就不想去；若是死一个人，有点兴趣去；若是死好几个人，那记者可就兴奋了，现场越惨烈越好，越是惨烈，画面越劲爆，吸睛指数越高！

电视上演着挑战人们心理接受度的画面：父子俩为争夺房产权大打出手；不孝儿子当众殴打母亲；流浪儿童被残害……前不久，几个媒体同时争抢一条新闻，打着"目击现场"的口号，直播一名男子因为失恋跳楼自杀，从十层楼抛物线般坠地，在地上痛苦挣扎直至死亡。这个过程，几台摄像机全部记录下来，惊心动魄的现场撩拨着电视前观众的心。

其实，观众的收视心理是希望看到一些刺激的东西，电视节目越兜售这些感官刺激强烈的内容，观众越爱看。收视率又反过来刺激电视新闻继续加大生产这样的内容，进入恶性循环，整个行业都变味了，是时候该有人出来管管了。

郑志强坐在这间偌大的会议室快半小时了，他是今天最早到场的一家媒体。市委宣传部通知全市所有电视媒体负责人到场，开整顿大会。郑志强接到通知的时候，仔细看了看文件上的抬头，写的是"净化荧屏行动"，他心里暗自叫了一声"好"。这段时间，媒体的变化太大了，也太迅速了，虽然他是这场改革的发起者，但"民生新闻"这个产物，发展到现在已经越来越让他心里感到不安，这种不安不仅仅来自收视率、广告商的压力，更深层次的是来自一种对未来的不确定，他感觉媒体集体走进了一个死胡同，明明是条挺光明挺宽敞的路，怎么走着走着就变窄了呢？

这会儿，郑志强静静地坐着，头靠在座椅上，闭上眼睛，想到最近恶劣的媒体竞争环境，他禁不住叹了一口气。正想着，有人叫了他一声"郑总"。他睁眼一看，哟，是马月河！马月河正嘴角带笑地看着他。

"小马……"郑志强显然有点诧异，脑中闪过马月河跟他请辞的时候生气的模样，他跟其他老记者一样，责怪他的改革举措，让老记者混不下去。小马怎么出现在这儿，他去哪儿了？

"我去省台了，托郑总的福。"马月河主动地说。

"哦？省台哪里？"

"都是郑总您栽培得好，我现在在《思危帮帮忙》栏目任职，是独立制片人。"马月河说。

马月河是存心的，他就是想告诉郑志强，你把我逼走了，离开了你，我干得更好。

《思危帮帮忙》啊，这节目是匹收视黑马，小马，你干得不错！"

马月河笑了，心里想着"我干得再不错，也还没能把你拉下马来"，嘴上却说："我能有今天的成绩，都是郑总之前培养得好。还有，颜思危这个名字，郑总还记得吧？她是这档节目的主持人。"

"怎么可能不记得，优秀。"郑志强说。

"郑总要是觉得她优秀，那您当初怎么就没要她呢？"马月河不动声色地补上一句。

郑志强呵呵一笑，他已经捕捉到马月河话里的"刺儿"，看来马月河对他还是有怨气啊。

"小马啊，这样优秀的人，到哪里都是人才嘛，你看，到你那儿不就发光了嘛。"

马月河也只有呵呵一笑。

各个电视台负责人陆陆续续进来了，各自找位置坐下来，人到齐了，整体气氛中弥漫着一种"等待发落"的肃静感觉。

市委宣传部的领导也陆续进来，拿着一沓文件。

张处长说："在座的各位都是电视媒体的精英，可以说，媒体今天的一片繁荣都离不开各位的努力。但是，今天把各位请来，不是给各位唱赞歌，而是通知各位，今天开始要展开全市的'净化荧屏行动'，今后要按照以下原则整改，这次整改力度要大，要深入。"

李副处长接着说："在座的各位都感受到了现在媒体的氛围，打开电视，毫不夸张地说，有 50% 的内容都是社会阴暗面，哭声连连，故事多集中在各种扭曲人生、悲惨人生、纠纷人生。长此以往，会给百姓造成社会漆黑一片，不安全的印象，让百姓以为这个社会充斥琐碎和无奈，更会让百姓误解这些都是政府不管不问，无力解决，不作为造成的。媒体进入了一个怪圈，各家比拼的不是真善美，而是假丑恶，新闻中比的是没有最惨，只有更惨，没有最糟，只有更糟！所以，需要大家现在一起行动起来，从内容上净化荧屏，净化心灵，回到'弘扬主旋律，坚持三贴近'的道路上来。"

郑志强仔仔细细听着这番话，心里颇为赞同，一片混战的江湖应该有最起码的道德底线，他等着听领导说"该怎么办"。

"好，那接下来，各位要怎么办？"李副处长继续讲，"很简单，做到以下几个方面：严把节目的制作关、审查关、播出关。对新闻类节目，坚持正确宣传方针，减少负面新闻的报道量，负面题材正面引导，杜绝节目中出现庸俗低级内容，避免声画、声音对人们生理、心理造成刺激伤害，加强正面宣传，弘扬社会正能量。如果有栏目违背以上原则，有两次警告机会，第三次无条件关闭该节目。今天就是正式当面通知到各位，请各位不要越红线，好了，散会。"

很简短利落的一个会，没人在宣布完规则后再提收视率的事情，大家纷纷起身准备离开。

马月河给郑志强递了一支烟，凑过去说："郑总，你可是咱们的鼻祖啊，这样改，咱兄弟们不是就没活路了吗？您给支个高着呗。"

"这样改挺好的，我支持。"郑志强说。

马月河拿出打火机帮郑志强点燃香烟，继续说："不是啊，郑总，兄弟们都要吃饭，不让做这些内容，收视率上不去啊。反正不是被关闭，就是被市场逼死，横竖都是死，还不如……想办法打打擦边球？"

郑志强会意地说："小马，我奉劝一句，别打歪门主意啊，要我支着的话，只有一句，老老实实做好内容，内容为王。"

郑志强抽着烟出了门。马月河心想："你跟我这儿装什么清高，脑子不开窍，活该把你淘汰。"

郑志强的脑子一直在思考，对于宣传部的规定，他其实不是特别在意，当然自上而下进行行业约束，对媒体的总体管理是非常有必要的。他是蓉城民生新闻改革的"鼻祖"，他坚信这条路是对的，新闻原本就应该贴近民生，这条路如今越走越窄，一定有突围的办法。当初这场改革就是从外省学来的，现在是不是也要再学习呢？想着想着，他有了新主意。

两天后，飞机降落在杭州萧山机场。中国自古就有"上有天堂，下有苏杭"的说法，就包括杭州的美丽、繁荣、富庶。郑志强一行赶的是从成都到杭州的最早一班航班，这会儿出了机场才9点多。上午的杭州有种"润物细无声"的美感，和煦的春风抚摸着每个人的脸庞，令人心里有种被这座历史文化名城温柔相待的感觉。

　　李敬深深地吸了一口气，发自肺腑地蹦了一句："出来学习真幸福啊。"

　　跟她一起拖着行李箱的向弯笑着说："你是跟着心爱的人一块儿出来无比幸福吧。"

　　"拆穿我对你有什么好处？"李敬瞪了向弯一眼。

　　向弯不理会，坏笑地看着她，李敬的脸微微地红了。

　　郑志强这次出来考察学习，只带了向弯和李敬两名骨干同行。接到郑总的通知电话，李敬兴奋得很晚都没睡着觉，一遍遍地问向弯："是真的吗？他真的愿意带我去？就咱俩，他这么信任我吗？"

　　"当然啦，不然怎么不带别人？说明他欣赏你。"

　　"这话也是在表扬你自己。"

　　向弯又笑："我啊，那是沾了你的光——"

　　最后那个"光"字拖得老长，向弯又是一脸坏笑样，李敬听得心里美滋滋的，幸福感爆棚。

　　这会儿，拖着行李箱，跟在郑总后面，看着他伟岸的背影，李敬心里仍是止不住地高兴。郑总回头说一句："跟上啊，你俩。"她和向弯赶紧追上去，三个人并排走在一起，她俩怎么看都像郑总的小跟班。

　　这次出来，郑志强是临时决定的，他只不过给远在杭州的战友打了个电话就决定出发了。他的战友也在电视台做高层，二人之前曾电话聊到过杭州媒体的发展状况。让郑志强特别佩服的是，杭州的新闻市场虽然也是逐鹿中原，竞争激烈，但并没有低俗化，有两档节目反而以特别接地气的方式杀出重围，赢得百姓的赞誉。郑志强在成都闭门造车已经"造"够了，他要出来透透气，也要重新思考未来的发展方向。

杭州电视台都市频道的大楼远没有想象中那么气派，200多人挤在一栋四层高的小楼里，硬件看上去是不洋气，可一进大楼却是每走一步都让人眼前一亮。四处张贴的频道VI、海报、团队介绍……充满了生机盎然的工作气氛。

李敬正东张西望的时候，郑总说："学着点，这些属于文化建设，回去要分享给大家。"

杭州真是个奇怪的地方，最火的两档节目竟然都和方言有关。一档是《老八说新闻》，一个50多岁的戴着眼镜的男子，外号"老八"，看上去和隔壁家二叔并无二致，穿着长马褂，拿着一把扇子，说着一口地道的杭州话，把大街小巷家长里短家事国事天下事话家常似的跟你娓娓道来，再配以记者的现场报道，收视率可以达到10个点，高得离谱了。还有一档节目《中锋时间》，收视率高得比离谱还离谱，最高的时候可以达到30个点，也就是说全杭州接近一半的人都要看这档节目，到底它有什么魔力呢？

郑志强往那儿一坐，那个叫"中锋"的主持人用一口带着杭州腔的普通话问："成都人关心两性话题吗？比如……性生活？"

向弯和李敬被这个主持人的直率给当场雷翻。郑志强笑着回答："这个话题恐怕不止成都人关心，全人类都关心吧，怎么，你们公开越雷区？"

"我们就是在电视上和广播里公开讲这些。都是观众打热线来求助，我给大家做心理咨询。"

向弯和李敬出发前对《中锋时间》备了一点课，知道这个叫"中锋"的主持人以"愤怒"著称，很具有争议性。他常常在节目里把观众骂得体无完肤，让人对他又爱又恨，却又甘愿对他袒露心声。向弯斗胆问他一句：

"观众不投诉你吗？"

中锋笑出了声："何止投诉，想揍我的人大有人在。"

"那你还说得这么轻松？"

"有争议就是有市场。"

也难怪，这个时代很多人就是需要被别人骂才醒，这不过是中锋在用尖锐的方式给都市情感下猛药。节目的本质还是在帮助人，帮助那些迷失的人。

"要不，你到咱们成都来吧？"郑志强心里盘算着干脆把这档节目引进来。

"我只会讲杭州话啊。"中锋摆摆手。

"这倒是个问题。"

确实也是，这节目火的另外一个原因不就是方言吗，说当地话当地人听着亲切。郑志强看了看李敬，心里有了另外一个主意。

交流是愉快的，向弯和李敬的笔记本记了密密麻麻满满当当几页纸。从杭州电视台都市频道出来，郑志强心情很放松："走，游西湖去！"三个人兴冲冲地奔向西湖。

西湖边，三面环山，水波荡漾，人间天堂的美景，如诗如画，让人陶醉其中。西湖中正在筹备龙舟比赛，一排排的龙舟鳞次栉比，按照规定的位置严阵以待。一位导演模样的人拿着对讲机站在湖中央的一艘船上挥斥方遒，过几天就要正式比赛了，此时杭州电视台临江频道正在这里彩排，准备当天进行电视直播。郑志强看着此情此景感叹："我们也应该搞赛龙舟这样的市民大型活动，这也是未来的一个发展方向。"

白堤上，三人并排而行，望着对面的雷峰塔，郑总一直在沉思，半晌才说："李敬，我想让你尝试做主持。"

"啊？"

李敬差点一个踉跄跌进湖里。

"是的，你没听错，我想了很久。《中锋时间》虽然好，但始终是杭州的节目，我们需要打造一个像中锋一样的人。"说着，他定定地看着李敬，"我觉得你有这个潜质。你的脾气和中锋很像，直来直去，侠胆柔情，尖锐的时候连天王老子都敢骂，你很合适。"

"郑总，你让我去讲两性话题？我……我连恋爱都没谈过，这……"

"不是让你讲两性话题，我们不聊这个，我们就聊各种感情问题，你只是接听热线，现场有其他专家解答，聊到关键时候，你该愤怒就愤怒，完全情绪表达就好了。"

"可是，我是北京人啊，说一口京片子，难道不该是个讲成都话的人吗？"

"北京人就对了，你的北京腔越浓，越能让人记得住，只要记住你这个人，节目就成功了。我预估，用成都话主持节目，很快就会出现在各个频道，北京话是反而另辟蹊径，肯定会受到关注。"

李敬听傻了，郑总的这套理论来得太猛，她转头看着向弯，希望向弯能给点意见。

"我看行！"没想到向弯居然蹦出这三个字。

李敬被噎得一句话也说不出。

远处的雷峰塔藏在一片郁郁葱葱的树林里，影影绰绰。三个人站在白堤上，谋划着未来，整个画面有种创世的美。

第三十章

月黑风高

　　颜思危的背包里有一个厚牛皮纸信封，她正坐在一辆出租车上，前往市中心的蜀宴酒楼。正是下班高峰期，车窗外嘟嘟嘟的喇叭声此起彼伏，噪声让颜思危的眉头紧锁，心情越发烦躁，车堵心更堵。她想起了去苏大妈家被拒的遭遇，想起了张一丁对她说的"我今天能帮你，明天也能毁你"的狠话，她这不是去给张一丁认厌吗？她心里一百个不愿意，可还是得去，这个张一丁，苏大妈家的事情肯定是他搞的鬼！她想起了打电话约张一丁出来吃饭时他的态度，一副高高在上的口吻，若不是自己又撒娇又说好话，张一丁还不想出来，真讨厌。她心里想着，捂了捂背包，隔着背包她也能听见因为动作的压力让信封纸发出的摩擦声，她知道里面装着两沓捆好的钱，一沓一万块，她今天晚上去赴宴的目的就是把这两万块钱给塞出去。她下意识地顺着牛皮纸信封的地方又朝旁边捏了捏，感觉到一个硬硬的小盒子，好了，另外一个东西也在那儿，她放心了。

　　颜思危到了不久，马月河就到了，两人等啊等，张一丁才姗姗来迟，比约定时间迟到一小时。张一丁推门而入的时候，马月河和颜思危立马站起身来笑脸相迎，热情地招呼："张老师，您这边坐。"

　　张一丁一副似笑非笑的样子，一屁股坐下去，连一句关于迟到的解释都没有，也不正眼看颜思危，就说："马总，我很忙啊。"

马月河听着心里不舒服，知道他在摆谱，说："张老师现在是大忙人，今天请您过来，一来是要对上次的事情表示感谢，二来嘛，也想和您谈点生意。"马月河意味深长地收住话口。

"哦？生意？"张一丁似乎有点兴趣。

马月河笑嘻嘻的："我们的栏目想请您单独给我们出一份收视率分析报告，这个嘛，单独付费。"马月河顿了一下，又说，"当然，这事也可以不跟你们公司签合同，可以和您单独合作。"

张一丁很快过了下脑子，说："让我接私活儿？马总，您也知道，公司规定很严格的。"

"哪家公司没有规定？不让公司知道就行了。"

"这个恐怕不太好吧。"张一丁脸上露出为难的表情。

"来，先别急着回答我，来来来，喝酒。小颜，给张老师倒酒。"

颜思危站起来，端着一瓶白酒走过来。

"不不不，我今天不喝酒，开了车。"张一丁说。

"我们给您找个代驾吧。"

"不行不行，真不能喝，不喝。"张一丁态度很坚决。

马月河只好算了，他给颜思危递了个眼色。颜思危端着酒瓶说："张老师，样板户家的事一直没找到时间好好感谢您，这次专门找机会坐到一起，您总得给我们个机会吧？"

"应该是颜老师您给我个机会才对吧？"

二人四目相对，张一丁眼神里都是怒气。

马月河听着两人话里有话，气氛尴尬，马上说："这样，张老师，咱们今天也不跟您绕圈子了，就想直接问问您给的那两家样板户是不是出问题了，我们栏目的收视率怎么一落千丈？"

颜思危也追问："我们去过苏大妈家，好像很多电视台都知道她家了，这是怎么回事？"

"什么样板户？什么苏大妈家？我没听过啊，不知道你们在讲什么。"

"我说的是样板户苏大妈家啊。"

"什么苏大妈、王大妈的，我不知道。"

张一丁的态度让两人大吃一惊，张一丁这分明是在演戏嘛，颜思危火了，吼起来："张一丁，你别在那儿装不知道，苏大妈家就是你们的样板户，这个内幕就是你跟我说的，你这会儿不承认了是吧？"

"颜思危，话可不能乱讲，你有证据吗？我可没跟你说过样板户的事。"

两人掐上了。见势不妙，马月河指着颜思危厉声责骂："你给我坐下，你怎么能这样跟张老师讲话，快道歉！"他转身又对张一丁说，"您大人不记小人过，别跟她计较。"

张一丁站起身："马总，我看这顿饭也不必再吃了！"说着就往门外走。

马月河拦住他："不要生气嘛，女人就是这样的，头发长见识短，不要和她一般见识，我们还有生意要谈。"

"不吃了，改天再谈吧！"张一丁一拂衣袖，出了门。

马月河回头瞪着颜思危，难掩心中的怒火："你看看你搞的什么！你要是不把他追回来，以后就别来上班了！"

颜思危自知闯了祸，拿起桌上一瓶红酒塞进包里，说："马总，这事包在我身上，我有办法搞定，搞不定，你就把我开了吧。"

颜思危一溜小跑朝张一丁的背影追去。

张一丁招了个出租刚上车，颜思危趁还没关门的瞬间硬是挤上去挨着他坐。张一丁瞪她一眼，颜思危温柔地说："丁丁，别生气，刚才是我不对，我送你回家。"说着伸手安抚地摸了摸他的胸口。

出租车一路往南奔，车上两人也不说话。到了张一丁家楼下，见颜思危还没走的意思，张一丁试探地问："上去，聊聊？"

颜思危不置可否地跟在他身后上了楼。

进了门，随着门砰的一声锁上，张一丁好似饥渴了半个世纪似的，把颜思危一把推到墙跟前，用手捧着她的脸，把嘴压过去，强吻起来："我的地盘，我看你今天往哪儿飞？"颜思危张开嘴，任他的舌头强行攻进来。

"今天可是你自动送上门的，危危。"张一丁喘着粗气，一只手开始从腰部往上摸。

就在这时，颜思危的手机响了，在包里一直响一直响，断了又响，不罢休。

"等等。"颜思危一边说，一边顺手去包里摸手机，看也没看就把来电掐掉，手机屏幕上"程洪伟"三个字瞬间熄灭。

"等等嘛，丁丁，别着急。"颜思危轻轻推开他，"我带了一点红酒，我喜欢有点微醺的感觉，我们慢慢来。"然后一脸妩媚地望着他。

"好吧。"张一丁退开了身子。

颜思危往里屋走，坐在沙发上，张一丁去厨房拿杯子，然后又去找开酒瓶的器具。趁张一丁离开的当口，颜思危快速从包里拿出一个白色的小瓶子揣进裤兜里，那是安眠药。

该死的，颜思危的电话这时又响起来，屏幕一闪一闪的，闪得人心慌，颜思危偷偷地挂断来电，把电话调成静音。

电话这头的程洪伟握着话机有点不舍，颜思危两次挂断电话，再打就不接了，一定是在采访不方便接听电话吧。一直以来，颜思危都是早出晚归，这是记者的工作属性，程洪伟早就习惯了，只是这段时间，程洪伟面临研究生毕业，毕业后的工作去向和人生目标，他很想跟颜思危聊聊。说实话，好几家科研机构都想聘用他，他很难抉择，希望她能出出主意，他还想跟她袒露心底最大的愿望。今天晚上他本想问她能不能早点下班，这个时候他很需要她，男儿也有柔弱的时候，在毕业这个人生分水岭上，他需要她的关怀。

杯子和开瓶器都拿过来了，颜思危给两人斟满红酒，温柔地说："来点音乐吧，我喜欢浪漫。"她注意到客厅里的角落里放着落地音响。

张一丁诡谲地一笑，心想反正你已是笼中鸟，今晚插翅难飞，索性什么要求都满足你吧。于是，他起身去开音响，放 CD，颜思危趁机把安眠药倒进张一丁的酒杯里。

浪漫的音乐，柔和的灯光，一杯接一杯，颜思危的脸微微泛红，灯光下更显娇羞妩媚，看着颜思危的脸，张一丁一阵抚摸和亲吻，然后那张脸慢慢地，慢慢地变得模糊不清⋯⋯

颜思危把昏睡的张一丁拖进卧室，死沉死沉的身体，她费了好大劲才把他弄上床，把他的衣服裤子全脱掉，让他一丝不挂地躺在床上。她看了一眼他光着的下半身，露出嫌弃的神态。她拉开他的床头柜，把那装着两万块钱的牛皮纸信封塞进去，然后她拿出手机，咔嚓咔嚓把眼前的一切拍下来，平静地出门。

颜思危躺下的时候已经快深夜 1 点了，程洪伟还没睡着，一直在等她。

"别问我为什么这么晚，我今天好累，不想说话。"程洪伟刚想说什么，颜思危就先发制人堵住程洪伟的嘴，声音听起来很疲倦。

程洪伟委屈得很，只好说："你不接我的电话总有你的理由，危危，我只说一句，你明晚早点回来吧，我在家等你，有事和你商量。"说完，翻身一只手去抱着她，又在她耳边轻声补一句，"我要毕业了。"

颜思危没有动静，很快她的呼吸声变得均匀起来。

第二天上午 10 点多，颜思危就接到张一丁打来的电话："那钱是怎么回事？还有我们⋯⋯"

"丁丁，你能不能小声点，嘘——"颜思危温柔地说，"那钱是我们马总给你的，上次的答谢费，至于我们啊⋯⋯丁丁，你以后可别把我当外人了，我们已经不分彼此了。"

"可是，我怎么什么都不记得？"

"丁丁，你是要伤我的心吗？你怎么能说出对我这么不负责任的话？"

"不不不，我是说，那钱我不能收。"

"现在我们都不分彼此了，里里外外都合为一体了，你还担心什么，我不会害你的，拿着吧，只有我知道，没事。"

下班后，颜思危直接回家，昨晚程洪伟说的话她其实听见了，只是当时不太想搭理他。一进门，家里的氛围让她感到有点小惊艳，餐桌上，几道精致的小菜配一瓶红酒还有一块蛋糕，情调满满。

"来来，快坐下，闭上眼。"程洪伟拉她坐在餐桌前，去关灯，然后把蜡烛点燃。

"睁开眼吧，我为你准备的烛光晚餐。"程洪伟含情脉脉地看着她，往她和自己的酒杯里斟满红酒。

烛光摇曳，颜思危心里突然有一丝触动。

"危危，我要毕业了，好几家工作单位都要聘用我，我快要工作了。"

"恭喜你啊，干杯！"颜思危举起酒杯。

两人一饮而尽。

"危危，我毕业后最想完成的心愿其实不是工作，而是……"

程洪伟走到她跟前，单膝跪地，从兜里掏出一个盒子，打开盒盖，里面有枚戒指熠熠发光："我爱你，嫁给我吧！"他的眼神灼灼热烈。

此情此景，颜思危的内心被触动了，想起了这两年他们在一起的日子，想起了她的工作，也想起了肖劲、张一丁，太多太多复杂的情感交织人生片段如电影般在眼前闪过。怎么，她的人生就偏偏出现了一个痴情的程洪伟呢？她瞬间湿了眼眶。

"我毕业后最大的愿望就是——娶你，我们结婚吧！"

颜思危落下一滴眼泪，看着他真诚的眼神，感受到他的真心，全世界恐怕只有程洪伟是对她好的人了吧，有那么一瞬间，"好"这个字差点从她的嘴里蹦出来，但很快，理智占了上风。

"洪伟，你……还是先把自己养活了吧，结婚还不到时候。"

"先成家再立业也是可以的，危危，我爱你。"

"可是，亲爱的，爱又不能当饭吃。"

"危危，你知道这是我人生最大的愿望。"

"现实点吧，等你有能力养好我的时候，再说结婚吧。"

程洪伟眼眶湿润了，长跪不起，就那么举着戒指盒。

颜思危去扶他，他也不起来。颜思危没办法，只好转身做出要走的样子。

"危危，好吧。"程洪伟叫住她，"我答应你，努力赚钱，将来养你。"

颜思危转过身来。

"来，坐，别浪费了我的心意。"

程洪伟强颜欢笑地望着她，摇曳的烛光映着他那张分明受了伤的脸，看着让人心疼。颜思危走回桌前坐下，拿起筷子，夹了一小口菜。

第三十一章

黑户少女

东方泛起鱼肚白，天微微亮了。

向弯缓缓睁开眼，一丝亮光从酒店窗帘缝里透进来，好像睡了半个世纪那么久，一个梦也没有，安稳甜蜜的一晚。身旁的肖劲正无限怜爱地望着她："醒了？"给了她一个轻轻的吻。

从杭州回来的当天晚上，向弯和肖劲都没有回各自的住处，而是一起去了酒店。分别三天，如同三年，用肖劲的话讲："要是再不回来，我就要去杭州找你了。"没有向弯的日子度日如年，肖劲像丢了魂，等着相见的那一天，只要把向弯揽在怀里，他的世界就满足了。向弯也一样，在杭州的日子无时无刻不在思念肖劲，又得强忍住，避免老是煲电话粥被郑总批评影响工作。现在好了，躺在肖劲的怀里，她的世界也是满足了。

"你早就醒了？"向弯问。

"比你早醒一会儿，知不知道你睡着的样子有多美，我一直静静地看着你。"

向弯的脸微微泛起潮红，羞涩地轻轻回吻肖劲。她想把手从被窝里抽出来，才发现她的手和肖劲十指交扣，对了，昨晚睡着之前他俩就是这样手拉着手的，难道睡着也没分开过？

"我们一直握着手是吗？"向弯不好意思。

"不是呢，本来是拉着的，可是睡着后你老翻来翻去松了手，今天早上是我重新拉着你。"

"我睡觉有这么不老实吗？"

向弯轻轻推了推他，耍赖地笑，两人又是一阵热吻。

在床上腻歪了好一阵，两人才爬起来，到楼下吃了早餐就手拉手去上班。这次在杭州的时候，向弯就想好了，是时候告诉爸妈他俩的事了。上次去肖劲家，肖勇大哥就提到过二人的婚事，那时她就在想什么时候带肖劲拜见父母。上班路上，向弯给家里打了个电话："妈，我谈恋爱了，我好爱好爱他，这个周末我把他带回家吧。"甜蜜的声音被微风吹送得满街叮当响，好似这个宣布要让全世界都听到，那声音感染了母亲："好好好，这个周末我和你爸爸下厨炒几个好菜迎接他。他叫什么名字？"

"肖劲，他叫肖劲，我——爱——肖——劲！"向弯冲着电话喊，高兴极了。"我爱肖劲"那几个字喊得特别响亮，引来路人侧目。

"小疯子，注意点，路人都在看你呢。"肖劲轻轻搡她。

"我才不管他们怎么看我呢，我就是爱你啊，爱——肖——劲！"

母亲在电话那头听得清清楚楚，她知道这回女儿是真的恋爱了。虽然他们起初反对向弯当记者，但时间这么久了，孩子和父母之间能有什么隔夜仇呢，自己的心头肉，她若执意，做父母的只能妥协。况且，向弯也经常把自己的工作成绩给他俩电话汇报，现在女儿又在工作中收获了爱情，只要女儿开心，他们也就不再反对了。

进了办公室，一切事物看起来都是那么愉悦，再美好不过了。王晓凤偷偷问向弯："看你脸上的表情，写着大大的'恋爱'两个字，你们俩好事临近啦？"整个办公室只有王晓凤和李敬知道他俩的事。

向弯刻意压制住内心的幸福，低声说："就差过我爸妈那关了。"

王晓凤笑着轻轻拍手，一切尽在不言中。

向弯坐下来，随意翻看今天的线索本，发现每一条线索都那么有故事，连线索都变得可爱起来。就这条吧，向弯瞅见"寻找亲生父母上户口"的字样，打电话过去，是个嫩声嫩气的丫头的声音："我是个黑户，我没有户口，我要读书，你们能帮帮我吗？"

"你在哪儿？"向弯问。

"就在你们电视台附近，我住在一个刚认识的朋友家。"

不到半小时，向弯和肖劲就找到了那个姑娘。姑娘个子小小的，皮肤黝黑，十四五岁，不善表达，透着农村人特有的那种朴实。

"我是昨天晚上到成都来的，我想打工也没有身份证，老板不敢收我。"姑娘讲话老是低头抠手，"他们说你可以找记者求助。"

"丫头，你叫什么名字？"

"陈菲菲。"

"你是想？"

"我想寻找亲生父母，我的养父养母不能解决我的户口问题。"

"由养父养母养大，要找亲生父母？有故事！"向弯心里嘀咕。她刚从杭州回来，知道最近节目要改版，正缺这种故事题材。也奇怪，这个姑娘有种特别的吸引力，让向弯心生怜惜。

"回去报报选题试试吧。"向弯对肖劲说，"这线索偏软，情感求助类，兴许编辑偏偏喜欢这种题材也说不定呢。"

没想到，回去一说，编辑就反对，这样的题材多半拍到一半就夭折："我们又不是拍电视剧，寻找亲生父母这个故事要拍完周期得多长啊，有的几十年甚至一辈子都找不到亲生父母。向弯同学，请你务实点，我们是新闻栏目，快速生产，你要是拍几天拍不完就白做了，我劝你果断放弃。"

"可是，天天做那些吵架、纠纷的新闻有什么意思？以后我们的节目也要改版，我们媒体不是也有责任帮助那些弱势群体吗？那小姑娘好可怜，编辑，让我们去做吧，即使找不到她亲生父母，我也有办法做出来，也能成一个故事专题。"向弯固执地说。

"那……你要如此坚持就去吧，控制采访时间，两天出稿，否则就不
要再浪费时间了。"

下午，向弯和肖劲就带着这个姑娘奔驰在去新津县的高速路上，他们
要去陈菲菲养父养母家一探究竟。向弯算好时间，两天之后是星期天，回
来交完稿就带肖劲回家见父母，时间刚好赶上。

陈菲菲养父养母的家在新津县农村，车开到路边的砖瓦房就是。车
停好，菲菲突然犹豫着不下车，自己当初没给家里打招呼就跑了，悄无
声息地失踪两天，现在突然跑回来，该怎么面对他们呢？犹豫再三，菲
菲还是硬着头皮下车，带着向弯、肖劲朝前走，一眼瞅见养父养母正在
田野里弯着腰翻土除草。

"爸，妈，我回来了。"菲菲朝他们喊过去。两人同时抬起头，看见她
身边多了两个人，还扛着摄像机。两人先是一愣，很快就当没看见菲菲一
样，俯下身子继续干活。向弯不免对他们的冷漠感到有些蹊跷。

"怎么？他们对你有意见？"向弯问菲菲。

"他们不是对我有意见，是根本不爱我，家里还有个妹妹，是他们亲
生的。"菲菲表情木然得好似在说别人家的事，她让向弯和肖劲坐在门前
的石凳上，"等一会儿吧，他们对我有气。"

半个多小时后，菲菲的养父养母拿着锄头从田地里走过来，和菲菲擦
身而过，也不正眼看她。走近了向弯才看仔细，菲菲的养父左下巴上长了
个硕大的瘤子，差不多有半张脸那么大了，有点吓人。菲菲一脸难堪地跟
进屋，肖劲和向弯也跟了进去。

"你也晓得回来，走的时候连招呼都不打一个，你当我们家是旅馆？"

"有本事跑了就不要再回来，白养了你十几年！"

养父养母轮番数落，菲菲一声不吭地站着。

"你带的这两个人是啥子意思？"养母睨她一眼。

"妈，他们是记者，他们想帮助我找亲生父母，我想有个户口。"菲菲说。

"哎哟！你长大了，了不起啰，晓得找记者啰！"养母嚷嚷，"给你说过好多遍了，我们不晓得你亲生父母在哪儿。"养母话里暗藏讥讽。两人正说着，一个七八岁的小姑娘从里屋跑出来。

"姐姐，姐姐，你回来了。"小姑娘跑到菲菲身边，笑眯眯的。

"进去！写你的作业！"养母吼她。

小姑娘躲到一边。

向弯说明来意，养父养母对记者也没什么好气："我们不晓得她亲生父母在哪儿，我们都给她说过好多遍了。"

"可是，为什么这么多年都没给她上户口呢？"向弯直奔主题。

"我们给她上过，上不了嘛，给你说，上不了哈！"养母硬硬地丢完这一句就转身钻进厨房，养父也拿着锄头走进里屋不再出来。

气氛尴尬，欲速则不达。向弯直觉感到在今天这种气氛下，绝对问不出什么道道来，她和肖劲商量，暂且放放，在这儿歇一个晚上，明日再来。

"菲菲，你刚回来，跟父母好好沟通一下，缓和下气氛，我们明天再来。"

安抚好菲菲的情绪，出门定好旅馆，路上向弯给妈妈打了个电话："妈，你和爸先别忙准备了，这周日我可能没法带肖劲回来了，现在我和他还在新津采访，采访不是很顺利，看样子要拖到周末去了，下周吧。哦，谢谢妈妈，让你们费心了。"挂了电话又对肖劲说，"我妈说刚从超市回来，给我们买了一大堆东西，准备迎接我们回家呢。"

肖劲心里一阵温暖，突然想起什么："哦，对了，怎么办，编辑让两天必须回去，第一天就不顺利，拍不完回不去呢？"

向弯呵呵一笑："将在外，君命有所不受，管它呢，这选题我做定了！"

第二天一大早，向弯就拉着肖劲去县城里买了点水果给菲菲家提去，向弯信心满满，糖衣炮弹准备上，软磨硬泡也要让菲菲的养父母开口。经过一晚上的沟通，今天菲菲和她养父母的关系缓和了不少，养父母对他俩也不再黑着脸。

向弯把水果递给二老："昨天来得匆忙打扰了，也没带什么礼物来，这是一点心意。"边说边拿个小板凳不请自坐，满脸堆笑，"叔叔阿姨，是这样的，您看我们专程从成都来，是因为菲菲户口的事。你们知道，孩子大了，要找工作挣钱，将来还能把钱寄回来孝敬你们，以后还要结婚，这些都需要身份证，黑户办不了身份证，你们也不可能养她一辈子对吧。昨天听阿姨说，你们给她上过户口没上成，这是怎么回事呢？您说给我听听，我看看能不能帮阿姨解决困难。"

向弯态度诚恳，讲话艺术，意思是，您看，我们记者都是在为你们着想，孩子的困难解决了对你们也有好处。见记者原来不是来质问他们，而是来帮助他们解决难题的，这下菲菲的养父不再拒绝，态度变得平和起来："记者同志啊，菲菲生下来没得几个月，他父母就不要她了，我有残疾，婚后一直没得娃娃，想要个小孩，是我姐姐在赶场的时候把她抱回来的，她父亲后来也来我们家说把菲菲送给我们收养。这么多年，从小到大她父亲只来看过她两次，从来不告诉我们他的真实地址，我这儿有他的电话号码，你可以拿去打打试试，我们倒是没打通过。你问菲菲自己嘛，是不是有这么回事。"

养父看着菲菲，菲菲点点头。

养父递过来一张皱皱巴巴的字条，是个电话号码，字迹潦草，胡乱匆忙写下的样子，还有个歪歪扭扭的名字——陈建国。养父继续说："从菲菲读书开始，我们就在想办法给她上户口，但政府说收养手续不合法，得要她亲生父母提供出生证明，她亲生父母早就不晓得跑到哪儿去了，我们到哪儿去找出生证明嘛，后来我们自己又生了个娃儿，就给妹妹上了户口，她的户口就一直悬着了。"

养父一脸为难的样子，养母瞪着菲菲："菲菲，你亲生父亲来看你的时候，你咋不自己问他呢？你问他嘛，他住到哪儿？为啥子不把出生证明给我们？"

菲菲愣愣的，眼前闪过一个年轻男人的样子："上次我看到他的时候，时间好短，我，我，不晓得问他啥子……"

"对啰，你自己都不问，我们咋晓得嘛。"养母嘴角一撇，一副别赖我的样子。

"菲菲，你回忆一下，上次见你亲生父亲的时候，你多大？"向弯问。

"5 岁。"

让一个 5 岁的孩子去面对一个对她来说即便知道有血缘关系却仍然陌生的男子，在各种复杂心理下，她根本不知道要跟他说什么，可能甚至连一句话都没有。向弯心里明白这些，她轻轻问菲菲："他跟你说过什么？"

"他说他会再来看我，可是……后来再也没来过。"

"你妈妈呢？"

"我从来没见过。"

谜一样的身世，谜一样的难题，找不到亲生父母就真的上不了户口吗？向弯按照字条上留的号码打过去，却传来"您拨的号码是空号"的声音。他俩转身去了乡政府，想从政府寻找蛛丝马迹，工作人员给出的答复是无能为力。按照有关规定，孩子要有出生证明，领养也要有合法手续，政府不能违规上户口。向弯又想到了养父的姐姐，当初是她把菲菲抱回来的，或许知道内幕。事不宜迟，带着菲菲，向弯和肖劲又去了养父的姐姐家，果真得到了突破性消息：陈建国，南充仪陇县人。

仪陇县？向弯上网查了一下：仪陇县有 29 个镇，7 个乡，大海捞针，怎么找？

"还去南充吗？"肖劲问，"我担心没有三天回不来，南充路远，来去开车就得两天，编辑会催稿的。"向弯咬咬牙，心一横："都做到这份儿上了，我们去吧，这孩子没户口挺可怜的，我想帮她。"

太阳底下，菲菲站在路边，一脸无助，阳光晒得脸发烫。向弯舍不得丢下她："即使找不到，即使这次不要钱，我也想试试，试也不试就这么丢下她半途而废，我做不到。"

"既然你这么想拍下去，那我们就去吧。"

"你陪我？"

"还用问吗？上刀山下火海我也陪你，舍了命也陪你，陪你一直到老，到死。"肖劲开玩笑地说。

向弯好生感动，事不宜迟，赶紧出发。去南充的路上又给编辑打了通电话，那边坚决反对。可是，编辑大人，不好意思啦，将在外，君命有所不受，我们采访完一定早早赶回来，就这一次啦！

仪陇县位于南充市东北部，是中国重要的劳动力资源输出县，年输出劳动力20余万人。肖劲开了五个多小时才到仪陇，开得全身发麻，手脚僵硬。到这里的时候刚巧是周日下午，向弯原本计划先去仪陇县公安局户籍科走一趟，查查陈建国的户籍情况，无奈只得等到周一上班。在县城里找了个小旅馆住下，安排妥当，菲菲不好意思地拉着向弯的手："姐姐，我真不知道怎么谢谢你们，要是没有你们，我是不可能来到这里。"经过这几天相处，菲菲已经把向弯和肖劲当成自己的亲人一样，无话不说，"在这里要是真能见着我爸爸妈妈就好了，我连做梦都是他们的影子，梦里我跑过去伸手拉他们，可是他们的脸都好模糊。"

向弯摸摸她的头："傻孩子，要这次没找到你亲生父母呢？你得有这个思想准备。"

"我想好了，找不到，我也尽力了，你们也尽力了，心愿也了了，很感激你们。"

　　县城的夜如此安静，菲菲的表情如此平静，可是向弯的内心却压了块石头，明天，她能帮这个可怜的孩子实现心愿吗？

东窗事发

苏大妈家来了两个人，自称是福尔对公司工作人员，问了她和老伴几个问题后，就动手拆收视率测量仪，他们要把测试仪带回公司。这盒子当初本来就是福尔对公司免费给他们家安装的，承诺十年免费，这还不到时间呢，怎么说拆就拆走了呢？

"大爷大妈，这仪器我们公司要收回去销毁，您家以后我们也不再提供了。感谢你们一直使用我们的产品，这样吧，是我们违约，为了表达歉意，公司决定补偿您家一千块钱。"

公司代表说完就把钱递到二老面前，苏大妈一看急了，连连摆手："不要不要，你们不晓得，我们家最近来了好多人，烦都烦死了，我们都怀疑是这盒子惹的祸，你们拿走我们高兴还来不及，拿走最好，清净。"

张大爷凑上来说："同志，盒子你们可以拿走，我就问一句话，拿走了，我们家会不会有更大的麻烦？"

公司代表笑着说："张大爷，您别担心，这盒子拿走了，你们家从此就不会再有麻烦了，那些电视台的人再也不会来了。"

"这盒子到底咋子了？你们总得给我们一个解释嘛。"

"大爷，是有人通过你们在操控收视率。"

"操控收视率?"

"这么跟您二老解释吧,你们收看哪个台的电视节目,这个盒子会有记录。那些让你们看他们节目的人,是为了提高他们自己节目的收视率,你们看得越久,他们节目的收视率就越高,所以你们家才会有那么多电视台的人找上门来。现在我们公司把盒子收回销毁,以后你们家也就再也不会有人来打扰了,您二老今后爱看什么就看什么。"

苏大妈和张大爷恍然大悟,原来,前段时间的烦心事真是这盒子搞的鬼。

"那这钱我们更不会要了,我们感谢你们都来不及,不要了不要了。"

公司代表出门的时候还是执意把钱塞到苏大妈手里。电视机柜下空空如也,老两口终于长吁一口气。

公司代表没走多久,老两口家里又有人来了,打开门一瞧,老两口刚放松的心一下子又提到嗓子眼,门口站着的两个人自称警察。

"不是说拆了盒子从此就没麻烦了吗?"张大爷心脏不好,禁不起惊吓,腿也开始哆嗦。苏大妈扶着他,颤抖地说:"警察同志,我们没犯法啊,我们是好人。"

两名警察笑了:"大妈大伯,我们是来找你们了解情况的,不是你们想的那样。"

"了解啥子情况,我们都老了,老老实实的,有啥子情况好了解。"

"让我们进屋说吧。"

苏大妈和张大爷让警察进了屋,一脸茫然地看着他们。

"我们今天来,是跟一起收视率造假案有关,想请你们二老回忆下,这几个月来,都有哪些电视台的人来过你们家或者和你们联系过,让你们收看他们的节目?"

"哦,还是那盒子的事啊,咋个没完没了哦,还把警察给招来了。"张大爷生气地说。

"你们要配合警方的调查。"警察语气凝重。

苏大妈慌忙领着警察进了厨房："看嘛，这些米面油，都是他们送的，还有这些吃的，用的，都是那些电视台的人给的。哦，来来来，我算一下，我把他们送的钱全部交给你们，交给警察我就心安啦！"说着开始从兜里掏钱，"我身上钱不够，我一会儿出去给你们去银行取，取出来交给你们。"

"不是这个意思，大妈，您先别忙，我们今天来的目的，是让你们回忆，有哪些人来过你们家或者给你们打过电话，需要你们协助警方调查，不是让你把那些东西交出来。"

"这样啊。"

苏大妈和张大爷才似懂非懂，开始回忆来过哪些人，分别叫什么名字，让他们看什么节目，拿了什么东西来，又有谁打过电话，说过些什么……

这些信息对警方查案至关重要，办案民警详细记录后，说了声谢谢就离开了，临走时还给他俩照了相。送走警察关门的一刹那，老两口瘫坐在地上，长叹一声："不会有人再来了吧。"

苏大妈半晌才吐出一句："老头子，我们干脆搬家吧！"

颜思危正襟危坐，手里拿着稿件，默念台词，脸上带着浓浓的妆容，穿着职业小西服，额前的刘海儿吹得高高的，演播室的灯光聚焦在她身上。演播室外工作人员正在紧张准备，检查信号源、话筒等，导播开始倒数："三、二、一，开始！"颜思危抑扬顿挫地说："欢迎收看《思危帮帮忙》，我是你们的老朋友颜思危，生活上有什么烦心事恼人事，欢迎来找我，我会为每一个需要帮助的人奔走疾呼，将帮忙进行到底。"

"OK！"导播在外面喊。

颜思危脸上没有笑容，她对自己刚才在镜头前的表现不太满意："导播，能重来一次吗？我觉得刚才自己没说好。"

导播没有回答。

"再来一遍吧！"

导播仍然没有回答。

外面似乎有交谈声，颜思危探头去张望，这时走进来两个陌生男子，径直朝主播台走过来。正在直播呢，竟然有人闯进演播室？颜思危好生诧异，其中一个男子对她说："我们是警察，请你跟我们走一趟，协助调查收视率造假案。"

颜思危的心里咯噔一下，她意识到情况不妙，稳定了一下自己的情绪，对警察说："我可以配合你们，但不好意思，我们正在直播，让我录完这一期节目吧。"

警察退到旁边，她朝门外的导播喊："再来一遍！"

门外喊："三、二、一，开始！"

颜思危录完了这期，面带笑容定定地看着镜头，这遍她满意了。

"好了，我跟你们走吧。"

颜思危跟着警察往门外走，她回头看了一眼自己坐的主播台，那耀眼的灯光，那专属的座位，心里突然涌上一股不祥的预感，明天她还会回到这里来吗？

她在众人的不解和迷茫中被警方带走。她刚走不久，马月河也被带走了。

"你叫什么名字？"警察问。

"颜思危。"她小声地答。

审讯室里，隔着一张桌子，颜思危低着头，不敢正眼看警察。

"抬起头来！"

颜思危半眯着眼。

"知道犯什么事了吗？"

"不知道。"

"涉嫌收视率造假，涉嫌侵犯商业秘密犯罪。"

"不明白。"

"看这两人你认识吗？"

警察拿出一张照片，上面是苏大妈和张大爷。

颜思危点点头。

"是不是去过他们家，送钱送东西让他们看你们的节目？"

颜思危又点点头，说："他们是我们的热心观众，我们去回访他们家的收视情况，但好多电视台都去过他们家，有问题吗？"

"有什么问题？他们家是样本户你事先不知道吗？你敢说你不知道吗？"

"……"

"这个样本户的情况是从哪儿知道的？"

颜思危深深地叹了一口气，声音小得像蚊子一样："张一丁。"

另一间审讯室里，马月河很憔悴地坐着，也是隔着一张桌子，也是很小声地回答："张一丁。"

今天天气格外晴朗，太阳晒得正好，适合外出游玩，张一丁正坐在办公室分析《思危帮帮忙》的栏目收视率数据，准备给他亲爱的出一份报告，他还想约她今晚上出来看电影。警察的突然出现，冰冷的手铐仿佛让他从天堂掉进地狱。

审讯室里，他心里七上八下。

"张一丁，你被拘留了，买卖收视率，涉嫌侵犯商业秘密犯罪。"警察正告张一丁。

张一丁还想狡辩："你们在说什么，我听不懂。"

警察拿出两张照片给他看，一张是他床头柜里的两万块钱，一张是他裸体的照片。他看得震惊，恍然大悟，气急败坏地吼："颜思危，你个婊子，你给老子等着！老子要收拾你！"

张一丁的头像蔫茄子一样耷拉下来，现在什么都完了。

晚上，孙台长也被调查了。

有句话讲"出来混迟早是要还的"，最初发现有问题的是张一丁的公司，在收视率的恶性竞争中，有电视台的人向福尔对公司投诉，质疑他们的统计数据，前后收视率差距惊人，在不到一个月时间内改变蓉城上千万元的广告款流向，这背后的利益链引起公司高层关注。为了清者自清，防微杜渐，公司从数据终端排查，查出苏大妈家和另外一个样板户家庭，由此确定样板户信息被泄露。福尔对公司意识到事态严重，向警方报案，警方顺藤摸瓜，查出嫌疑人。

程洪伟几乎要疯了，满世界寻找颜思危，当得知警方把她带走后，他惊讶于自己的无知，他竟然事先一点风吹草动都没觉察到，他不知道危危到底犯了什么法，好歹从她同事口中才了解到好像与收视率造假案有关，但他的危危那么优秀那么能干，人品又极好，怎么可能会触犯法律呢？他的第一反应是警方弄错了，他像一只无头苍蝇一样来到派出所打听，被告知"不允许任何人探视，只能委托律师会见"。

"颜思危到底犯了什么法？"他问警察。

"案件正在调查中，无可奉告。"

警察按程序办事，程洪伟心里没谱了，最让他感到崩溃的是，警察告诉他从羁押到法院判决生效，还得几个月，在此期间，嫌疑人家属没有探视的权利，更别说朋友关系了，程洪伟于她而言，不过是躲藏在背后的男朋友罢了。

程洪伟心如刀绞，现在他能想到的唯一办法就是聘请律师，他想好了，他要向他父母坦白，请他父母帮忙，先争取取保候审，他舍不得危危一个人待在里面，他怕她想不开。

　　看守所里，颜思危从耀眼的主播瞬间变成犯罪嫌疑人，这样的落差实在太大了，她想不明白，为何自己的人生如此拼命却换来这般境遇，她到底哪里错了？

　　颜思危担惊受怕，一宿未眠，前额生生地多了几根白头发。

第三十三章

梦里花落知多少

天亮了，公鸡打鸣，只有在农村才能听到这些自然的声音。向弯和肖劲早早起床，赶往仪陇县公安局。不出他们所料，果然在仪陇县公安局户籍科一共查到 13 个陈建国，分布在五六个乡镇中。根据菲菲的岁数推断，她的父亲应该 30 多岁，这样一排除，就只剩下两个陈建国了，碰碰运气吧，向弯选择了板桥乡陈龙坪村的陈建国。

太阳挂得老高，阳光洒在身上暖洋洋的。走在乡间的路上，田野里飘来一阵阵牛粪味，青蛙的呱呱声此起彼伏，还有池塘里成群结队的鸭子游来游去，好一派田园风貌。菲菲一边走一边说："我有种回家的亲切感，向弯姐，希望我们找对了。"

向弯回头看她一眼："万事皆有可能嘛，也许我们运气好，一来就碰对了也说不一定啊。"

一路问着前行，前方不远处被一片竹林掩映的几间茅草房就是陈建国的家，老远就听见孩子们的嬉戏声，隐隐约约看见院子里几个小孩跑来跑去的身影，走近了，迎上的是孩子们茫然的眼神，他们一溜烟都钻进屋去了。

"就是这儿了。"向弯带着菲菲走进去，肖劲按下摄像机的开机键。

一个挂着拐杖的老奶奶站在门口一脸疑惑地看着他们，向弯上前自我介绍。听说是成都来的记者，老奶奶热情地招呼他们进屋坐，只见家里有三个年轻妇女，四个孩子，还有个抱在怀里的婴儿，男人嘛，只有一个。

　　"家里的男人都出去打工了，只有我小儿子在家留着。"老奶奶说。

　　菲菲一直盯着那个男人仔细打量，内心忐忑万分。

　　"奶奶您好，我们来跟您打听个事，陈建国是您家里人吧？"向弯问。

　　"是啊，他是我家收养的孩子，怎么了？"老奶奶回答。

　　"我们在找他，他现在在家里吗？"向弯有点紧张。

　　"他死了很多年了，在建筑工地上摔死了。"老奶奶的声音很平静。

　　"死了？"向弯眼睛瞪得大大的，心里一沉，"您是说，陈建国是您儿子，但不是亲生的？而且，已经死了？"

　　"是的，他从小就被他父母送到我们家来养，他的亲生父母从来没来看过他，他很孝顺，可惜死得早。"老奶奶边说边有些哽咽。

　　菲菲的心快提到嗓子眼了，心里七上八下，此陈建国真是她心心念念日夜企盼的爸爸吗？也是和她一样的命运——被收养，这是巧合吗？况且，他已不在人世？她突然不想再追问下去，想赶快逃离这里，他们一定是找错人了！她心里这么想着，便轻轻拉扯向弯的衣服："向弯姐，我们走吧，去下一个陈建国家，肯定不是这儿。"

　　向弯站着没动，她把菲菲拉过来，站在老奶奶跟前："奶奶，您仔细看看这个小姑娘，眼不眼熟？"

　　老奶奶定定地看着她，上下打量，片刻，老奶奶的眼睛里噙满泪水，不敢确定地摸摸她的头："这是建国的女儿？"

　　菲菲本能地往后退，下意识地喊："不是不是不是。"

　　向弯试探地追问："怎么？她和陈建国长得很像？"

　　老奶奶哽咽得说不出话来，她让儿女把相册拿出来给向弯："看，就是中间站着的这个人。"

一个眉清目秀的小伙子，身材挺拔，站得笔直，脸上挂着清澈的笑容，眉宇间和菲菲十分挂相。向弯把相册递给菲菲，指着那个人问："是他吗？这是你爸爸吗？"

看到照片的刹那，菲菲的泪水夺眶而出，这分明就是她爸爸啊，那个曾经来看过她，给过她一颗糖的爸爸，那个牵过她一次手的爸爸。菲菲开始抽泣，肩膀颤抖不已，爸爸啊，我历尽千辛终于找到你，为何你已不在人世，为何你不给我一次见面的机会？我还有好多问题想要问你，你为何不等我？菲菲号啕大哭，支撑她十年的希望瞬间化为乌有，排山倒海般的悲伤压将过来。向弯紧紧把她抱在怀里，任她哭，任她发泄。周围站着的人无不动容，他们默不作声，都看明白了眼前发生的一切，他们，都是她的亲人。

待菲菲哭够了哭累了，大家扶她坐下，递给她一杯水，向弯这才向老奶奶提出上户口的事。老奶奶毫不犹豫地说："她既然是我的孙女，既然她爸爸已经不在人世，我们就来帮她吧，就把她户口上在我家，就上在这儿。"话音刚落，菲菲一头扑倒在奶奶怀里，哭得更厉害了。

从进门到现在事情发展的所有过程，肖劲都用镜头完整记录下来，没错过一个细节。片刻之后，菲菲终于停止哭泣，一大家人才平静坐下来唠家常。向弯提出由老奶奶陪他们去派出所，带上照片，人证物证俱在，争取特事特办，彻底解决菲菲的黑户问题。

事情果真如向弯所希望的一样，派出所户籍科的确特事特办，短短15分钟，菲菲上户口所需的一切手续就全部办齐，最后一个步骤是照身份证照。

坐在照相室里，打光灯一亮，照相师说："来，姑娘，笑一笑。"

菲菲咧开嘴，咔嚓几声，菲菲人生第一张照片就此出炉，青涩秀气的模样定格在一瞬间。至此菲菲不再是黑户少女，15个工作日后她就会收到自己的第二代身份证，一切的努力终于换来硕果。

奶奶和菲菲告别，把她紧紧拥在怀里，抱了又抱。菲菲亲切地叫了一声"奶奶"，一切尽在不言中，两人忍不住又相拥而泣。

返回成都的路上，后排座上的菲菲盯着窗外出了神，向弯问："想啥呢?"菲菲答："就像做梦一样，感觉收获了好多，又感觉失去了好多。"

轿车风驰电掣。

返程时间还比较早，也不过才下午3点，全程高速。肖劲开开停停，坐在副驾驶的向弯也时断时续地打盹儿，只是菲菲毫无睡意，一直盯着窗外出神。

电话铃响，是妈妈打来的："这个周末能带肖劲回来吧?"妈妈着急见未来女婿。

向弯笑着回答："妈妈，我们都采访完了，这周末肯定一起回家来，有采访也不接了，专门回家看你们。"这小嘴甜得跟抹了蜜似的，听得电话那头的妈妈好生欢喜。

电话刚挂，李敬那丫头片子的电话也打来了，心急火燎地问："你俩私奔了啊! 采访都几天了还不回来? 有好消息给你讲，猜猜吧。"

向弯懒得猜："你就直接说吧，别卖关子了。"

"你俩那绑架专题得了全国新闻大奖，明天市里召开颁奖大会，你俩是一等奖呢!"电话那头掩饰不住的兴奋劲，"我说，你俩得赶紧回来，你那选题做不完也别做了，这奖得你俩亲自去领! 喂，你在听吗? 回不回来? 回不回来?"

向弯开的免提，李敬的声音很大，一旁的肖劲听得一清二楚。

"回来回来，咋不回来? 我们选题都做完了，现在就已经在回来的路上了。"向弯回答。

挂了电话，向弯和肖劲都笑了，心里美滋滋的，从业以来的第一个大奖，这是对他俩工作的肯定，也是对他俩的鼓励，欢欣鼓舞，连空气都变得甜蜜起来。

"将来我们会拿下一个又一个大奖。"肖劲手握拳头做出加油的姿势，"我们就是杨过和小龙女，打遍天下无敌手！"

"哈哈哈，你是杨过？得先断臂才行。"向弯笑得东倒西歪。

"为了你，断臂又有何不可！"

"傻里傻气。"

"哥哥姐姐，你们这么优秀，拿奖是应该的，恭喜你们！"菲菲也笑嘻嘻的。

肖劲突然不说话了，他心里酝酿着某种情绪，头脑里蹦出来的一个想法让他脱口而出："向弯，这次回去见过你父母后，我们就结婚吧。"

这是在求婚吗？向弯瞪大眼睛，心跳突然加速。

肖劲的语气是诚恳的，真挚的，他接着说："我向你求婚，这个想法在我心里已经藏了很久了，我想和你永远在一起，我们结婚，我们去度蜜月，我要拉着你的手去最美的地方，我们去西藏吧！去西藏度蜜月！"肖劲的眼睛里放着光，是对未来的无限憧憬，"我们去珠穆朗玛峰！我们去布达拉宫！我们去纳木错！"

"西藏？"向弯张着嘴。

"对，西藏，我从小就向往西藏，我喜欢那里的天，那里的山，那里的湖，还有那里的人……好多好多，我大学时去过西藏，我敢打包票，向弯，要是你去了，会和我一样爱上那里的，我找不到比那儿更适合带你去的地方了，我们结婚吧，我们去西藏度蜜月吧，让那里见证我们的婚姻！"

向弯被他的话深深地震撼着，幸福感瞬间充满内心。

"肖劲哥，向弯姐，太好啦！我要给你们当伴娘，当伴娘！"菲菲高兴地直拍手，"向弯姐，快答应！"

向弯毫不犹豫地回答："好啊！"

肖劲从裤兜里掏出一块石头，放在向弯的手上："这是我的幸运石，送给你，我带在身边很多年了。从此你就是它的主人，替我好好保管它。"

一块光滑的雨花石，泛着浅浅的绿光，向弯握在手里爱不释手，这是定情信物吗？

车开始飞驰，阳光正好，向弯心里一遍又一遍地祈祷："上天啊，我是如此爱他，让我快快嫁给他吧，我要和他去西藏！"

车行驶到青白江，离成都收费站不过十几公里，眼看着就要到家了，三人正商量着待会儿去哪儿吃晚饭。

前方出现一辆载满钢筋的货车，一根根又粗又大的钢筋在车里上下颠簸，钢筋的长度超过货车车身，超出的那部分悬在空中，颤颤巍巍，随时都有滑落的危险。货车像个踽踽独行的老人，笨重而缓慢地行驶在高速路上。这个巨大的家伙，对每一辆从它旁边经过的小车来说，都是一种无形的压力，小车避之唯恐不及。

肖劲早就注意到这辆车了，他下意识地握紧方向盘，心里有个声音在喊："危险，别落在它后面，赶快超过去，赶快超过去……"

快速道上刚巧有辆车挡着，距离不够，肖劲超不过去，他警惕地放慢车速，刻意和货车保持距离。

好了，快车道上的车终于开远了，超车的机会来了，肖劲握紧方向盘，猛地一脚油门，就在他加速的同时，货车平板上的钢筋颤抖着往下滑落，一根、两根、三根，速度快得像闪电，肖劲本能地踩刹车想躲避，可是一切都晚了。

那一根根钢筋如离弦的箭一般射将出去，直奔肖劲而来，向弯也发现了，后座的菲菲惊叫起来："啊！"

千钧一发，岌岌可危，就在钢筋快戳到车身时，肖劲解开自己的安全带，扑倒在向弯的身上，用身子护住她。

轰——的一声巨响。

然后，然后就没有然后了，世界突然安静了，一片深不见底的黑。

第三十四章

离　殇

光好刺眼，明晃晃的让人睁不开眼。

向弯试图看清眼前的这个世界，闯入视线的是爸爸、妈妈、李敬，还有菲菲的脸。从模糊到清晰，一点一点明朗起来。

"爸爸，妈妈……"向弯嗫嚅道，"你们，怎么在这儿……这儿是哪儿？"

向弯试图挣扎着抬起身子，可是紧随而来的是胸口的剧烈疼痛，她本能地"哎哟"一声。妈妈赶紧把她放平，轻轻拍拍她的肩："医生说，让你不要动，要静养，你的胸口有伤。"

"我……我在医院？我看到钢筋飞过来了，肖劲扑过来抱我。"她下意识地往周围看，看到菲菲站在她身边，"哦，菲菲，你没事太好了。"向弯脸上露出高兴的神情，几秒钟后，她的目光在四处巡视。

"你在这儿，肖劲呢？嗯？肖劲呢？他是不是也受伤了，他在哪儿？我要去看他。"她着急地看着菲菲，眼神是询问的，紧张的。菲菲没有回答，表情变成为难，嘴唇忍不住颤抖。

向弯警觉地意识到不对劲儿，她提高了嗓门儿，质问道："菲菲，我问你，肖劲呢，你的肖劲哥哥呢？他在哪个病房，我要去看他！"

菲菲依然没有回答，心里因为害怕忍不住哭起来。

向弯慌了神，六神无主，转向其他人："爸爸、妈妈、李敬，肖劲呢，我的肖劲呢？带我去看看他，快，我想马上见到他！"

爸爸没有回答，妈妈也没有回答，只是紧紧握着她的手。天啊，李敬居然也哭了，泪珠滴滴答答往下落。向弯的心猛地一沉，几近哀号地哭喊道："我求求你们，谁能行行好，告诉我，谁能告诉我，我的肖劲呢？肖劲呢？"

菲菲再也忍不住了，一头扑倒在向弯床边，泪如雨下："向弯姐，我对不起你，是我害了肖劲哥，如果不是因为我，你们不会去采访，肖劲哥也不会走……"

"走？什么意思？啊？你是说肖劲死了？啊？"向弯的声音颤抖着。

菲菲哭得更厉害了，李敬除了哭泣，连一句话都讲不出来。

"我问你们，肖劲是不是死了？"向弯不相信地问在场的所有人。

妈妈轻轻点了点头。

"啊——"一声凄厉的哀号。

向弯眼前陡然变黑，陡然失聪，昏厥过去了。

是的，肖劲死了，没人敢告诉向弯，肖劲是被三根钢筋戳死的。在生命的最后一刻，如果不是肖劲用自己的身躯奋力护住向弯，向弯早就去天堂了。钢筋戳进肖劲身体时，受到阻力缓冲，有两根停在体内，一根穿透肖劲的心脏戳向向弯的第二根肋骨，使向弯胸腔受伤，而后排座的菲菲在整个车祸中竟然毫发未损。是消防员用切割机把戳进肖劲身体里的钢筋切断的，可是那三截被切断的部分仍旧留在身体里，无法取出来。向弯和菲菲当时都被吓晕过去，只有赶到现场的李敬看见惨不忍睹的一幕，那一刻，她跪在地上，仰天恸哭。

肖劲遗体告别的那一天，天空灰暗，飘着蒙蒙细雨。所有人都来了：

郑志强、李敬、海归、周中、王晓凤，还有单位里与他不熟悉的同事，菲菲也来了，只有向弯没来。所有人都瞒着向弯，肖劲的哥哥嫂嫂放了话：只要向弯敢来，他们一定会找她拼命！肖勇只有这么一个弟弟，含辛茹苦把他拉扯大，一生心血都为了他。肖勇不知道从哪儿听来，是向弯执意要做这个采访，若不是她，弟弟也不会命丧黄泉，弟弟在临终前都还不忘护着向弯，在肖勇眼里，是向弯夺走了弟弟的生命。

灵堂里，肖勇一遍又一遍地抚摸着心爱弟弟的遗体。弟弟穿着平日里最爱的运动装，遗体被美容过，身体上的残破部位被衣服遮掩，脸上的表情平静淡然，好似睡着了一样。

也不过就三天，肖勇好像老了十多岁，两鬓染霜，额头上多了几道皱纹，他一遍又一遍呼喊："弟弟啊，你就这么走了，我怎么向死去的爸爸妈妈交代！我对不起他们啊！你怎么舍得我这个唯一的亲人呢，肖劲，你给我回来，给我回来，哥哥好想你啊……只要你肯回来，哥哥愿意拿自己的生命交换。"

众人把哭得死去活来的肖勇拉开，肖勇的妻子搀扶着他。人们一一和肖劲的遗体道别，菲菲走过的时候哭着喊："肖劲哥，我这一辈子都还不清欠你的债，我多么希望躺在这里的是我啊，肖劲哥，你起来骂我打我吧！"大家的哭喊声，肖劲听不见，他平静地睡着，嘴角挂着一丝微笑。

推进火化炉便是永别，那高烟囱里升起的黑烟缥缥缈缈，最终化成手中的一抔骨灰。公墓是肖勇事先选好的，在青城后山，肖勇知道弟弟喜欢大自然，那就在那里"安家"吧，就让那郁郁葱葱的树林庇护他吧。

醒了醒了，也不知道沉睡了多久，脑子里的嗡嗡声消失了，可口里的那种狂渴却一阵阵袭上来，向弯只记得自己狂喊着要去送肖劲，脑子像要炸开了，是爸爸妈妈和医生共同把她摁住的，医生给她打了一针镇静药，她便进入梦里了。

"是的，肖劲死了。"醒来的她双眼无神地盯着天花板，泪水无声地从眼角滑落。那个当初在男厕所被她撞满怀的阳光大男孩哪儿去了？那个陪她滚下山坡揽她入怀的勇敢青年哪儿去了？不，不，他们都在骗我，我不相信！向弯要把菲菲找来，再次好好询问，肖劲没死，只不过是受了重伤，大家怕她担心故意瞒着她，她要问个清清楚楚，活要见人死要见尸，你们说死了，可是尸体呢，我没见着尸体啊，我不相信啊！

菲菲被呼唤了过来，在向弯的面前长跪不起，一直哭哭哭，不讲一句话。

"那么，是真的了？"向弯绝望地问。

菲菲点点头。

"告诉我，肖劲的坟在什么地方？"

"青城后山的陵园。"

"带我去。"

向弯吐出的这三个字是那样坚决，她起身换衣服，马上就要动身，胸口的伤在隐隐作痛。她还在住院，但顾不得了，她片刻也不能等。

医生显然是不同意的，她和菲菲只能悄悄地走，她给爸爸妈妈留了字条："爸妈，我都知道了，我去看肖劲了，别担心我。"她在菲菲的搀扶下关门出去。

阳光刺眼得很，焦渴的感觉又一阵一阵袭上来，向弯面如死灰，右手轻轻地捂着那阵阵发痛的胸口。

陵园里，鸟声如洗，向弯的心跳猛地加速，听得见重重的敲打声，那一排排的坟墓啊，冰凉彻骨，这里怎么可能葬着她心爱的人呢？

跟着菲菲的脚步往前走，每一个墓碑上的照片她都不忍目睹，想看又怕看，一张张面孔进入她的视线，每看一张她的心就收紧一下。终于，在一堆陌生的面孔中她发现了那张熟悉的脸，她胸口一阵剧痛，双腿战栗。

几天前，这张脸还枕在她的耳畔，吐纳着均匀的呼吸，余温还留在她的唇瓣。如今，这张脸笑容依旧，却隔着一个无法逾越的世界。

慢慢地靠近，伫立在墓碑前，"亲爱的弟弟肖劲之墓"，简短几个字，字字都像一把把匕首戳在她的心房，心在滴血，她扑倒在墓碑前，失声痛哭，手指一遍又一遍抚摸那张照片，从肺腑里发出一声长长的绝望的呼唤："肖劲——"胸口又是一阵撕裂的剧痛，凄厉的喊声回荡在空空寂寂的陵园上空。

"是我不好，是我的错，是我是我！"向弯用手捶打自己的头，发了疯似的狠命地打，"是我执意要做这次采访，是我执意要你去的，我做了多么大的一件蠢事啊！"

菲菲上前一把抓住向弯的手："向弯姐，别这样伤害自己。"

"不是我，你就不会死，你是为了救我，为了救我的命啊！这一生，我的内心都不会好过，肖劲，你叫我如何活在没有你的世界上？肖劲——我爱你，爱你，我需要你，你活过来，你给我活过来啊……"

空寂的陵园里连一句回声都没有，风带来的只有死亡的气息。

向弯的耳旁仿佛又出现肖劲的那句话："上刀山下火海我也陪你，舍了命也陪你，陪你一直到老，到死。"没想到竟然一语成谶，她泪眼模糊，仿佛又看到了肖劲那张无限温柔的笑脸，深情地望着她："我们会拿下一个又一个大奖……为了你，断臂有何不可！"

心碎成片片，焦渴的感觉再次袭来，她俯下身子，嘴唇靠近肖劲的照片，吻了又吻，像两人之前的无数次亲吻一样，持久而深情。她伸出手臂环抱着墓碑，像无数次抱着肖劲的腰一样，幻想着爱人依然在眼前："就让我这样紧紧地抱着你吧，上天啊，你若怜惜我，就请你把我最心爱的肖劲还给我吧，我愿意拿我自己的生命交换，只求你把他还给我吧！"

两个多小时过去了，向弯呆坐在墓碑前。菲菲几次上前："向弯姐，我们走吧。"向弯只是轻轻地推开她，"让我再陪他一会儿，我想陪他。"

目光空洞，痴望着肖劲的照片。

电话响了几次也没接，最后一次菲菲接了，那边传来向弯爸爸焦急的声音："弯儿，你在哪儿啊，好几个电话你都不接，你知不知道你还在住院啊？"

菲菲把电话递到向弯的耳边。"哦，爸爸，我在陵园，我在看肖劲。"向弯木讷地回答。

"孩子，你身上有伤，我们担心你，你回来吧。"

"嗯。"

向弯如梦初醒："原来，我是还活着的，我还没随肖劲而去，我还有爸爸妈妈，那么我得回去。"她慢慢起身，对肖劲说："肖劲，我改天再来看你，你好好睡，等我再来。"再次凑过去给了他一个轻轻的吻。

走的时候已是夕阳西下，墓碑中，台阶上，余晖映着两个哀伤的身影，好似默片一般。

妈妈把煲好的汤又端来了，这已经是从陵园回来后的第四天了，每天妈妈都会照例端来一碗汤，放在病床旁，向弯只是默默地看着手机中和肖劲的照片，脑子四处神游。

"你好歹也喝一口吧，伤口愈合得快。"妈妈摇头叹气，又不好再多说一句，多一句都是对向弯的刺痛。

"嗯，妈妈，你放那儿吧。"向弯毫无表情地回答。

"你这样下去不吃不喝，我们看着也是种折磨啊。"妈妈还是忍不住，多了一句嘴。

"妈妈，是我对不起你和爸爸，是我的错，我对不起肖劲，对不起肖劲的哥哥嫂嫂，我对不起所有的人。"向弯的眼泪簌簌而下。

妈妈不忍，她知道向弯内心的自责和苦楚已经够多了，若再把亲情当成枷锁给孩子戴上，她将不堪重负，她怕孩子想不开，到嘴边的话又吞咽下去。一小时后，汤凉了，妈妈默默地把碗端走，一边走一边摇头。

李敬每天都来医院看她，给她讲笑话，讲单位的趣事，逗她开心，向弯总是心不在焉似笑非笑地回应。

"颜思危被抓了，全世界都知道了！"李敬说出这个消息的时候，猜想向弯一定会追问，但向弯连这个爆炸性新闻也没有兴趣。

"你怎么不问问我，她是什么原因被抓的？"

"是什么都不重要了，于我又有什么关系呢？她终究也是个可怜人。"

没想到向弯会说出这样一句话，看来，向弯的世界真的垮了。李敬没了主意，只好不再讲话。向弯明白李敬的良苦用心，所有人都盼着她能快点走出悲伤，但她心里背负着一个沉重的十字架，那十字架是她执意要背的，是她打算一生都要背下去的。

郑总这天下午来了，他握着向弯的手，语重心长："向弯，人死不能复生，相信如果肖劲看到你现在这个样子一定会非常难过，你若是为他好，就配合医生，配合父母，尽快好起来。肖劲一直热爱自己的职业，你得振作起来，好好工作，这等于是在完成他的心愿，延续他的生命，这才是真正地爱他。振作起来吧，我们需要你，团队需要你。"肺腑之言让向弯又一次泪流满面，她当然知道肖劲对这份职业的热爱程度，是因为她，肖劲才在通往理想的道路上骤然消失，她无法原谅自己，即使她知道郑总说得对，但内心依然做不到。

"放我一段时间假吧，郑总，我已经无心工作了。"向弯低声说，"我内心的坎过不了，我无法原谅自己。"

郑总凝视着她，向弯的眼神是那样灰暗，再劝慰也是枉然："好吧，等你出院后给你一个月假，但一个月后，我希望看到你精神抖擞地出现在单位，那才是我认识的向弯。"

"谢谢你。"

山无陵，天地合，乃敢与君绝

又是一天黎明来临，当天边出现第一抹霞光的时候，向弯的心就慌着想要出发。出院后的日子，不再有医生的管束，她可以自由地一大早就赶去陵园，她的心想要和肖劲在一起。父母问起，她总是淡淡地说一句："我想出去走走。"一旦让爸爸妈妈知道她是去陪肖劲，那是绝对要阻拦她的。

从家到青城山陵园，向弯要坐近两小时的汽车，中间还要转四趟车，一来一去，要花去四小时，随着汽车颠簸起伏的是她的心，只要能和肖劲在一起，再长的路她也愿意走。

今天她带来的是一束雏菊，来到墓碑前，照例先给花瓶换一瓶清水，把雏菊插进去。"好看吗，肖劲？"向弯轻轻地问，"今天路上遇到一位老奶奶，背篓里装着新鲜采摘的雏菊，我觉得好看得很，给你带几束，你也会喜欢的。"她痴痴地凝望着肖劲的照片，"笑，你总是那么爱笑，以前你开车只要看见路边有好看的小花，你总是停下来摘一朵给我，现在换作我把花送给你。你最喜欢看我把花别在耳朵上的样子了，现在我戴上给你看看？"

向弯摘下几朵雏菊别在耳朵上，黄色的雏菊点缀在黑发中："漂亮吗？"照片上的肖劲仍是笑眯眯的，"我就知道你喜欢，来，让我清理下你的屋子。"

向弯起身，打开随身带来的一瓶矿泉水，把水洒在墓碑上，用手轻轻地擦洗墓碑，"一天不见，这上面就落灰了，我喜欢看你干干净净的样子。"

擦洗"肖劲之墓"那几个字时，向弯又去接了一瓶水，直到那些字一尘不染，她才满意。然后，剩下的时间就是痴痴地坐下去，脑海里出现的是过去的场景，记忆像电影镜头一样反复播放。

有时候，向弯会带一本书来，她念书给他听；有时候她还会带报纸来，给他读新闻，让他知道当下发生的事情；有时候她还会唱歌给他听，唱到自己笑自己哭，哭得撕心裂肺的时候就喊："肖劲，你知道我有多么想念你吗？我连你最后一面都没见着，你醒过来好吗，快醒过来啊！如果你不醒来，那么，请你请你，到我的梦里来，求你来我的梦里，只要让我见见你，我也心甘啊！"

黄昏，离别的时候，她总是和肖劲墓碑旁边的两块墓碑道别，左边是个十多岁男孩子的照片："小弟，我们家肖劲刚刚来，寂寞的时候还请你多陪他说说话，你们是能玩到一起的。"右边的墓碑是个老奶奶："奶奶您好，我们家肖劲平时还拜托您多照顾，下面冷，奶奶您多跟他聊聊天，他会温暖的。"

"好了，肖劲，我走了，明天再来看你，我爱你。"向弯照例吻了一下肖劲的照片。

回家开门，迎来的是爸爸妈妈期盼的眼神，妈妈脸上好像挂着泪："你这一天是去哪儿了？吃饭了吗？"

"吃过了，四处走走。"

"妈妈明天陪你走走好吗？"

"不了，妈妈，我想一个人静静。"

向弯闪进房间，不再交流。过了好久，客厅里仍是鸦雀无声，爸爸妈妈好似也没再交谈，这个家什么时候开始也变成死一样的沉寂了呢？

夜灯初上，向弯拿出纸笔，她想给肖劲的哥哥嫂嫂写一封信，她想了想，深吸一口气，开始写：

亲爱的哥哥嫂嫂：

或许你们不愿意我这样叫你们，我知道你们对我有深深的恨，这恨压在你们身上，也压在我的身上，让我喘不过气来。我爱肖劲，肖劲也爱着我。这次采访若不是我执意要去，也不会发生这样的事，肖劲也不会离我们而去。这是我一生到现在最大的错误，若是老天让我事先知道，我是绝对绝对不会去的，是绝对绝对不会拿肖劲的生命去冒险的，请你们相信我，我爱肖劲胜过爱自己的生命啊！如若有选择，我宁愿他好好活着，而死去的人是我！但是，错误已铸成，肖劲的生命已无法挽回，是我让你们失去了最亲爱的弟弟，是我让你们活在悲伤和痛苦中，给你们造成伤害我感到深深的自责，深深的内疚，我无法原谅自己，更不敢奢求你们的谅解，我愿跪在你们面前，给你们长长地磕头，你们打我骂我，我都心甘情愿接受。

我们原本会成为一家人，我原本会亲热地叫你们一声"哥哥嫂嫂"，我是多么渴望那样的幸福场景啊，却因为我的错误让幸福化为泡影。可是，在我的心中，我愿意用我的余生来代替肖劲，照顾你们，就让这些伤害让我用余生来慢慢消化吧，只求你们能保重身体，健健康康，那样，肖劲在天之灵也能安心了。

向弯敬上

这封信，向弯让李敬第二天代她送到肖劲哥哥嫂嫂的家里。肖勇看完后，揉成小团扔到地上，只说一句："我们不会原谅她，再多的后悔也换不回肖劲的生命，磕头也无意义。"柜子上，肖勇死去父母的照片旁又多了一张黑白照，那是肖劲的照片。

这封信送到肖勇手上三天后，向弯的父母带着她回了老家，一去就是两个月。

两个月后，向弯回到台里，人回来了，精神却依旧恍惚得很，整个人的状态很差。郑总没有立刻让她复工，而是给了她一份美差，去西藏做个公益报道，报道藏区的老师和孩子，给他们带去捐赠的物资。这是企业的公益活动，邀请媒体参与，用郑总的话讲："不给你压力，给你半个月，去西藏散散心，看看蓝天白云，稿子做得好不好不重要，主要是让你慢慢找回做记者的状态。"

好吧，西藏。向弯没想到自己会以另外一种方式去那儿，肖劲的誓言犹在耳畔，可两人已是阴阳两隔，真是造化弄人，为什么偏偏在他去世两个月后出现这样的机会呢？既然命运如此安排，那就让她带着斯人未了的心愿前往吧。

第三十六章

我 执

　　程洪伟把自己的父母气得够呛。把儿了供养到好不容易研究生毕业，终于熬出头了，儿子不把心思用在找工作上，却一门心思用在一个女人身上，还是一个即将服刑的女人，这种事搁在哪个做父母的身上都是痛心。程洪伟的父母都是知识分子，当亲耳听到儿子说"我这辈子最大的愿望就是和她结婚"这句话的时候，对儿子的失望差点把二老给击垮了。

　　"读那么多书真是白读了！"

　　"我们是不接受一个犯过罪的女人做儿媳妇的。"

　　面对失望的父母，程洪伟眼中噙满泪水："爸妈，就算是你们帮我的忙，救救她吧。"父母彻夜未眠，骂归骂，儿子终究还是自己的，骂完之后是心疼，妈妈当即出门取了两万块钱拿给他，让他去请律师。

　　两天后，程洪伟在一所小旅馆里见到了从河南省许昌市襄城县赶来的颜思危的母亲，她只身一人，一身粗布衣，皮肤散发出劳动人民长年在太阳下劳作的自然黝黑，头发花白，表达能力不好，随身没带什么行李，只有个小布包，一见到程洪伟就双膝跪下，带着哭腔："救救我家闺女吧。"

　　程洪伟哪里受得起，赶忙将颜妈妈扶起来，她不起，说："我只定了一晚住宿，明天就得回去，家里农忙活儿多，两个弟弟又都在帮忙，我们文化程度不高，不懂法律，一切只有请您费心了。"

"快起来，起来，我已经请好了律师，一定会把危危救出来，请您放心。"

颜妈妈站起来，从随身带的小包里拿出三张一百元的钞票塞到程洪伟手中："我们家没什么钱，请律师的费用我们也付不起，这钱算是我们欠着您，先给您这些吧。"

"不要不要不要，快拿回去，以后也不用给我，是我心甘情愿的。"

程洪伟让颜妈妈把钱揣回兜里。第二天一早，程洪伟帮颜妈妈付了房费，送她到火车站。临走时，颜妈妈说："我命苦，找了个不争气的男人，连累了闺女，她从小没爸爸，也是个苦命的孩子，从此以后就拜托您了。"颜妈妈给他鞠了一躬，含泪上了火车。

代理律师是个中年女性，有二十多年的刑事案件辩护经验，一来就对程洪伟说："这案子性质不严重。"

"最高会判多久？"

"刑法规定，侵犯商业秘密犯罪后果特别严重的最高判七年，情节严重的处以三年以下有期徒刑或拘役，并处以罚金。"

"她这种呢？"

"现在我掌握的信息还不够全面，不好说，要看造成多大经济损失，包括福尔对公司的名誉损失，以及各家电视台的广告损失，但最坏的结果不会超过三年。"

"太长了，"程洪伟叹口气，"可以无罪释放吗？"

"没有这个可能性，她有金钱贿赂的事实证据。"

"可以缓刑吗？"

"这个是可能的，建议你考虑下，可以申请取保候审。"

"需要多少钱？"

"一千到五万，不一定。"

程洪伟心里倒抽一口凉气，算算手中父母给他的银子，有点够呛。

"律师，能想办法带我进去看看她吗？"

"法律禁止，你是知道的。"

"那帮我带句话吧，告诉她，不管她做了什么，我都永远爱她，我会等她。"

律师把程洪伟的这句话如约带给颜思危，听到这句话的一刹那，她的内心被强烈震撼，她猛然醒悟，最值得爱的人原来一直就在她身边啊，以前的自己错了，彻头彻尾地错了，自己就是个大傻瓜，她蹲在看守所的地上哭得稀里哗啦。

不久，张一丁、马月河、颜思危三人均被检察机关批捕。此后，福尔对公司公开发表律师声明，声明指出：福尔对公司作为第三方数据提供商，始终致力于向全社会提供客观、公正的数据产品。对于社会上发生的任何可能干扰数据生产的违法犯罪行为，公司都会依法、坚决、严肃处理，决不纵容姑息。福尔对公司愿与行业各界一起坚决打击干扰收视率的不法行为，并欢迎社会各界监督、举报上述不法行为。

第三十七章

啊，西藏！

飞机降落在拉萨贡嘎机场的时候，向弯心里默念："肖劲，我们来了。"对，是"我们"，肖劲带走的是她的心，她此刻带着的是肖劲的心。

提着重重的行李箱下飞机，刚出机场，向弯的眼睛不自觉地眯成一道缝，明晃晃的天空，刺得人睁不开眼，饱满的艳阳扑面而来，向弯一度产生来到了另一个世界的错觉。成都是雾蒙蒙的，拉萨是晴空万里，这里有湛蓝的天空，洁白的云朵，雄伟的高山，连空气都通透清爽，向弯顿觉心胸开阔不少。

她和陈霆拖着行李箱往前走，前面是个停车场，迎客接客的人们在那儿等候。跟向弯搭档一块去的摄像是个新晋的同事陈霆，向弯以前没见过，肖劲不在了，对她来讲跟谁搭档都一样，跟谁搭档也不可能回到以前的心情了。听说活动组织方早就安排好专人在机场接机，快走近的时候，向弯看见一个年轻姑娘举着个牌子，上面写着"蜀都电视台向弯、陈霆"几个字，对，找到了，他俩径直朝那个牌子走过去。

"你好，我是蜀都电视台的向弯，他是我搭档陈霆，让你们久等了。"向弯微笑着伸出手。

姑娘赶忙把手递过去握手："啊，你们好，我是这次活动负责接你们的小董，他是……"她一回头，手指着身后的方向。

只见姑娘身后停着一辆七座 SUV，车上下来一个穿着藏族服装的男人，一米八的个头儿，宽宽的肩膀，不胖不瘦，手上一条洁白的哈达在阳光下耀眼夺目。向弯突然有点眩晕，这男人的身型竟然和肖劲有几分神似，她的眼神模糊了，一度错觉，难道是……

"阿佳，阿佳，欢迎你们，西藏欢迎你们！"男子笑盈盈地热情招呼，不太流利的普通话还带着藏腔，把哈达献给向弯和陈霆。

向弯回过神来，他不是肖劲，他是藏族人，她的肖劲已经永远离她而去。向弯一时呆住，挤出一个僵硬的笑容，心里暗自骂了一句："向弯，你是不是想肖劲想得发疯了。"

见向弯有点小尴尬，小董赶忙说："您别误会，他刚才说的'阿佳'，在藏语里是'姐姐'的意思，在西藏是很亲近的称呼。"

"我叫达瓦，是你们的全程向导。"男子笑盈盈地说，露出一口洁白的牙齿。他皮肤黝黑，脸上带着特有的西藏高原红，深邃的眸子是那样纯洁、明亮，怎么连眼睛都这么像？向弯看得呆住，眼神飘忽，连舌头都打结了："达……瓦……你好。"

"阿佳你好。"

小董接着介绍："达瓦是西藏自治区教育厅的工作人员，负责协助媒体完成这次报道。除了你们二位电视台的老师，另外还有两位报社的记者也应该快到了。"说着把身后另外一个牌子举起来，"成都民生日报江婉红""成都都市报陆政"。

正说着，两位报社的记者已经来到跟前，互相又是一番介绍。江婉红，1989 年的，牛仔服，红颜烈唇，美美的妆容，大大的墨镜。陆政，40 多岁，头戴鸭舌帽，身穿马甲，胸前挂个照相机，一身摄影师标配。

"啊，没想到刚来拉萨就看到藏族大帅哥啊，达瓦大哥，谢谢你的哈达哟！我好喜欢！"江婉红像只兴奋的麻雀叽叽喳喳，欢欣鼓舞，全身散发着浓烈的青春气息，一看就是个人来熟，"这一路都是你陪我们啊，真是太好啦！达瓦大哥！"

"达瓦你好。"陆政也笑。

这么热情的姑娘，达瓦有些不好意思："不用叫我大哥，就叫我达瓦吧。"他说话时连身子都不自在起来，脸瞬间红了。

"啊，达瓦，你还真是可爱呢，脸还真红啦？"江婉红莞尔一笑，把墨镜一摘，"走吧，我们现在去哪儿，达瓦？"她像只小兔子一样主动跳进车里，一屁股坐到副驾驶上。

大家都跟着坐上车，果然是达瓦开车，原本副驾驶是小董的座位，这下小董只能坐到第二排，向弯和陈霆坐到最后一排，向弯习惯性靠窗，目光投向窗外。

"去酒店，"小董说，"大家先安顿好，休息，看大家身体适应情况，如果高原反应不强烈，明天我们就出发前往日喀则，我们要捐赠的第一所学校就在日喀则。"

众人欢呼，其实这次采访行程很宽松，去日喀则，再去纳木错，时间根本用不了半个月，剩下的时间大家都可以四处逛逛。

维也纳国际酒店就挨着布达拉宫，车子开往酒店的时候，布达拉宫缓缓从眼前晃过，白墙红顶在蓝天白云的衬托下显得雄伟壮丽，好美的西藏标志性建筑。

"我们去西藏，我们去珠穆朗玛峰，我们去布达拉宫，我们去纳木错！"肖劲那些兴奋的话语再次萦绕在向弯耳旁，向弯眼前浮现出肖劲的笑脸，心中顿时涌起一股悲伤，眼眶瞬间湿润。她故意把脸别向窗外，一边揉眼睛拭泪，一边心里默念："肖劲，看到了吗，是布达拉宫，我们来了。"

酒店前台领了房卡，刚好两男两女，向弯和江婉红一屋，陈霆和陆政一屋。小董带着达瓦来告辞："本来今晚应该我们组织方给四位接风，但考虑到大家刚来，第一个晚上大多数人会有高原反应，所以今晚就不折腾各位了，让大家好好休息。接下来还有半个月时间，每天都可以欢聚，等大家适应了，我们再一醉方休。"

达瓦走的时候不忘叮嘱："不舒服的话给我打电话，在西藏，所有事情都要慢，慢慢地，慢慢地……"说着开始夸张地比画慢慢走路的姿势。

小董接话："对，慢慢地，一切动作都要慢，走路要慢，吃饭要慢，做事情要慢，干什么都要慢，心脏会好受很多，身体也会好受很多，还有就是大家不要吃得太饱，这样会加重胃肠负担，也不好受。"

话真是说不得，两人刚走没多久，江婉红开始头痛、胸闷、乏力，连晚饭都不想吃，躺在床上翻来覆去。向弯还好，没有明显的高原反应。来之前，向弯吃了抗高反的药，或许是药效起作用了吧。向弯想出去吃点东西，但又不敢走远，江婉红需要她照顾，她给陈霆打电话，可陈霆的电话无人接听，算了，她干脆就在酒店大堂买点牛奶和面包给他俩带回来吧。她刚返上楼，推开门就看见江婉红在打电话："达瓦，我好难受，胸闷，头痛，缺氧，你来一下好吗？好，我等你。"

待江婉红放下电话，向弯关切地问："怎么啦？难受加重了？"

"是的，我感觉自己快要胸闷死了，脑子也要炸了。"

江婉红脸色难看，有气无力地倒在床上。向弯把牛奶面包递给她："吃点吧。"

江婉红摇摇头。

"达瓦来吗？"向弯问。

"他马上就到。"

不到10分钟，达瓦就来了，摸摸江婉红的额头，说："发烧了，我带你们去医院吸氧！"

你们？向弯奇怪，准是达瓦以为她也有高原反应了，她连忙说："不不，我不难受，我不用吸氧，她需要。"

"你的朋友需要，就是你的朋友，男的……他也给我打电话了，他们都很强烈。"达瓦一旦急起来，普通话就变得好蹩脚，向弯听不懂，完全靠猜："你是说陈霆和陆政也有高原反应了？"

"对，走。"达瓦把江婉红交给向弯，让她扶着江婉红到楼下自己的车上，他去另一个房间带陈霆和陆政下楼。

还好车够宽敞，江婉红、陈霆和陆政各自瘫成一摊泥，倒在座位上。陈霆对向弯说："我还没来得及给你打电话说不舒服，陆政就给达瓦打了。"

车几分钟就开到林廓北路的西藏自治区人民医院，氧气面罩一戴上，三个人很快就缓过劲来，脸色也开始红润起来，只有江婉红严重点，一直发着低烧。

陈霆开玩笑地说："向弯，我们四个只有你没事，难道上辈子你生在西藏？"

西藏被称为"世界屋脊"，是世界上面积最大、海拔最高的高原，很多人说，藏族人天生对缺氧环境的适应力更强。西藏空气稀薄，氧气含量只有平原地区的 60% 左右。拉萨的海拔在 3658 米，在西藏不算高，但是对于长期生活在平原上的人来说，初次来到这里多少都会有高原反应，有的人还会非常强烈，七天才能缓过来。即使是在平原地区待了一段时间后返回拉萨的藏族人，刚回来也是需要适应一两天的，可是向弯，这个地地道道的四川人，怎么一点反应都没有呢？

达瓦看着一脸茫然的向弯，露出招牌式的微笑，他笑起来真的好可爱，明亮的眼睛清澈得像天上的月亮，他说："在上一个轮回里，你或许真的生在西藏呢。"这句话讲得好清楚。向弯没有办法回避这个笑容，她看着他的眼睛，也不好意思地笑了。

出发去日喀则已经是两天后了。日喀则平均海拔 4300 米以上，比拉萨海拔高，空气更为稀薄，日照强，风沙大，只能等江婉红的低烧彻底好了以后大家才敢动身。目的地是日喀则定日县，位于日喀则南部和尼泊尔交界，从拉萨到日喀则开车最快也要六个小时，组织方专门找来一位驾车经验丰富的藏族司机，达瓦担任全程陪同和翻译，小董负责联络和安排。一路上，车里欢歌笑语，藏族司机轮换给大家放印度歌、尼泊尔歌。江婉红又恢复了活力，好奇地跟达瓦问这问那，就好像达瓦是十万个为什么似的：西藏为什么叫西藏？藏族人去平原会不会也像她一样有"平原反应"？糌粑是什么做的？陆政拿照相机一路拍摄，窗外的景色实在太美了，一条笔直的公路延伸至天际线，湛蓝的天空点缀着朵朵白云，广袤无垠的草原上牦牛在悠闲地吃草，牧民们扎好的帐篷星星点点……这是去"人间天堂"的路吗？所有人都为西藏神奇瑰丽的自然风光所惊叹，陈霆也拿着手机在自顾自地拍摄，快门咔嚓咔嚓，忙得不亦乐乎。只有向弯比较沉闷，她觉得身上越来越冷，哆嗦了一下，把衣领裹了裹，身子蜷得更紧了。

　　"给你，把冲锋衣穿上吧。"小董把自己的冲锋衣递了过来，"在西藏天气变化很快，昼夜温差大，在一天之中，你会体会到春夏秋冬四个季节，所以我们平时出门随时都备着一件冲锋衣。"向弯没有拒绝，她这次出差，恰巧忘了带冲锋衣，只带了几套春秋运动装，没有肖劲的提醒，她依然这么马大哈。向弯从前以为，海拔越高离太阳越近就越温暖，事实上，越往日喀则走，向弯觉得越冷，她心里的这个疑问并没有问出来，叽叽喳喳的江婉红刚巧和她想到一块去了："达瓦大哥，不是海拔越高，离太阳越近越温暖吗？怎么越来越冷呢？"

　　达瓦用不流畅的普通话解释，双手比画着："大气层，厚衣服，罩高原，像这样，"双手围起来做了个罩子的形状，"越高越罩不住，就冷。"小董笑着补充："达瓦的意思是大气层就像一个巨大的羽绒服将这里包裹起来，以此保暖抵御外界的寒冷，但海拔越高，羽绒服就越锁不住温暖，气温就越低。这也是为什么你们在飞机上俯瞰，看见下面群山一片，但只有山顶上才白雪皑皑的原因了，因为山顶海拔很高，气温往往零下几十摄氏度，当然终年积雪了。"

小董一席话，众人顿时对西藏又多了几分敬畏，感叹大自然的神奇。

车行驶到日喀则定日县边界，离目的地定日县贡嘎镇东西完小只有不到5公里的距离。恰巧这所小学就坐落在珠穆朗玛峰脚下，珠穆朗玛峰竟然近在咫尺，不知是冥冥中注定还是造化弄人，为什么向弯的西藏之行总是和肖劲的期望如此接近呢？车经过一个垭口，景色很美，五彩经幡高高飘扬，垭口上写着"珠峰境内，日喀则定日县"。达瓦示意车停下来，指着远处云朵里的一座雄伟雪山说："那里就是珠峰，我们在这里停一会儿，大家下车照相吧。"

众人从车上下来，江婉红像小鹿似的，奔着珠峰的方向去了，自拍、摆造型、合影留念，席地而卧，以珠穆朗玛峰为背景一阵狂拍。陈霆朝车上喊过去："向弯，你下来啊，景色很漂亮啊！"只有向弯没有下车，头倚靠在窗户上，望着远处清晰可见的珠穆朗玛峰出神。

不是向弯不愿意下车，而是她不敢下车，当她看到珠峰的那一刻，她的泪水就夺眶而出。她只能躲起来，不让众人注意到她的情绪变化，从她到拉萨的那一刻起，对肖劲的思念就像蛇一样在她的身体里慢慢爬行，吞噬着她的全身，"我们去珠穆朗玛峰，你会像我一样爱上西藏，我们去西藏度蜜月！"肖劲的话语始终萦绕耳畔。随着肖劲期望的地方一个一个接近，向弯对他的思念就一点一点加深，以至于她觉得此刻她是如此孤单，如此凄凉，尽管车外是欢声笑语，但，热闹是他们的，她的世界与他们无关。

"你怎么不下车呢？"一个温柔的声音传过来。

向弯神情恍惚地回头一看，泪眼婆娑好像看到了肖劲，可是那口音分明又不是肖劲，她使劲眨下眼，看真切了，站在眼前的是达瓦。

"你为什么哭了？"达瓦的眼神像月光一样温柔，里面满是问号。

"哦，没有，是太激动了，看到了传说中的珠穆朗玛。"

"不是，是你有心事。"

"嗯？"

"我们藏族人大口吃肉大口喝酒，男的豪迈，女的潇洒，不像你们，你们想太多，想复杂。"达瓦说话变得流利了。

向弯慌忙擦干了脸上的泪水，挤出一个尴尬的笑容："你说得对。"

达瓦不容分说拽着她的手往车下拉。江婉红朝她喊："向弯你过来啊，看珠峰的景色多美！"

车停靠在垭口边，垭口站着几个藏族小男孩，每人手拿一沓印着经文的五彩纸。达瓦对向弯说："你买一点吧，你想好多，你想的那些天知道，让老天帮你念念经。"

向弯照着做了，买了一大沓，抛撒向天空，五彩纸纷纷扬扬四处飘散，散落在向弯仰望天空的脸上："老天，请体恤我的心情，帮我捎去对肖劲的思念吧，也请你体恤肖劲，让他在天上一切安好，我不过是在尘世徘徊，等待下一个轮回与他相见。"

那双像月亮一样清澈的眼睛正静静地看着她。

命中注定

定日县贡嘎镇比想象的还要贫瘠落后，恶劣的环境和艰苦的条件让这些从平原上来的人都惊骇到了。车越靠近东西完小，越显示出大自然的威力，满眼一片洪荒，广阔的、黄色的土地延伸到天际，一如月球表面一般毫无生机。没有一座高楼，没有一棵大树，路上没有人烟，眼前飞驰而过的全都是低矮的泥土房，大风无休无止，黄沙遮天蔽日。向弯一度感到一种撕裂感。然而，小董说："在这里，你们才会见到真正原始朴素的藏民，看到他们真实的生活。"

东西完小的米玛次仁老师已经站在学校门口等候多时了，这么大的风，又睁不开眼，都不知道进去等电话，老老实实地在那儿候着，拿衣袖捂着脸。黄昏不到，天就快黑了，远远看到米玛次仁的身影，达瓦用藏语大喊："进去啊，是我们，车要开进去。"声音飘得老远，徒劳的叫喊，米玛次仁也听不见。

车到了门口，达瓦赶忙下车和米玛次仁说了几句，米玛次仁就转身跑进去开门，车开进学校操场停下来，下午5点，天就已经快要全黑了，操场上看不见一个孩子。

"就是这个地方啊！"一下车，江婉红就撇撇嘴，也许这里的环境和拉萨比差距实在太大了，她一时难以接受，第一句话就问："今晚我们住哪儿啊？这儿一看就不像有酒店的样子。"

达瓦和米玛次仁低头交流着，没人回答江婉红的话。陆政、陈霆和向弯拎包下车，和米玛次仁老师打招呼，这才看清米玛次仁是一位 30 岁出头的男老师，其实，他既是这里的老师，也是这里的校长，讲一口流利的普通话："欢迎各位记者，我们这里的孩子太需要帮助了，我替他们先谢谢你们。"眼神里全是诚恳和朴实。

环顾四周，隐隐约约的学校概貌映入眼底。学校不大，一个光秃秃的操场加两排民房就是全部设施。那些民房里几个孩子探头探脑，他们听到动静后好奇地出来张望，怯生生的小脸满是天真和可爱。"孩子们都已经下课了，他们都住校，晚上有自习。"米玛次仁老师介绍。

看来今晚是必住这儿无疑了，这学校前不着村，后不着店，出门就是黄沙漫天，漆黑一片，夜里这里的温度还会降到零下几摄氏度，不住这儿又能上哪儿去住呢？但，这儿又有什么地方可住呢？

"我算是明白了，我们到这儿是来体验高原生活了，天远地远跑这儿来吃苦的。"江婉红一声叹息，她心里是有落差的，她开始怀念拉萨。

"那不然呢？不然捐助怎么会到这里来呢？不住这儿，你想住哪儿，我们又不是来旅游的。"陆政回她一句。陆政是老记者，去过很多地方，他对江婉红的娇气有点瞧不上，虽然是组织方请媒体来报道，但组织方不是请媒体来玩。一看这里的条件，就知道孩子们有多苦，把报道做好才是正事。

达瓦和米玛次仁还在讨论晚上怎么住宿，江婉红上前拉拉达瓦的袖子说："达瓦大哥，这都赶路一天了，晚上我们在哪儿吃饭呢？"一脸的委屈。

米玛次仁见状笑笑说："去我家吧，你们都去我家吃，我老婆儿子都在家。"

"怎么好意思？"达瓦推辞。

"没关系，你们来帮助我们，理当考虑这些问题的，正好晚饭时我可以给大家讲讲学校的情况。我老婆也是学校的老师，这会儿也刚下班，我家还有些菜，不过，还没来得及做。"

"晚饭我们大家一起做吧，这样快一点，不然太耽误你们休息了。"向弯听到对话走过来，"我做饭很快的。"她朝米玛次仁眨眨眼。

"我给你打下手。"陈霆接过话。

"我也给你打下手。"陆政说。

"我们一起做吧。"小董也说。

江婉红小声嘟囔："我也看看我能帮上什么忙。"

米玛次仁的家就在那两排平房里的一间，面积不到 30 平方米，麻雀虽小却五脏俱全，布置得很温馨。倚墙的是一排藏式柜子，中间一个小木桌，还有一张环墙藏式沙发，上面放着被褥和坐垫，墙上挂着几张毛主席像。

穿着藏袍的米玛次仁的妻子热情地招呼他们，给每人倒上一碗酥油茶。酥油茶咸咸的、香香的，上面漂着一层油，除了向弯和达瓦喝得津津有味外，其余人都只是尝了一口便放下了。酥油茶对于藏民来讲，是日常不可缺少的食品。

米玛次仁家食材不多，就是一点青椒和猪肉，还是他上周末到镇上赶集买回来的存货。向弯打算先煮饭，小董和陈霆负责切青椒和肉丝，剩下的人去蓄水池打水。

达瓦一桶一桶把水提过来，让向弯淘米、洗菜。其实向弯是赶鸭子上架，她平常哪里自己做过饭，这会儿在这儿装大厨，指挥其他人配合。事实上，她是在达瓦的指导下，把米放入高压锅："高原，煮饭用高压锅。"达瓦说。这里海拔 4700 米，沸点只有 70 摄氏度，这么高的海拔，饭得加压才能煮熟。

一边煮饭，一边炒菜，胡乱放点盐和酱油，向弯不时问达瓦："你们能吃得惯我们川菜吗？"

达瓦笑："这里的四川人这么多，早就吃习惯了。"

只有一个菜上桌，每人碗里的米饭却是扎扎实实盛满了，米玛次仁的妻子还给每人分了一点糌粑。

"我们这里什么都缺，但最缺的是孩子过冬的衣物。"米玛次仁说到主题，"冬天这里的温度零下十多摄氏度，天寒地冻，孩子们缺医少药，别说高原病了，就算是有个头疼脑热也没地方看，只能去镇里的卫生所看病。真要问我缺什么，那缺得太多了，还缺一个卫生所，缺医生。"他一脸苦恼，"当然，还有很多缺的，还缺水塔，缺水龙头，这里用水困难，天天看到孩子们生活的困境，我就发愁。"

作为捐赠企业的代表，小董这次是有备而来的："米玛次仁老师，我们这次带了一些过冬的衣物和一些常备药过来，明天就拿给你。"

"太好了！"米玛次仁高兴得差点跳起来，"你们真是帮了孩子们大忙了！"

"当然，你面临的其他问题，只有等这些媒体记者的报道发表后，引起社会关注，也许能解决。"

众人点点头。

夜深了，温度很快降到 0 摄氏度，每个人都感到明显的寒冷。学校有间教室改造的会议室，里面有一排座椅，今晚，大家只能睡那儿了。米玛次仁把家里能盖的被褥、床单全部拿出来，七个人，盖的东西不够，每个人必须把随身衣物搭在身上，还好，大多数人都带了睡袋，夜里温度会下降到零下 5 摄氏度，真会把人冻得够呛啊。

一天的赶路和忙碌换来了一身疲惫，每个人都很快沉沉地睡去。向弯斜躺在座椅上，拉了拉身上搭着的衣裳，真的好冷。眼前一片漆黑，屋外没有路灯，只有风声肆意号叫。她摩挲着口袋里肖劲送给她的幸运石，手心越来越暖和。自从肖劲去世后，向弯就一直随身带着这个"定情信物"，想肖劲的时候摸一摸，看一看，就不那么揪心了。眼前的黑让她的眼皮慢慢耷拉下来，然后，恍恍惚惚间，那个做过好多次的梦又来了——

好盛大的婚礼，她穿着白色的婚纱站在草坪上，一袭长裙拖地，亲戚朋友们笑吟吟地看着她，簇拥着她。李敬和菲菲穿着玫瑰红的伴娘服站在旁边帮着招呼来客，同事们都来了，郑总也来了："恭喜啊，恭喜，你今天好漂亮！"赞美声不绝于耳。

主席台上，肖劲一身白色的新郎服笔挺地站着，含情脉脉地望着她。肖劲本来身材就高大魁梧，穿西服简直帅得炸天，还有那招牌式的阳光般的笑容，真是天生一对，羡杀旁人。

向弯挽着父亲的手，缓缓向肖劲走去，她无比激动，又无比感慨，出嫁的喜悦充盈内心，她幸福得快要哭了。走吧，走吧，走过去就是依靠，就是肖劲温暖的双手，她的父亲已经准备好了把她托付给肖劲，空气里弥漫着幸福的味道，鸟儿在叫，花儿在笑，心儿在舞蹈。

就要走近了，她一眨不眨地盯着肖劲，四目相对，爱情的火花在跳跃。肖劲把手伸过来，她也把手递过去，就要拉着肖劲的手了，马上要拉着了，可是，突然，她不敢相信自己的眼睛，就在要拉着手的那一瞬间，肖劲凭空从她眼前消失了，像幻影一样一点一点地消失，他脸上还挂着笑，眼神里还透着期盼，可是，就那么凭空消失了，不见了！向弯站在那儿四处张望，"肖劲！肖劲！"她一阵狂喊，然而，更恐怖的一幕发生了。

她周围的人都在倒退，悬挂在空中倒退，爸爸对她挥挥手，妈妈也跟她挥手，每个人脸上都还挂着微笑，她能感觉到他们的爱，却抓不住他们，他们每个人都像旁观者一样远远地看着她。她站在空旷的大草坪上，内心陷入无限的恐惧，她对着空气大喊："肖劲！肖劲！"没有人回应。亲朋好友都走了，退得越来越远，脸也越来越模糊，爸爸妈妈不要走啊！李敬不要走啊！不要！不要！明明已经声嘶力竭了，他们却像没听见似的，仍在倒退，向她挥手道别。

她陷入了巨大的空，无边无际的空，只剩下她一个人。

一身冷汗，向弯从噩梦中惊醒。

醒来的世界也是一片漆黑，迷迷糊糊中看到斜上角躺着的那个身影，怎么那样熟悉，那个宽厚的背影，那个健壮的身躯，是肖劲吗？是肖劲回来了，把他唤回来了？待眼睛适应光线后才发现，那似曾相识的身影是达瓦，那个藏族男孩，好失望！那么，她的肖劲是不会回来了，他凭空消失了，明明上一秒还好好爱着，下一秒怎么就不见了？那个梦是真实的，梦里梦外都是这么残酷！彻骨的疼痛，揪心的思念又来袭击向弯的身体，好吧，就让这些疼痛来得更猛烈些吧，只有疼痛才能提醒自己还真实地活着，活在拥有肖劲的回忆里。

泪水模糊了双眼，一颗一颗滑落脸庞。她怕自己的啜泣声影响其他人睡眠，起身走出教室，身上披着一件单薄的外衣，就那么站在屋外。天寒地冻，夜空里没有一颗星星，只有无休无止的大风，被冷风一吹，向弯越发清醒了，哆嗦着，任泪水肆意奔流。

向弯被人猛烈摇醒的时候是第二天早上，头疼得厉害，微微睁开眼看到的是达瓦焦急的脸："阿佳，你发烧了，老天！该不会是感冒吧？"

听到"感冒"这两个字，所有人都不寒而栗，高原上一旦感冒，极有可能引发肺水肿，而肺水肿是极其恐怖的一种高原病，死亡率极高。向弯不是没有可能患上肺水肿，长时间的疲劳跋涉加上昨晚上的风寒，感冒引发肺水肿的可能性极大，现在关键就看向弯自身的感受。

"你说说话，感觉什么样？听到什么声音吗？"达瓦焦急地问她，心快提到嗓子眼了。

"我感觉……等等，怎么会这样？"向弯嗓子发出声音时，耳朵里始终能听到连续的、响亮的水泡音，就像淹没在自己的液体中，呼吸是通过自身的液体一样。更要命的是，棉花糖似的白泡沫从向弯嘴漫溢出来。

向弯傻眼了，周围的人都傻眼了，小董更是吓得脸刷白："完了完了，怎么办啊？"陈霆意识到事态的严重性，问小董："什么意思啊，什么完了？赶紧送医院啊！"

小董哭出了声："来不及了，向弯得了肺水肿，这里的医院没有能力医治，只能去拉萨的医院，但开车回拉萨至少六个小时，她已经没有走出高原获救的时间了，不出一小时她就要……她就要……"小董哭得更厉害了，转向达瓦请求道："达瓦？快救救她，你说怎么办？怎么办啊？"

达瓦额头沁出一层汗水，向弯口里的白沫越漫越多，她已经意识不清，耳朵里的水泡音越来越重。只见达瓦跟米玛次仁说了几句藏语，像是在问他什么问题，然后，他二话不说，把向弯抱在怀里，往车的方向走去，他回头对大家说了一句："只有试一试了。"然后把向弯放倒在后座上，一踩油门，如离弦的箭一般冲了出去。

众人一脸茫然。

这时，米玛次仁才说："他去寻找那个传说中的大峡谷了。"

第三十九章

高原大裂缝

原来，达瓦两年前曾来过这里，知道这里以北的几十公里外有一条罕见的高原大裂缝。医学上有这样的定论，如果能把肺水肿病人快速送到海拔 2400 米以下，在半小时到两小时以内，肺水肿症状就会得到快速缓解甚至不治而愈。

2400 米以下的海拔？小董刚才说错了，即便是快马加鞭回到拉萨，也不可能治愈肺水肿，因为拉萨的海拔在 3000 米以上，更何况拉萨距离这里有六小时车程，奇迹会发生吗？那个传说中的高原大裂缝会被找到吗？

达瓦握紧方向盘，在他的记忆中努力搜索，毕竟是两年前的经历，时间不允许他走错路，刚才米玛次仁证实了他的想法，给了他一点方向上的指引，但米玛次仁也只是听人提到过此地，他本人并未去过。

向弯在后座上随车颠簸，她偶尔微睁开眼，看到达瓦的背影，她已分不清那背影究竟是肖劲还是达瓦。那熟悉的握方向盘的姿势，那宽厚的肩膀，让她舍不得闭上双眼，她竟轻声叫出了声："肖劲……"口里的白沫跟着声音再次漫溢出来，双眼重重合上。

如蚊子一般叫唤的声音，达瓦根本听不见，他忙于找路，偶尔回头看一眼，朝向弯喊："阿佳，阿佳，不要睡着了！听我说，不要睡着了！"

颠簸，水泡音，肖劲，向弯的意识在这三者中徘徊，直至昏迷过去。不知过了多久，向弯感觉汽车停住了。她被达瓦背在背上，从偶尔的颠簸中恢复知觉，迷迷糊糊中看到一双男人的脚和脚下变换的石块，耳边断断续续传来达瓦的声音："阿佳，不要睡着！不要睡着！"

她听从达瓦的话，努力睁开眼，维持意识清醒支撑着。有时，她能感觉到达瓦把她放在地上，而他自己在重重地喘气，然后她又被他背在背上，步子却不如先前迈得开了。

慢慢地，向弯感觉自己肺里的氧气在增加，每走一会儿，她难受的症状就缓解几分，无比舒服和清新的感觉在加大。她开始大口吸气，脑子在恢复知觉，她睁开眼看到四周群山环绕，天空在头顶变成一线天，直到她被达瓦重重地放倒在地上，她感到浑身都轻松了。

终于，她长长地吁了口气，眼睛开始适应周围的光线。达瓦带着一脸的疲惫正笑眯眯地看着她，额头上渗出一层厚厚的汗珠，那双明亮透彻的眼睛好似闪着光，黑眼珠里映着向弯的倒影。

"阿佳，你好些了吗？"达瓦递过来一瓶矿泉水，还好到日喀则时，大家备的路上的干粮还留在车里，达瓦拿了一瓶水和一个糌粑。

"是你救了我。"向弯慢慢吐出一句话。

她试图坐起来，达瓦示意她不要动："不可以，阿佳，多休息。"

事实上，向弯也坐不起来，身体瘫软得像一团泥，嘴里干涩难耐，胸口也还有些发闷，还有头疼得厉害。症状虽然得到缓解，但依然病得不轻。

喝下一大口达瓦递过来的水，向弯好受了许多，她这才顾得上环顾四周。没想到眼前这个峡谷，四周绿树成荫，郁郁葱葱，她躺在一片绿油油的草地上，不知名的小花开遍周围山野，空气里弥漫着清新的味道，感觉不到彻骨的寒冷，阵阵微风拂面，无限温柔。

"这是哪儿？"向弯好奇地问。

"是个神奇的地方，这里的海拔不到 2400 米，比林芝海拔还低。"

"你的意思是这里的低海拔救了我？"

"是的，你应该很快就会好起来。"

"达瓦，谢谢。"

向弯的眼里噙着泪，为什么连这样的场景都如此相似？为什么是达瓦救了她？记忆里，总是肖劲在她危险的时候挺身而出，那个失足滑下山坡的夜晚，是肖劲滚下山救了她；那个钢筋滑落千钧一发的时刻，是肖劲舍命相救。若不是肖劲，她早已不在人世。人世，究竟是什么样的人世？是要她带着一辈子遗憾和悔恨，孑然一身走下去的人世，还是让她永远感觉愧对他人而抬不起头的人世？若是这样，那这样的人世还是不要罢了！可是，为什么偏偏又是在危在旦夕的时候有人相救呢？而这个人偏偏又如此像肖劲，是肖劲舍不得她又回来了吗？命运啊，你究竟想要对她安排什么？是可怜向弯的苦才让达瓦出现的吗？

"唉——"向弯一声长长的叹息，闭上双眼，泪水顺着眼角大颗大颗地滑落。

达瓦一阵错愕："阿佳，是我说错了什么？"

向弯哭出了声。

达瓦显得更加窘迫，手足无措："阿佳不要哭，哭对身体不好，你需要休息。"

向弯哭得难以抑制，半晌才哽咽着说："不是你说错什么，是我自己的原因。"

"心事？"

向弯点点头。

"阿佳不要想太多。"达瓦从口袋里拿出一个糌粑，"饿不饿，吃点？"

向弯摆摆手，好累，好疲倦，没有一点食欲。

"阿佳，我们的车停在几公里外，我背你走下来，没带多吃的，身上只有这个糌粑，饿了没别的吃的，晚上这里会降温，你身上的衣服不够。"达瓦一边说，一边把身上的外套脱下来，给向弯盖在身上。他没有一丝迟疑和腼腆，反倒是向弯，心里涌入一股暖流，脸也开始发烫，想说"不用了"，身体却没有明显拒绝的姿态，极度的虚弱和疲惫让她需要温暖。

"我得回车里拿点东西，可是……"达瓦犹疑地看着她，他知道，他这一走，来回至少需要一小时，把向弯一个人扔在这儿，他心里不免担心。他伸手去摸摸她的额头，还在发着低烧，现在医治她肺水肿的唯一办法就是乖乖地待在低海拔地方别动。但是，他如果不回车里拿东西，吃的喝的穿的都不够，夜里，这里的温度还会下降10摄氏度左右，这对向弯的身体是个考验。

向弯仿佛看出了达瓦的心思，她摆摆手说："放心去吧。"

达瓦环顾四周，方圆几里渺无人烟，不远处溪水潺潺，杂草长到一人高，除了水声，鸟声外，听不见别的任何动静，俨然一幅风光旖旎世外桃源图，应该不会有其他人。放心去吧，很快就回来。他心里这么想着，嘴上不忘叮嘱一句："阿佳，躺着别动，我很快回来。"

"我想动也动不了啊，去吧。"向弯再次摆摆手。达瓦这才转身大步流星朝前走，走远了不放心地又回头看看，然后继续前行。

回去的路全是上坡，生长在高原的人就是不一样，在高海拔地区爬山如履平地，加上身上没有任何负担，连爬带跑也不见气喘吁吁。

躺在草地上的向弯闭着眼睛，感受着微风徐徐、鸟语花香、潺潺流水，可是她无心欣赏如此美景，陷入昏昏沉沉的梦境。好多个支离破碎的场景袭来，熟悉的不熟悉的，在梦里跌跌撞撞，到最后那个梦又来了，或许是她潜意识在召唤那个梦。梦里还是那个大草坪，她穿着白色的婚纱焦急地四处张望，刚要开口大喊"肖劲"，背后揽过来一双手，环抱着她的腰，脸贴着她的背，"嘘——"那人发出一声口哨声，向弯笑了，这声音如此熟悉，如此温暖，向弯扭过头去娇嗔道："肖劲，你上哪儿去了？让我好找！"

"我去给你摘花去了啊。"肖劲把向弯的脸转过来，"看，漂亮吗？"

摊开的手心里有一朵紫色的喇叭花。

"来，我给你戴上。"

肖劲把喇叭花别在向弯耳朵上，深情地欣赏她："你好美，是世界上最美的姑娘！"

向弯把头深深地埋进肖劲的胸膛："答应我，别离开我，别消失，我不能没有你，好吗？"

可刚说完这句话，向弯发现她靠着的那个实实在在的胸膛突然又不见了，又凭空消失了，她六神无主，高声呼喊："肖劲——肖劲——"她焦急万分，四处寻找，慌慌张张中，感到额头一阵冰凉，透心凉。她打了个哆嗦，迷迷糊糊睁开眼，模糊中，达瓦的脸逐渐清晰，还是那双熟悉的眼睛，关切的眼神，向弯分不清了，这双眼睛不就是她日思夜想的眼睛吗？

"别再离开我，好吗？"她情不自禁伸出手，抚摸达瓦的脸，"我不能没有你，肖劲……"一行泪珠潸然而下。

达瓦的眼神是错愕的，他不清楚向弯到底怎么了，但听到她嘴里喃喃念着另外一个名字，心里也明白了几分。他没有明显抗拒，任向弯抚摸着他的脸，他也伸出手擦拭向弯脸上的泪痕，直到向弯突然清醒过来，明白自己认错了人，才一脸慌张和尴尬地说："达瓦，对不起，我认错人了。"

达瓦仍旧微笑地看着她，淡淡地说："这下好了，有毛巾，你的烧会退得快些。"

向弯摸摸自己的额头，才发现已经敷上了一条冰冷的毛巾，难怪一阵冰凉的感觉。"哪来的？"向弯问。

"我回去拿了毛巾来，去小溪取了水。"达瓦指着远方，"就是那边的水，好清凉，很舒服的，你快快好起来，我带你去踩水玩。"达瓦笑起来，又指着旁边的一个包，"我把车里能拿的都拿了，吃的喝的盖的，阿佳，你放心，有我在，你会很快好起来。"达瓦一笑，嘴里露出一排整齐洁白的牙齿。

向弯终于露出微笑，心里涌上一股暖流。她静静地闭上眼睛，突然感觉周围的一切都美好起来，心情也好转起来。又躺了好一阵子，向弯试图坐起来，说："我口渴了，肚子也有点饿了。"

达瓦拿出一瓶矿泉水和一块面包，把瓶盖拧开递给她，又摸摸她的额头，说："阿佳，你的烧退了。"

向弯一边喝水一边啃面包，有了点精神后，她终于开始关注其他问题了："达瓦，你的名字'达瓦'这两个字什么意思啊？"

达瓦笑："达瓦是月亮的意思。"

"难怪，我怎么老觉得你的眼睛像月亮，原来你真是月亮。"

"我们藏族人很多都叫'达瓦'的，不止我一个，很多的。"

达瓦两眼放光地说起自己的家乡："我家在拉萨边上的一个镇上，风景好美，比这里还美，有树有花有水，可舒服了，我妈妈和姐姐住在那儿，有机会，我带你去我的家乡吧，真的，可舒服了。"

达瓦用了两次"可舒服"，就像个孩子一样天真的表情，一脸的欢喜。

"你的普通话说得真好。"向弯竖起大拇指。

"我工作得早，我很多朋友都是汉族人，跟他们学的。"

夜幕慢慢降临，入夜后的山谷极速转凉，温度陡然降了十来摄氏度，寒风袭来，达瓦把能拿过来的衣服都给向弯盖上。其实也没几件，一件外套，一件 T 恤，一条裤子，都是达瓦这次出来协助采访前临时准备的。向弯裹着这几件衣服睡着了。达瓦知道，夜里温度还会再降，这点衣服是不足以支撑两个人的温暖的。他也担心向弯的感冒刚有好转，若是再着凉可就麻烦大了，怎么办，达瓦想了又想，前前后后思忖再三，也只有这样了……

等向弯睡着后，达瓦悄悄搂着她，把向弯的头轻轻放在自己温暖的胸膛上，第一次，他这么放肆地、毫无顾忌地抱着一个姑娘，两个身体都温暖了，两颗心也温暖了。"求佛祖宽恕，原谅我的行为吧。"他心里默念着，"希望今晚能平安度过,明天她就好起来吧！"向弯柔软的身体靠在他身上，均匀地呼吸，睡得很香很甜。

天亮了，向弯睁开眼，一抬头就看见达瓦的脸，才发现自己睡在他的臂弯里。

向弯一惊，把达瓦也惊醒了。达瓦一声喊叫，痛苦地把手臂慢慢抬起来，惨了惨了，抬不起来,又是一声响亮的叫声,达瓦脸上的表情万般难受，这一宿他的手臂一直保持这个姿势，动也不敢动，就怕惊醒了向弯，手臂早就麻木了，突然动一下，这滋味，真是彻骨地疼啊！

向弯也不敢碰他的手，等他慢慢恢复。他不好意思看向弯，眼神躲躲闪闪，心里七上八下，也不开口讲话。向弯也觉得不好意思，两人静默了老半天，尴尬得一塌糊涂。

等达瓦缓过劲来，想伸手去摸向弯的额头，看看她今天反复发烧没，可他犹豫着，不敢伸出手去，在昨天之前，他可不是这样，怎么现在变得缩手缩脚？心里的关心却止不住，刚想开口问她好点没，谁知向弯心里也这么想，也刚想问他的手好点没，于是乎，两人几乎同时问对方同样一句话："你好点了吗？"话语一出，两个人都笑了，尴尬的气氛荡然无存。向弯望着达瓦的脸，突然有种莫名的错觉——没错，他就是肖劲，是的，她的肖劲又回来了！

第
四
十
章

突如其来的消息

　　天知道这段时间向弯在峡谷里经历了什么！李敬只知道在关键的时刻，在最需要她的时候，向弯失联了，从地球上消失了！她的手机始终处于"您拨打的用户暂时无法接通"状态。

　　李敬十万火急想要告诉她的是：郑志强被撤职了！

　　三天前，一个阳光明媚的下午，在《百姓连连看》办公室里，郑志强正在给几名业务骨干开策划会，大家谈得热火朝天。郑总让李敬下周拿出详细的节目策划方案，着手引进杭州电视台的《中锋时间》栏目，强调"要创新，融入成都特色"，也要求李敬"试镜做主持人"。

　　郑总的想法一出，众人哗然，胖子周讪讪地看着李敬："哟，真看不出来你是主持人啊！"

　　"将来红了可别忘了我们啊！"

　　海归没说话，对李敬一脸的崇拜和爱慕。

　　李敬弱弱地问郑总："您就这么放心让我主持？不怕观众都跑了吗？"

　　大家哄笑一团。

　　郑总也笑了，说："委你以重任，你就拿出百分百的努力。"

李敬吐吐舌头。郑总又说："今天晚上,我请大家聚聚餐,也给大家鼓鼓劲。"

郑总正说着,电话响了,他接起来,听着听着,脸上原本轻松的表情突然消失了,再听一会儿,眉头紧蹙,表情凝重,握着电话走到旁边去,一边走一边问:"组织上不征求我本人意见,就这么定了?"

大家面面相觑,不知道郑总在讲什么。半个多小时后郑总接完电话回来,脸色变得很难看,给大家丢下一句:"今天的讨论暂时先放一放,今晚的聚餐改天吧。"然后就回他办公室了。

大家一哄而散,也没太多想,回自己的岗位该干吗干吗。

第二天,郑总把自己关在办公室里不出来,上午 10 点,本来之前就安排的是部门例会,王晓凤来请示,郑总也挥挥手,说:"取消吧。"王晓凤心里纳闷儿,通知下去,大家都觉得奇怪,之前郑总不是说有重要的部署要宣布吗?到了中午吃饭时间,郑总还是不出来,李敬偷偷地到他办公室门口去瞧了瞧,门里一片烟雾缭绕,烟灰缸里堆满烟头,郑总正在接着抽。

李敬隐隐有种不祥的预感,她轻轻敲了敲门,郑总好像也听不见,她站在门口关心地问:"郑总,吃饭吗?"

"不吃了。"里面的声音听起来很疲惫。

"要不要给您带点吃的?"

"不用管我了,你去吃吧。"

李敬只好默默离开,但她想着还是去给他买个盒饭。

自从昨天接到那通电话,郑总的心里一直有一种彻骨的悲凉,他不想让大家看出来。那个电话是当初提拔他的老台长打来的:"小郑啊,有人说你即将被调走,去文化交流部门当处长,我也知道职务上看着是升了,实际是明升暗降。你是我提拔起来的,我很关心你的前途啊!"

郑志强大吃一惊,消息犹如当头一棒,他知道老台长不可能说假话:

"组织上不征求我本人意见，就这么定了？"

"我也问了，这是什么原因啊？人家委婉地告知，你为新闻改革做了不少努力，但现在这个格局太乱了，上级部门调你走也是让你避避风头。还是那句老话，树大招风，枪打出头鸟，小郑，太优秀的人总是遭人妒忌，这事让你受委屈了。"

郑总明白了，心里憋屈得很。

"我也问了，还有没有回旋的余地，答复是'已经是板上钉钉的事实'，会直接通知你的，调令会很快下发，小郑啊，事到如今，你要调整心态积极面对啊。"

老台长后面说的一大堆话郑志强好像听不清，耳朵里嗡嗡作响，悲凉的心情，彻骨的疼痛，嘴巴只是机械性地应着："好好好，请领导放心，我会调整心态。"

老台长的电话挂断，郑志强回头，视线刚巧落在放在办公桌上的两张照片上，一张是《百姓连连看》刚开播的时候，他和全体采编人员的合影，大家簇拥着他，每个人都笑得阳光灿烂；还有一张是他当兵时候的照片，迷彩服兵哥哥形象，训练的时候刚从泥沼地里爬起来，一身污泥，一脸倔强。这两张照片每天陪伴着他，是他精神的栖息地，想着自己这么久以来的付出和努力，过去的辉煌，今天的落寞，他心如刀割，"物是人非事事休，欲语泪先流"，慢慢地，他眼中的照片变得模糊了，泪水濡湿了眼眶。

四天后，调令下来了，最早看到这个文件的是王晓凤，拿着红头文件时，她脑子轰的一声响，他奶奶个熊，有没有搞错？她瞪大眼睛仔细看了看，大大的"调令"两个字那么鲜艳刺眼，王晓凤颤抖着双手，把文件送到郑总桌上。

消息像瘟疫一样传得飞快，每个人都愁容满面，好似天都塌了。郑总是栏目的主心骨，大家的依靠，成都民生新闻改革的领军人物，超级英雄，江湖上扛大旗的，怎么能走呢？这不是滑天下之大稽嘛！大家难以接受，顿觉未来一片渺茫，前途未卜。

看到调令的那一刻，郑总自嘲地冷笑一声，悲凉的感觉再次油然而生，他不得不面对，藏不住了，总得给大家一个交代。在他眼里，这一张张充满朝气的面孔都是他的兄弟姊妹，他多么想和大家一起，往前冲，去创造一个又一个奇迹，他还有抱负，还有新闻理想，还有创业精神，可是，现在这些已经没有任何意义了……

今后他郑志强是罩不住大家了，但不能因为他的中途退场而解散，还是得给年轻人加油鼓劲。他收拾心情，理了理衣服，让王晓凤召集大家开会。

大家往那儿一坐，个个脸上表情木讷。郑志强叹了一口气，说："我对不住大家，要当'逃兵'了。"

大家的心顿时凉了一大截。

"记得我招聘你们时问过你们一个问题：'为什么要做记者？'你们每个人说法不一，都带着兴奋、好奇和憧憬。现在你们每个人干记者也这么长时间了，究竟记者这个职业是什么，应该有自己的体会。

"当你们顶着烈日，忍着胃痛，站在路边吃盒饭，熬更守夜做新闻的时候，可能你们每个人都会对这份'非人'的职业产生犹疑，现实和你们当初的憧憬差距太大。即使今天记者已经多如牛毛，满大街都能抓一把的时候，我依然想说，记者是这个社会值得尊敬的职业，因为你们是社会正义的守望者。记者是真相的捍卫者，也是时代的记录者和见证者。记者就是让这个社会变得更加美好的守护者，这是属于这份职业的荣耀。"

一双双眼睛充满疑惑。

"我要走了，请大家原谅，这并不是我的本意，是上级部门的安排，我必须服从。真的很抱歉，希望大家不要因为我个人的离开，影响你们对这份职业的热爱和梦想的追求。人生聚散本常事，有些事我也只能说到此，尽人事顺天意。

"感谢大家和我一起并肩作战这么长时间，我非常珍惜，和你们一起奋斗的日子也是我人生中最重要和最快乐的时光，你们都是我的兄弟姊妹，今后常联络，我会时刻关心大家的发展，欢迎将来找我帮忙，作为老大哥，我义不容辞。"

郑总给大家深深地鞠了一躬，没有人鼓掌，没有人说话，凝固的空气让人难过，女记者带着哭腔问："郑总，你走了我们大家怎么办？""谁来带领我们？"

郑总没有回答。

李敬终于站起来，抑制不住自己即将爆发的情绪，大声问："你就这样舍得下我们？你看看大家，看看这里每一个人，看看那些脸，看看我们的眼神，你觉得你舍得吗？"

郑总无言以对，双眼噙满泪水。

晚上下班后，李敬偷偷去郑总家门口等着，这个消息对她来说太突然了，从理智上、情感上她都无法接受，我们说好的未来呢？说好的一起呢？不不不，绝不能接受！

华灯初上，李敬的影子被拖得老长，她站在路边，望着楼道门口，呆呆地出神。

郑志强的身影终于出现在视线中，她突然觉得那个她一直崇拜的身影，现在看起来好落寞，竟有几分不认识的感觉。等郑志强慢慢走近，她看着他的脸，迎着他目光的时候，准备好的千言万语竟一句话也讲不出。

"你怎么来了？"郑志强看她的眼神是温柔的。

"我……"李敬低下头，话到嘴边欲言又止。

"那，我们走走吧。"

两个人并排走在一起，相对无语，夜晚空寂，路灯温暖。突然，郑总听到李敬的啜泣声。

郑总转过头来，看着她，微笑着说："不就是调离岗位吗，我又不是死了，你这是在哭丧呢？"

李敬却哭得越来越厉害，肩膀耸动起来，带着几分歇斯底里的语气说："他们凭什么啊！郑总，这世上如你一样的英雄有几个？你是民生新闻的灵魂人物，他们凭什么这样对你！"

"我都想通了，你还没想通，怎么，想替我打抱不平？"

"郑总，我是你招进来的，我进来的时候根本不打算干多久，不是因为你，我早就不干记者了。你是我心中的英雄，你鼓励我们，指明方向，还委我以重任，可惜没有以后了。我想不通，你做了那么多创新和改革，他们怎么能这样对你。"

郑总停下脚步，摸摸她的头，慈父般的口吻："我不是英雄，即使我是英雄，英雄也有迟暮的时候啊。你还年轻，还有更广阔的明天，你看，就好像天上的星星。"

李敬抬起头，漆黑的夜空散落着几颗若隐若现的星星。

"寥寥的几颗星星，即使我是其中最亮的那颗，也照不亮整个夜空啊。"

多么有哲理的一句话，"即使我是其中最亮的那颗，也照不亮整个夜空啊"。

李敬的泪水顺着脸颊滑落，她想好的话已到嘴边，如果不说，也许这辈子就再也没机会了，她终于鼓起勇气，呜咽着说："我爱你，郑总，我等你好吗？"

郑总被李敬的表白着实惊了一跳，他沉默良久，说："李敬，在这个特殊的时候，我不会把你的话当真的，在我眼里，你是个孩子。更何况，我的心里一直住着一个人。"

"是嫂子吗？抱歉，我听说过，她不在了。"

"她一直在我的心里。"

郑志强把李敬送上回家的车，车启动的一刹那，李敬躲在后排座上哭得稀里哗啦。

第四十一章

只为途中与你相见

　　达瓦和向弯商量，今天决计不可再待在峡谷了，向弯大病初愈还没恢复元气，嚼几口冰冷的干粮不是长久之计，达瓦想带她出去吃点暖胃的食物，哪怕是一碗甜茶。走回去取车的路上，达瓦怕她摔着，要牵着她的手，向弯就让她牵着，达瓦要背她，她就让他背着，上车时，达瓦要抱她上车，她就让他抱着。她从来没有这么顺从过，她心里有个声音一直在重复："他是肖劲的化身，是肖劲存在于他的身体。"她经常从身后偷偷盯着他看，脑子里闪过《人鬼情未了》的电影，逝去爱人的灵魂不散，陪伴着女主角。想着想着，向弯甚至突然冲动得想抱住他，深深地吻他，看看是不是她日思夜想，渴望已久的那双唇。

　　车颠簸在铺满碎石的公路上，笔直的路一直延伸到天边，开阔的天空，无边无际的草原，艳阳、白云、牛羊、牧民，宛若天堂。向弯不知道达瓦要开向哪里，她也不想问，随他开向哪里吧，她都愿意跟着，只要是跟着"肖劲"，她就心满意足，管他什么采访，管他什么新闻，就让她放肆一回，随他浪迹天涯吧！

　　事实上，达瓦在往镇上开，因为只有在镇上才能找得到吃的，一个来小时后，达瓦把车停靠在路边："阿佳，到了，跟我下车。"达瓦跳下车，伸出手把向弯从车上抱下来，等站定了，向弯才看清楚这是一家饭店，周围稀稀落落地散落着一些民房，应该到镇上了。达瓦拉着向弯走进去，点了两碗甜茶和面。

甜茶真香，一口下肚，向弯感觉自己的味蕾都在舞蹈，她爱死这种甜茶的味道了，五脏六腑无比满足："我好喜欢你们的甜茶，比我们的奶茶好喝多了。"

又是大大的一口。

"面也好吃，你试试。"达瓦把面推到向弯面前。

果然，又是相当美味。

好久没这么狼吞虎咽过，一点辣辣的味道，向弯的身心瞬间变得暖和起来，人也开始能量满满。

"阿佳，你的脸色好多了。"达瓦还是那招牌式的微笑，眼睛清澈而闪亮，"现在想去哪里？想回学校采访吗？还是想到处看看？"

"不想回去采访，带我去转转吧，随便哪里都成。"

"这附近有座寺庙。"

午后高原的阳光透亮而刺眼，达瓦把车开到最近的山脚下，牵着向弯的手慢慢悠悠绕过山脚，在一片高大的树林尽头，走过一条弯弯曲曲的碎石路，来到不远处的小山坡下。小山坡土黄而灰暗，但山坡上一块巨大的岩石从土黄色中明显跳脱出来，即使在明亮的阳光下也散发出幽静的白色。身边陆陆续续出现的一些藏族家庭，老老少少，八九个人，也搀扶着来到这里。

顺着达瓦手指的方向，向弯看到一同上来的几个藏族家庭，男男女女，老老少少，他们正将自己的头发割掉，把一缕缕头发放进一个凹坑里，有的把指甲剪断也放进去，口中念念有词，十分虔诚。

"他们这是干什么？"向弯问。

"这是一种奉献，就是佛祖讲的'布施'。给头发和指甲，是说自己愿意把身体的一部分奉献给众生。"

"是祈福的意思吗？"

"算是吧。"

看着达瓦的神情，再看看那些人虔诚的模样，向弯被深深震撼了。她突然萌生了一个想法，她用随身带的指甲刀剪了一绺头发，然后从口袋里摸出那块石头，那块肖劲珍藏的幸运石，她把头发和石块紧紧绑扎在一起，郑重地放进凹坑里，心里默念："让我给肖劲祈福吧，愿我们是永远'葬'在了一起。"阳光在头顶炙烤着，此时向弯的心却如此平静。

走进一片树林，达瓦突然问向弯："阿佳的心事是肖劲吗？"

向弯诧异地望着他："你怎么知道肖劲？"

"阿佳睡着了总是念他的名字，他是阿佳的丈夫吗？"

向弯停住脚步，坦然地说："他是我爱的人，本来打算结婚的，不过，他已经去世了。"向弯的声音弱了下去。

达瓦沉默片刻，又问："阿佳刚才放的石头是他的吗？"

"是的，是他一直放在身边的。"

"我们藏族人一生都走在轮回的路上，我们相信来生，阿佳刚才已经为他施舍和祈福，相信他一定会有一个美好的来生。"

向弯感激地望着达瓦，达瓦内心的善良、质朴和美好深深打动了她，而达瓦那双如月光般柔和的眼睛也瞬间抚平了她内心的伤痛，她动情地说："谢谢你，达瓦。"

达瓦伸出手来，向弯把手递给他，两人手拉着手继续往前走。

回到车里，达瓦正准备带向弯去附近的寺庙转转，手机却突然响起来，那边传来小董急迫而响亮的声音："终于打通了！达瓦，你们怎么样，向弯好了吗？一直给你俩打电话都打不通，急死我们所有人了！"

"没事了，小董，她已经好了。"

"那太好啦，真是太好啦！真是把我们差点吓死，我还以为连你也出事了，峡谷你找到啦？她全好啦？"

"对，找到了，全好了。"

那边的声音明显哽咽了，小董太激动了。有人一把抢过小董的电话，换了个男生的声音："达瓦，你们在哪儿？把电话拿给向弯好吗？我是陈霆。"

向弯接过电话。

"向弯，你好了就好。我对不起你，前天你爸妈打电话找你，打不通，到台里要我的电话，打过来，我一失口就讲了你有生命危险的事，你爸爸当时就晕倒送医院了，你妈妈说自从肖劲去世后，他们时刻担心你，怕你出事，本来身体就不好……"

"你说什么？陈霆，我爸爸住院了？"向弯一下变得紧张起来，抓着电话嚷嚷。

"唉，都怪我，住进华西医院了，说突发心脏病，你妈妈没事，在照顾他，你快回来吧。"

挂了电话，向弯的心提到了嗓子眼，万分焦灼，恨不得立马飞回去。

"达瓦，我们快回学校，我要赶回成都，我爸爸病倒了。"

达瓦一刻也没停留，飞驰回去，陪向弯收拾好行李，送她和陈霆去机场。米玛次仁带着全体学生到学校门口相送，握着向弯的手说："别担心，孩子，你爸爸一定会没事的。"

江婉红和陆政也过来拥抱她，拍拍她的肩："没事，一定会没事的。"

向弯的眼睛湿润了，对大家说了一句："谢谢，保重。"便转身拖着行李上了车。

拉萨贡嘎机场外，向弯和达瓦就要道别，天还是那样蓝，云还是那样白，阳光还是那样明亮，一如来时的情景，可向弯的心情和来时已然不同，她的心里分明多了一份不舍。她和达瓦四目相对，久久注视着彼此说不出一句话来。"西藏再见了，达瓦再见了，虽然我还有很多心愿没有完成，还没去布达拉宫，没去纳木错湖，没去珠穆朗玛峰……可是我必须走了，为什么我的心如此不舍，如此沉重，如此遗憾，又如此依恋呢？"向弯放下行李，走过去给达瓦一个深深的拥抱，把头埋进他的胸膛。

宽厚的胸膛依然那样有安全感，那样温暖而熟悉，向弯闭上眼睛，最后一次静静地感受，拥抱的这个人究竟是达瓦还是肖劲？她无法分清，也不想分清，但愿能一直这样抱下去就好了，但愿永远停留在这个时刻……

达瓦的双手也紧紧抱住她，他俯下头，在她耳边轻声说："第一次见到你，我就感觉我们认识很久了，前世我们一定有缘。阿佳，你，还会回来吗？"

向弯把头埋得更深了，像是深思熟虑又像是非常艰难地吐出四个字："有缘再会。"

然后，向弯朝他微笑着挥挥手，达瓦也朝她微笑着挥挥手，目送她慢慢走进机场大厅。向弯在大厅里驻足，远远地回望停车场，艳阳下，那个动人的身影依然呆呆地站在原地。

两小时后，飞机平稳降落在成都双流机场，向弯和陈霆取了行李往外走。快走到接机出口时，向弯的手机响了，她低头一看，眼泪瞬间模糊了双眼，是达瓦发来的短信，里面是仓央嘉措的一段诗：

那一天，
我闭目在经殿的香雾中，
蓦然听见你诵经中的真言；

那一月，

我摇动所有的经筒，

不为超度，

只为触摸你的指尖；

那一年，

我磕长头匍匐在山路，

不为觐见，

只为贴着你的温暖；

那一世，

我转山转水转佛塔啊，

不为修来生，

只为途中与你相见。

　　向弯痴痴地站在原地，任泪水大颗大颗地滑落脸颊，心中涌上一股莫名的伤痛，直到听到有人高声唤她的名字："向弯！向弯！我在这儿，快出来啊！"她抬头一看，是李敬站在接机口，手捧着一大把鲜花，笑着朝她挥舞。她迅速擦干泪水，深吸一口气，大步流星地朝她走去。

　　四个月后，成都市成华区人民法院一审判决：

　　　　一、被告人张一丁犯侵犯商业秘密罪，判处有期徒刑三年，并处罚金人民币四十万元。

　　　　二、被告人颜思危犯侵犯商业秘密罪，判处有期徒刑一年三个月，缓刑一年三个月，并处罚金人民币五万元，今后不得从事媒体行业。

三、被告人马月河犯侵犯商业秘密罪，判处有期徒刑一年，缓刑一年，并处罚金人民币五万元，今后不得从事媒体行业。

　　四、被告人张一丁、颜思危、马月河的违法所得责令退赔给被害人。

　　五、查获的侵权产品及犯罪工具等予以没收。

被告人张一丁、被告人颜思危、被告人马月河均当庭表示不上诉。

再战江湖

　　某某卫视的演播大厅里，1000 个观众座位爆满，人们兴奋地坐在看台上等待每个选手登台亮相，空气里流动着躁动的气息，今晚将在舞台上决出三个获胜者，他们将现场获得上千万元融资。

　　舞台中央的灯光骤然亮起，主持人在话筒里喊："请 1 号选手上场！"

　　向弯理了理自己的衣领，优雅地走上舞台，一束追光打在舞台中央，那里安置着一张卡座，她面向观众鞠了个躬然后轻轻坐上去，示意她身后的乐队开始演奏。悠扬的音乐声响起，随着音乐，她浅笑嫣然，准备开始演讲。

　　某某卫视正在现场直播，观众的目光聚焦在向弯身上。这是一个创投节目，舞台下坐着 30 家创投机构和投行高管，他们今晚将根据台上创业者的表现，决定把上千万元的创投资金投向谁。这两年，"双创"这个词实在太火，在"大众创业、万众创新"的指导思想下，举国上下都掀起一股创业浪潮，电视台乘时乘势策划经济类竞技真人秀节目，让 20 个创业者站在舞台上 PK，现场直播，所有选手都是真实的，真金白银也是真的给，人们屏气凝神好奇今晚的巨奖究竟花落谁家。演播大厅外，日落西山近黄昏，暗示着好戏即将开场。作为今晚的首秀选手，向弯面对上千双灼灼目光，心里有点小紧张。她清了清嗓子，开始娓娓道来："各位晚上好，我是'向上'品牌的创始人向弯，地道的川妹子，我的性格有点'辣'。在开始演讲前，我想问大家一个问题，我们生活在一个什么样的时代？"

…………

时光倒回到三年前6月中旬的一个早上，从成都飞往北京的国航4313航班降落在首都机场T3航站楼。6月的北京迎来了第一个高温天气，温度直逼39摄氏度，气象台发出橙色预警，三天的连续炙烤，让民众叫苦连天。

向弯随着人流往外走，她除了身上背的一个白色双肩包，没有任何行李。即便知道此行是长久居住，她也没带什么必需品，那些东西都随着她的记忆留在四川了，一如当年她弃医从文时的坚定和洒脱，命运把她抛向了另一个未知的开始。向弯出了航站楼，就看见李敬神气活现地站在出口处，踮起脚朝她招手。李敬的另一只手挽着一个男人，男人面带笑容，向弯在电话里听李敬提过，判断此人定是她的新欢。

"北京欢迎你。"李敬狠狠地拥抱向弯，眼眶湿润，"我眼巴巴盼着你来，你终于来了！"向弯也紧紧地拥抱李敬："好了，我现在什么都放下了，只有你了。"

"正式给你介绍下，这是戴北，我男人，也是我们的合伙人，你叫他小北就成。"李敬笑嘻嘻地把戴北拉过来。

"久闻大名，向弯，北京欢迎你。"小北笑着说。小北个头儿只比李敬高一点，鼻梁上架着黑框眼镜，身材微胖，长相实在普通。

"小北是《青年导报》副总编辑，管运营，两个月前也辞职了，和我们一起创业。"李敬见向弯盯着小北看，又补充道，"走吧，先去我家，把亲爱的你先安顿好，我再慢慢跟你讲我们的计划，未来的大幕马上就要开启了。"李敬的脸上满是憧憬，神采飞扬，向弯从来没见过这样的李敬。

李敬本是北京人，早些年父母就给她在三环内购置了 200 多平方米的跃层，劝她回归北京，无奈她多年来漂在成都，房子一直空置着，后来北京房价暴涨，李敬手里的这套房已经飙升至 4000 多万，真是天价房了。

"要不是遇到小北，我是不会有创业想法的。"待向弯安顿好，李敬开始滔滔不绝，"向弯，你想想，你我最擅长的是什么？"

"你想说电视？"向弯问。

"算吧。准确地说，你我最擅长的是视频。我们做了那么多年的电视，学会的核心其实都是怎么制作视频。电视行业日落西山这是有目共睹的事实，但不知道你发现没，视频却是越来越火，尤其是短视频，现代人都讲注意力经济，生活碎片化，3 至 5 分钟的视频很受年轻人喜爱，连购物网都开始商品视频拍摄，取代原来的图文传播，视频的领域和空间太大，我们要做的就是在垂直细分领域里占有一席之地。"

"垂直细分领域"，李敬说得好专业，向弯没太听懂。但她也不是没发觉，这几年短视频火得一塌糊涂，占据年轻人大部分娱乐时间。"我说得对吗，小北？"李敬想从小北那里得到肯定。

小北端着一杯茶走过来："向弯，虽然我们第一次见面，但你在我心里就像老朋友一样，小敬把你俩的故事都跟我讲了，我很佩服你的坚持和努力。视频制作这方面你俩都是高手，短视频的红利，目前判断，至少还有五到十年，我们三个人都是从传统媒体出来的，我们懂媒体运作，真的可以联手创业。"

"创业不仅要有一腔热血，盈利模式呢？"向弯直指关键点。

"给你讲个故事，筷子兄弟的《老男孩》视频在网上热播，感动了无数人，这其实是网站和商家一起搞的一个事，我当时在报社任副总，《老男孩》的影院首发专场就是我们报社承办的，我当时就纳闷儿，不就是个广告片吗，六分来钟，还搞什么首发专场呢？结果我到现场一看，整个影院坐满了人，全部在流泪，我是当场被镇住了，真有这么多人喜欢，觉得很受启发。"

"用视频短片来承载广告，有线上流量，大众喜欢，广告客户也喜欢，对吧？"

"你看，我一说你就懂，你这么敏锐，不在互联网＋的时代自己创业真是可惜了。"小北笑。

"小北懂经营，手上有客户资源，你我懂视频制作，再招一些导演，就可以开始干了。我爸妈给我的这套房子正好可以做工作室，倒省了一大笔租办公室的费用，启动资金我和小北一人出10万，你觉得如何？"李敬认真起来的样子很可爱。

向弯笑答："我还说什么呢，我只有你了，算我10万。"向弯这些年单身，工作有一些积蓄，拿出10万元来创业对这个年龄阶段的她来讲不是什么伤筋动骨的事。

"就这么办！"

三个人愉快地击掌。

说动就动，三人成立公司，把房子鼓捣一下，一楼作为工作空间，购置了几台电脑，二楼作为休息室。三人又找了几个学导演的学生加入，每天策划选题拍摄，只拍人物故事，纪录片风格。小北拉了几个以前报社的客户，开始为他们定制视频内容，以定制的费用来养基础人力开销。公司注册了"向上"微信公众号，取的是向弯的姓，也寓意积极向上。刚开始，微信公众号上每两天推出一条原创视频，后来改为每天一条，用小北的话说："前期发得勤一点，用来培养粉丝。"他们也利用互联网，找到了原创视频的各种分发渠道，APP、视频软件、网站等，慢慢流量多起来，点击量也呈几何级数增长。

在中国现在这个时代就是这么神奇，互联网高速发展催化出许多传奇故事。基于微信平台运营的"向上"微信公众号，在短短五个月里，因为优质视频内容，迅速聚集数十万粉丝，后期具有持续变现的可能，这正是资本世界看重的。在"向上"创立七个月时，三个人意识到团队需要加快发展，机会来了——某卫视斥资千万元打造一档真人秀经济类节目，帮助好项目融资。

　　此时，站在舞台中央聚光灯下的向弯，已经不是多年前那个懵懂少女，十多年的摸爬滚打和媒体历练已然让她破茧成蝶："各位晚上好，我是'向上'品牌的创始人向弯，地道川妹子，我的性格有点'辣'。在开始演讲前，我想问大家一个问题，我们生活在一个什么样的时代？想必，答案不尽相同。但有一点大家能达成共识，就是我们现在所处的这个时代变化太快，是的，太快！如今，网络科技颠覆了人们的认知和行为，对人类社会的改变，创造的成果，难道不比几百年来甚至几千年来人类发展成果加起来还要快、还要多吗？扑面而来的人工智能还会让时代变化更快，快到你稍不留意，第二天你就会变成上一个时代的人。所以说，现代人焦虑，这种焦虑是古人前所未有的。不过，坦白讲，焦虑也没什么用，因为焦虑你也跟不上，巨变的时代将抛弃不知进取的每一个人，连一声再见都不会说。

　　"十一年前，我从一名医科大学毕业的牙医助理变成一名记者，站在事发现场采访报道，我以此为傲，但今天已经没有多少人还在坚持做深度报道，在传媒业巨变的今天，做出优秀报道和经营良好之间已经没有必然关系，优秀记者纷纷转行，更多的自媒体热衷于沉浸在'10万+'的夜夜笙歌里。我记得刚入行时，老师曾经对我说过，只要曾经认真当过新闻记者，终身都会带着记者身上的优点前行——独立思考、质疑、好奇心和敏锐性。传统媒体日落西山，但未来的媒体一定是需要既懂内容又有商业头脑的人，我和我的伙伴都是从传统媒体转型而来，我们具备这样的素质，同时也能弘扬传统媒体根红苗正的特点：捕捉社会变迁，助力社会发展。

　　"'向上'是我们创立的一个品牌，基于微信公众号的一个IP，从一年前的默默无闻，到今天的60万粉丝，我们坚持每天原创一条视频，关注美好的人物、梦想和传统文化，提倡人间真善美。看过我们视频的人都会被我们的内容打动，我们坚持传播正能量，鞭挞假丑恶，助推社会往美好的方向发展，这也是为什么我们能够在很短时间内聚集这么多粉丝的原因。我们从来不把'向上'这个品牌看作自媒体，我们更愿意称它为聚合平台，聚合一大批有工匠精神的导演共同创作的平台。我们平台的变现能力很强，短短一年就开始盈利。今天，我站在这里，拿着我们公司的财务报表，我们愿意出让公司 15% 的股份，寻求 3000 万元融资！

"在这里我还要提一个名字，我曾经的战友，也是我的爱人，他叫肖劲，十一年前采访归来途中遭遇车祸去世，生命永远定格在 24 岁的青春年华。他是一名有理想的记者，也是一名摄像师，对拍摄的作品精益求精，像他一样具有工匠精神的年轻摄像师还有很多，我们想做的未来，就是让他们有展现自我的平台。我们和这些导演彼此是合作伙伴关系，我们帮助他们发行作品，帮助他们有尊严地实现理想共同发展。肖劲是我这些年在媒体前进的动力，也是我创业的动力，我相信此刻他与我同在。最后，我还想说的是，我之所以敢站在这儿，是因为我们深知时代正在如何发生改变，历史的车轮滚滚而来，越转越快，我们想断臂求生，如果不行，我们就跳上去，看看它滚向何方。"

向弯的话音一落，全场响起雷鸣般的掌声。

四个投行高管评委是专门来挑刺的，一位有着多年影视投资经验的评委说："故事讲得不错，也很有自信，不过故事讲得再动听，能打动投资人的只有商业模式，现在自媒体视频 IP 那么多，你们有什么特别之处，商业模式是什么？"

向弯早就在心里准备好答案了："我们的思路和方向都很清晰，目前，我们有三种盈利方式，首先是商业视频，其次是公众号图文内容植入和信息流硬广，最后是电商产品视频拍摄。举个例子，上个月，我们刚和某牌服装合作做品牌推广，我们征集了六对真实情侣穿上服装的生动故事。视频拍摄完成后，在网上传播很快达到上千万的点击量，接下来我们还会持续跟更多的品牌合作。"

另一位评委又问："如果你们拿到这3000万，准备怎么花？"

"首先我们会加大云平台建设的投入。每天生产大量的视频，需要云端储存；导演培养计划也是我们要努力的方向，我们准备建立导演培训机构储备人才。另外，我们也希望解决短期现金流问题，随着队伍越来越壮大，运营成本也很高，这笔融资能让我们成长得更加从容。"

向弯自信洒脱的回答征服了现场的投行高管，30家创投机构纷纷举牌，表示愿意出资。金额不断攀升：800万、1000万、2000万、2500万……"还有没有机构愿意出资？"主持人目光扫视一圈后询问，正准备宣布时最高数字是2500万时，坐在创投机构最后一排中间的一位男士高举着一个数字：3800万！"好，我看到A基金给出的价格是3800万！高于其他创投机构，也高于项目想要融资的数目，请那位豪爽的男士走上台来！"主持人高喊。

一束追光照在那位男士身上，这人气宇不凡，自带威严。就在他走上台的那一刻，迎着男士的目光，向弯呆住了，这人如此熟悉，短短几秒钟，向弯的脑海里闪回无数个过往场景，十一年了，竟然会是他！站在后台观战的李敬看清楚那人后也愣住了，一时竟无语凝噎，小北拉拉李敬的袖子："怎么了？"

只听主持人问："A基金为什么以3800万的金额来投这个项目？"

"有商业价值的项目从来都不缺，缺的是有情怀的好项目。我们认为'向上'品牌就是这样的好项目。"男士微笑着回答，声音听起来感慨万千，"我本人以前也从事媒体工作，我很了解这个行业，这位向弯女士有很强的感染力，也非常自信，她的身上具备把事情做好的素质和能力。他们的项目提倡真善美，内容可传播性强，是媒体领域的一股清流，我们会对他们未来的发展方向提出合理化建议，我们也有信心帮助他们把项目越做越大，引导这个行业良性发展，对社会做出正面影响。"

掌声四起，经久不息。

"恭喜'向上'品牌获得 3800 万元融资！"主持人掷地有声地宣布。

向弯看着他的眼睛，泪水奔涌而出。他走过来拥抱她，她像一个失散多年的孩子一样扑在他的怀里，深情地喊了一声："郑总！"

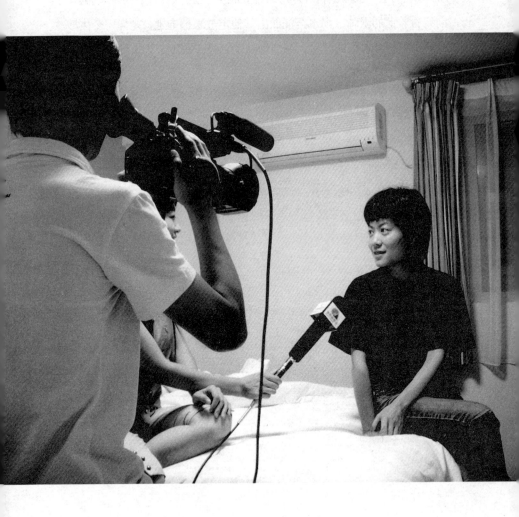